KB163151

길드가 주최하는 모험자 대회가 개막!

이세계는 스마트폰과 함께.26

「별똥별이 사라지기 전에 세 번 소원을 빌면 그게 이루어진다고 할 정도니까.」

「어?! 정말?!」

다른 아이들도 뚫어져라 나를 바라보았다.

나는 아이들의 소원을 어떻게 이뤄 주면 좋을지 고민하기 시작했다.

「앗, 떨어졌다.」
「어? 어디? 어디?」

저녁 후 목욕까지 마치고
말끔해진 다음 거실로 돌아와 보니
성의 발코니에서
아이들의 떠들썩한 목소리가 들려왔다

「아버지! 어머니!
이거 봐! 박사님한테 받았어!」

요시노가 피크로 기타를 쳤다.

앰프도 없는데 주변으로
꽤 큰 기타 소리가 울려 퍼졌다.

마치 그곡의 제목처럼
보랏빛 연기가 요시노를 둘러싼 듯이 보였는데,

이건 마력인가?

이세계는 스마트폰과 함께. 26

후유하라 파토라 illustration ■ 우사츠카 에이지

캐릭터 소개

모치즈키 토야

하느님의 실수로 이세계로 가게 된 고등학교 제 1학년(등장 당시). 기본적으로는 너무 소란을 피우지 않고 흐름에 몸을 내맡기는 스타일. 무의식적으로 분위기 파악을 하지 못한 채 은근히 심한 짓을 한다.

무한한 마력, 모든 속성 마법을 가지고 있으며, 무속성 마법을 마음대로 사용하는 등, 하느님 효과로 여러 방면에서 초월적. 브륀힐드 공국 국왕.

벨파스트 유미나 에르네아

벨파스트의 왕녀, 열두 살(등장 당시). 오른쪽이 파란색, 왼쪽이 녹색인 오드아이. 사람의 본질을 꿰뚫어 보는 마안의 소유자. 바람, 흙, 어둠이라는 세 속성을 지녔다. 활이 특기. 토야에게 한눈에 반해, 무턱대고 강하게 다가갔다. 토야의 신부.

에르제 실레스카

토야가 구해 준 쌍둥이 자매의 언니, 양손에 건틀릿을 장비하고 주먹으로 싸우는 무투사. 직설적인 성격으로 소탈하다. 신체를 강화하는 무속성 마법【부스트】를 사용할 줄 안다. 매운 음식을 좋아한다. 토야의 신부.

린제 실레스카

쌍둥이 자매의 여동생. 불, 물, 빛이라는 세 속성을 지닌 마법사. 빛이 따지자면 낯을 가리는 성격으로, 말이 서툴지만 가끔 대담해진다. 단 음식을 좋아한다. 토야의 신부.

코코노에 야에

일본과 비슷한 먼 동쪽의 나라, 이센에서 온 무사 소녀. 존댓말을 사용하며 남들보다 훨씬 많이 먹는다. 진지한 성격이지만 어딘가 어긋나 있는 면도. 본가는 검술 도장으로 유파는 코코노에 진명류(真鳴流)라고 한다. 겉으로는 잘 모르지만 의외로 거유. 토야의 신부.

루시아 레아 레굴루스

애칭은 루. 레굴루스 제국의 제3황녀. 유미나와 같은 나이. 제국 반란 사건 때 자신을 도와준 토야에게 한눈에 반했다. 쌍검을 사용한다. 유미나와 사이가 좋다. 요리 재능이 있다. 토야의 신부.

스우시 에르네아

애칭은 스우. 열 살(등장 당시). 자매에게 습격당하고 있을 때 토야가 구해 주었다. 벨파스트 국왕의 조카. 유미나의 사촌. 천진난만하고 호기심이 왕성하다. 토야의 신부.

미나스 레스티아 힐데가르드

애칭은 힐다. 레스티아 기사 왕국의 제1 왕녀. 검술에 능하며 '기사 공주'라고 불린다. 프레이즈에 습격당할 때 토야에게 도움을 받고 한눈에 반한다. 긴장하면 말을 더듬는 습관이 있다. 야에와 사이가 좋다. 토야의 신부.

린

전(前) 요정족 촉장. 현재는 브륀힐드의 궁정마술사(장정). 어려 보이지만 매우 오랜 세월을 살았다. 자칭 612세. 마법의 천재. 사람을 놀리는 게 취미. 어둠 속성 마법 이외의 여섯 가지 속성을 지녔다. 토야의 신부.

사쿠라

토야가 이센에서 주운 소녀, 기억을 잃었었지만 되찾았다. 본명은 파르네제 포르투나우스. 마왕국 제노아스의 마왕의 딸이다. 머리에 자유롭게 빼낼 수 있는 뿔이 나 있다. 감정을 겉으로 잘 드러내지 않지만, 노래를 잘하고 음악을 매우 좋아한다. 토야의 신부.

폴라

린이 【프로그램】으로 만들어 낸 곰 인형으로, 마치 살아 있는 것처럼 움직인다. 200년 동안 계속 움직이고 있으며, 그사이에도 개량을 거듭했다. 그 움직임은 상당히 연기파 배우 수준. 몰라…… 무서운 아이!!

코하쿠

토야의 첫 번째 소환수. 백제라고 불리는 서쪽과 큰길의 수호자로, 짐승의 왕, 신수(神獸), 보통은 새끼 호랑이 크기로 다니며 최대한 눈에 띄지 않으려 한다.

산고&코쿠요

토야의 두 번째 소환수. 두 마리가 한 세트, 현제라고 불리는 신수. 비늘의 왕. 물을 조종할 수 있다. 산고가 거북이, 코쿠요가 뱀.

코코쿠

토야의 세 번째 소환수. 염제라고 불리는 신수. 새의 왕. 침착한 성격이지만, 외모는 화려하다. 불꽃을 조종한다.

루리

토야의 네 번째 소환수. 창제라고 불리는 신수. 푸른 용으로, 용의 왕. 비 꼬기를 잘하며, 코하쿠와는 사이가 나쁘다. 모든 용을 복종시킬 수 있다.

모치즈키카렌

정체는 연애의 신. 토야의 누나를 자처하는 중. 천계에서 도망친 종속신을 모함하는 대의명분으로, 브륀힐드에 놀러와있었다. 느긋한 말투. 꽤 게으르다.

모치즈키모로하

정체는 검의 신. 토야의 두 번째 누나를 자처한다. 브륀힐드 기사단의 검술 고문에 취임. 늠름한 성격이지만 조금 천연스럽다. 검을 쥐면 대적할 상대가 없다.

프란셰스카

바빌론의 유산 '정원'의 관리인. 애칭은 셰스카. 메이드복을 착용. 기체 넘버 23. 입만 열면 야한 농담을 한다.

하이로제타

바빌론의 유산, '공방'의 관리인. 애칭은 로제타. 작업복을 착용. 기체 넘버 27. 바빌론 개발 청부인.

벨플로라

바빌론의 유산 '연금동'의 관리인. 애칭은 플로라. 세일러복을 착용. 기체 넘버 21. 목유 간호사.

프레드모니카

바빌론의 유산 '격납고'의 관리인. 애칭은 모니카. 위장복을 착용. 기체 넘버 28. 입이 거친 꼬마.

프렐레오라

바빌론의 유산 '성벽'의 관리인. 애칭은 리오라. 블레이저를 착용. 기체 넘버 20. 바빌론 넘버즈 중 가장 연상. 바빌론 박사의 밤 시중도 담당했다. 남성은 미경험.

파메라노엘

바빌론의 유산, '탑'의 관리인. 애칭은 노엘. 체육복을 착용. 기체 넘버 25. 계속 잔다. 먹고 자기만 한다. 기본적으로 게으르고 뭐든 귀찮아하는 성격.

이리스팜므

바빌론의 유산, '도서관'의 관리인. 애칭은 팜므. 세일러복을 착용. 기체 넘버 24. 활자 중독자. 독서를 방해하면 싫어한다.

리루루파르셰

바빌론의 유산, '창고'의 관리인. 애칭은 파르셰. 무녀 복장을 착용. 기체 넘버 26. 덜렁이. 게다가 자각이 없다. 깜빡하고 저지르는 실수가 잦다. 잘 넘어진다.

아틀란티카

바빌론의 유산, '연구소'의 관리인. 애칭은 티카. 흰옷을 착용. 기체 넘버 22. 바빌론 박사 및 넘버즈의 유지보수를 담당하고 있다. 극심한 어린 여자아이 취향.

레지나바빌론박사

고대의 천재 박사이자 변태. 공중 요새 '바빌론'를 비롯한 다양한 아티팩트를 만들어 냈다. 모든 속성을 지녔다. 기체 넘버 29번의 몸에 뇌를 이식해, 5000년의 세월을 넘어 부활했다.

지금까지의 줄거리

하느님이 특별히 마련해 준 스마트폰을 들고 이세계에 오게 된 소년, 모치즈키 토야. 두 세계를 휘말렸던 사신과의 싸움은 막을 내렸다. 토야는 세계신에게 그 공적을 인정받아 하나가 된 두 세계의 관리자가 되었다. 언뜻 보기엔 평화가 찾아온 것처럼 보이는 세계. 하지만 세계에는 아직도 혼란의 씨앗이 남아 있었으며, 세계의 관리자가 된 토야는 거듭 말려드는데……

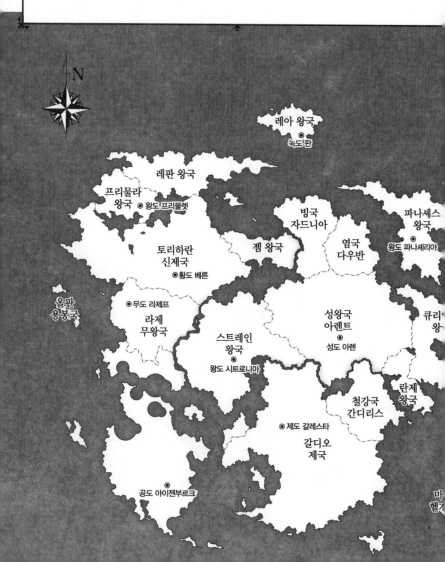

이세계는 스마트폰과 함께.
세 계 지 도

파레리우스 왕국

파르스

파르프 왕국

← 왕도 제노스칼

마왕국 제노아스

리니에 왕국

◎ ← 왕도 니무에

엘프라우 왕국

← 왕도 슬라니엔

하노크 왕국

◎ ← 왕도 하노크스

노키아 왕국

유론 지방

신국 이센

황도 베른

레굴루스 제국

이스

벨파스트 황국

◎ 제도 갈라리아

로드메어 연방

← 왕도 파르마

호른 왕국

◎ 왕도 아레피스

← 브륀힐드 공국

성도 이스라
◎

◎
수도 파네라메아

펠젠 왕국

리플렛 마을

미스미드 왕국

라밋슈 교국

◎ 왕도 베르주

대수해

왕도 아트라일 →◎

라일 왕국

왕도 레스틴 ◎

기사 왕국 레스티아

◎ 드래고니스섬

← 레트라반바

산드라 왕국

◎ 왕도 큐레이

이그리트 왕국

새로운 세계

표지 · 본문 일러스트
우사츠카 에이지

꿈을 꿨다.

아직 우리가 벨파스트 왕국의 왕도에서 살던 시절. 미스미드에서 흑룡을 퇴치하고 왕도에 귀환하여 몇 주가 지났을 즈음일까.

아직 아내들과 약혼도 하지 않았고, 국왕도 아닌, 일개 모험자였던 시절이다.

"길드 주최 모험자 대회?"

우리는 모험자 길드에 붙어 있던 그 포스터의 선전 문구에 시선이 고정됐다.

모험자 대회가 뭐지?

"일반 시민에게 모험자가 얼마나 훌륭하고 의지가 되는 자들인지를 알리고자 모험자의 기술을 살린 대회를 실시한다. 참가 자격은 길드 등록자라면 누구든 가능. 우승 상금은 백금화 10닢. 부상으로 미스릴 무기를 하나 증정한다고 하네요."

유미나가 포스터에 적힌 글자를 읽어 주었다. 상금은 백금화 10닢. 대략 1000만 엔인가. 엄청난 거금인걸? 뛰어난 모험자라 주머니 사정이 좋은 사람도 쉽게 손에 넣을 수 없는 금액이다.

거기에 부상으로 미스릴 무기까지. 일류 대장장이가 만든 물건이라면 상당한 귀중품이다.

그만큼 모험자 길드가 이 이벤트에 진심이라는 걸까.

"재미있어 보입니다. 대체 어떤 경기를 하게 되는 걸까요?"

"모험자의 기술을 살린다고 했으니 마수랑 싸우게 되지 않을까?"

"소재를 벗겨내는 기술을 겨루는, 걸지도?"

야에, 에르제, 린제는 포스터를 보면서 각자 자기 생각을 말했다. 어째서인지 다들 적극적으로 참가하고 싶은 눈치다.

우리의 모험자 랭크는 유미나만 녹색이고 다른 사람들은 모두 파란색이다. 파란색 랭크 모험자 정도면 베테랑 모험자에 속한다지만 우리는 등록한 지 아직 1년도 지나지 않았다. 그래서 왕도 길드에서는 유난히 눈에 띈다는 모양이다.

덧붙이자면 그 이유는 공주인 유미나가 파티에 속해 있기 때문이 아니었다. 유미나는 벨파스트 왕가에 전해지는 인식 저해 효과가 있는 마도구를 몸에 걸치고 있어 주변 사람들은 아무도 공주라고는 눈치채지 못하고 있으니까.

너무 눈에 띄는 행동은 하지 않는 게 좋다는 생각이 들기도 하는데.

그런 생각을 하며 포스터 아래에 적힌 자세한 내용을 읽어 보았다.

"아, 파티로 참가해야 하는구나. 다섯 명까지 파티를 맺어야 한대."

나, 에르제, 린제, 야에, 유미나까지 다섯 명이니 참가하는 데는 문제가 없었다.

"그런데, 정말로 참가하려고?"

"재미있어 보이잖아. 이런 이벤트에는 적극적으로 참가해야지."

"이것도 수행. 자신의 실력을 가늠해 볼 좋은 기회입니다."

에르제와 야에는 참가하고 싶어 몸이 근질근질한 모습이다. 린제는 쓴웃음을 짓고는 있지만 반대하지는 않는 듯하고, 유미나도 작게 고개를 끄덕였다. 으음. 우승할 수 있을지야 알 수 없지만 한번 참가해 볼까?

"그럼 우리 다섯 명이 참가한다고 신청하고 올게."

나는 길드 접수처의 여성에게 다가가 길드 카드를 제출한 뒤, 파티 이름을 새로 만든 무기와 똑같은 '브륀힐드'라고 등록했다.

참가비가 1인당 은화 2닢이라고 한다. 돈을 받는 거였냐. 참가비가 2만 엔쯤 되는 셈인데 비싸지 않나? 다섯 명이면 10만 엔……. 으으으.

조금 불만을 느끼면서 참가비를 내는데, 내 길드 카드를 돌려주면서 접수처 여성이 말을 걸었다.

"모치즈키 님은 참가하지 않으실 줄 알았는데요……."

"……? 왜요?"

접수처 여성이 왜 그런 말을 하는지 이해하지 못해 나는 무심코 고개를 갸웃했다. 내가 그렇게 집돌이처럼 보였나?

내가 어리둥절한 표정을 짓고 있으니 접수처 여성이 말했다.

"왜냐니요. 모치즈키 님 파티는 '드래곤 슬레이어' 이시니까요. 파란색 랭크라고 해도 다른 참가자들이 철저히 마크할 테고, 제일 제압하고 싶은 상대가 아닐까요?"

"아."

깜빡했다.

미스미드에서 흑룡을 해치워 우리는 '드래곤 슬레이어' 라는 칭호를 얻었다.

건네받은 파란색 길드 카드에도 선명히 그 심벌이 새겨져 있는데. 더 빨리 눈치를 챘어야지!

"으으으……. 실수했네."

"다른 상위 랭크들도 참가할지 모르니, 어쩌면 표적이 분산될 가능성도 있지만요."

나보다 위라면 빨간색 랭크 이상인 모험자인가. 빨간색 랭크 정도면 일류 모험자라 불린다. 빨간색과 파란색 랭크 사이에는 높은 벽이 가로막고 있다고 할 만큼, 빨간색 이상 모험자는 극단적으로 숫자가 적다.

"그런데 이 나라에 저보다 상위 랭크인 사람은 몇 명이나 있나요?"

"이 나라만 따지자면, 빨간색 랭크 모험자는 대략 150명 정도네요. 그 위의 은색 랭크라면 3명이에요."

"숫자가 확 줄어드네요."

"은색 랭크는 초일류, 영웅 대접을 받기 직전의 모험자들이니까요. 어차피 은색 랭크 모험자는 이번 대회에는 참가하지 않을 거예요."

쓴웃음을 지으며 접수처 여성이 단언했다. 왜지? 은색 랭크 모험자에게 백금화 10닢은 푼돈인가?

"이 나라에서 은색 랭크 모험자가 대회에 참가한 해는 18년 전이 마지막이에요. 그때 이미 그분은 서른을 넘으신 상태로……."

"아하. 이미 은퇴했나 보군요?"

모험자로 활동할 수 있는 기간은 짧다. 엘프처럼 장수종이라면 이야기가 다르지만, 대부분은 30대 후반쯤에 다른 직업을 찾는다. 그 수완을 높이 사 모험자 길드가 직원으로 채용하는 경우도 있다고 한다.

'은월(銀月)'의 도란 씨나 '무기점 웅팔'의 바랄 씨도 은퇴한 모험자다.

"그럼 참가 신청을 처리하겠습니다. 파티 '브륀힐드'는 당일 아침 이 참가 카드를 가지고 집합 장소로 나와 주십시오. 자, 다음 분 와 주세요."

어느새 다른 모험자들이 길게 줄을 서고 있어, 나는 얼른 참가 카드를 받아 접수처 앞을 떠났다.

빨간색 모험자도 나온다면 우리를 노릴 가능성은 적어질지도 모른다.

그래도 '드래곤 슬레이어'라는 칭호는 빨간색 랭크도 좀처럼 얻기 힘들다고 하니……. 뭐, 어떻게든 되겠지. 다 같이 참가해 즐거운 시간을 보낸다면 그것으로 충분하다.

나는 참가 카드를 가지고 동료들이 기다리는 곳으로 발걸음을 옮겼다.

대회 당일.

"의외로 큰 이벤트였구나……."

벨파스트 왕도의 중앙 광장은 평소에는 서민의 휴식 공간으로 활용된다.

보통이라면 맛있어 보이는 요리를 하는 노점이 늘어서 있거나, 상인들이 길거리에 상품을 진열하고 있을 텐데, 오늘은 통제하는지 그러한 모습은 전혀 보이지 않았다.

광장에는 이른 아침인데도 이미 몇몇 모험자 팀이 모여서 각자 경기 내용을 예상하거나 무기를 점검하며 여념이 없었다.

"다들 기합이 잔뜩 들어간 모습입니다."

주변을 둘러보면서 야에가 중얼거렸다.

정말 야에 말대로다. 돈도 돈이지만 자신의 이름을 날릴 좋은 기회이기도 하겠지. 여기서 유명해지면 지명 의뢰를 많이 받게 될지도 모르니까.

"왠지 우리, 주목받고 있지, 않나요?"

"그럴 수밖에. 오랜만에 나온 '드래곤 슬레이어'니까. 눈에 안 띄면 그게 더 이상한 일이야."

동생의 말을 듣고 에르제가 그렇게 대답했다. 멀찍이서 힐끔거리며 우릴 쳐다보는 시선이 느껴졌다. 역시 이런 시선은 익숙해지질 않네.

참가는 나와 유미나, 에르제, 린제, 야에. 이렇게 5인 파티. 거기에 코하쿠도 따라왔다.

"유미나는 아무렇지도 않아 보이네?"

"저는 성의 파티 같은 곳에서 주목받는 일이 많으니까요. 또 저는 인식 저해 마법이 걸려 있어 여러분 정도로 신경 쓰이지도 않고요."

　누가 뭐래도 공주님이니까. 눈에 띄는 것도 익숙한 일인가. 그런데…….

　왠지 나한테 쏠린 시선만 다른 사람에게 쏠리는 시선과는 종류가 달라 보이는데?

　"저 자식. 파티 멤버가 다 여자잖아!"

　"인기 많다고 자랑하나? 빌어먹을!"

　"저주받아라, 저주받아라, 저주받아라!"

　이크. 살벌한 소리가 들리네. 아무래도 날 경계하는 시선이 아니라, 질투하는 시선이었나 보다.

　다들 귀여우니까. 그 마음을 모르진 않겠지만 괜히 시비는 걸지 마. 매번 귀찮아 죽겠으니……. 그런 소릴 했다간 불에 기름을 붓는 셈이겠지?

　"하아……."

　《주인님, 왜 그러시는지요?》

　"아냐, 아무것도."

　웃으면서 코하쿠에게 가볍게 손을 흔들어 주는데, 이벤트장에 설치된 단상 위로 여성 한 명이 올라갔다. 길드 직원인가?

　여성이 작게 무언가를 중얼거리자, 여성의 양옆에서 우리를 향해 커다란 마법진이, 그리고 여성의 입가에 작은 마법진이 펼쳐졌다. 뭐지?

　《자자, 조용히 해주세요!! 지금부터 경기 내용을 설명하겠

습니다!》

마법진으로 증폭된 듯한 여성의 목소리가 크게 울려 퍼졌다. 윽! 뭐지?!

《경기 진행 역할을 맡은 모험자 길드 직원, 오데트라고 합니다~! 덧붙여 이 마법은 저의 무속성 마법 【스피커】입니다! 위험하지 않으니 마음 놓아 주세요!》

【스피커】. 소리를 증폭시키는 무속성 마법인가. 정말 사회 진행자에게 딱 알맞은 마법인걸? 볼륨이 너무 크고, 잔뜩 흥분한 모습 같긴 하지만.

《바로 경기를 시작하겠습니다! 먼저 첫 번째 경기! 【빨리 잡기 경기】~!》

응? 빨리 잡기 경기?

《이건 제비를 뽑아 나온 지정된 마수의 토벌 부위를 얼마나 빨리 사냥해 오는지를 겨루는 경기입니다! 정확한 마수 수색 능력과 토벌 기술이 필요한 경기죠!》

'빨리 사냥하는 경기'를 말하는 거였어?! 무슨 경기가 그래? 아니지. 모험자에게 어울리는 시합인가?

《제비에 적혀 있는 마수는 모두 왕도의 남쪽, 걸어서 1시간 정도 떨어진 비에라 숲에 서식하고 있습니다! 크게 위험한 마수는 없으니 발견만 하면 사냥은 어렵지 않을 겁니다! 그러나! 제한 시간은 지금으로부터 두 시간! 다시 말해 느긋하게 걸어 가서는 제시간에 사냥할 수 없습니다! 덧붙여 말을 비롯한 탈

것을 사용해서는 안 됩니다! 자, 파티의 대표는 어서 제비를 뽑아 전속력으로 숲을 향해 가 주십시오!!》

오데트 씨의 설명이 끝나자마자 우오오오오오오오!! 하고 조금이라도 뒤처질세라 모험자들이 제비뽑기 상자로 몰려갔다.

"일각 늑대인가. 좋았어!"

"윽! 수정 사슴?!"

"잠깐만! 주홍 박쥐는 야행성이잖아!"

희비가 교차하는 현장. 제비를 뽑은 사람은 곧장 빠르게 광장 밖으로 뛰어나갔다. 대부분은 파티의 대표 혼자서 뛰어갔다. 일각 늑대를 해치우는 데 두 명이나 필요하진 않을 테니까 당연한가.

그런데 여럿이 같이 숲으로 가는 파티도 있었다. 랭크가 낮은 모험자인가? 아, 사냥감을 분담해서 찾겠다는 작전인가?

얼마나 빨리 숲에 도착해, 얼마나 빨리 사냥감을 발견하는가. 그게 이번 경기의 핵심이다. 오래 달리는 지구력과 사냥감을 발견하는 관찰력이라.

의외로 모험자에게 필요한 스킬이란 생각도 든다.

이크. 나도 제비를 뽑아야지.

파티의 대표로서 나는 단상에 놓인 상자에 손을 넣고 카드를 꺼냈다.

"사벨 재규어인가. 무난한 상대네."

사벨 재규어란 이름 그대로 날카로운 송곳니 두 개가 뻗어

나와 있는 표범으로, 크기는 꽤 크지만 결코 강하다고는 할 수 없었다. 토벌 부위는 바로 그 송곳니였다.

"그러면 누가 가면 되겠습니까?"

"내가 갔다 올게. 남쪽 비에라 숲이라면 몇 번인가 가 본 적이 있거든."

나는 이벤트장에 【게이트】를 열었다. 한 걸음만 가면 바로 비에라 숲이다.

"어?! 그래도 괜찮아?!"

"마법이 금지라고는 안 했으니 규칙 위반은 아니지 않을까? 그럼 갔다 올게."

규칙 위반이란 설명을 하지 않은 이상 써먹어야지.

놀라는 길드 직원들을 슬쩍 보며 나는 비에라 숲으로 걸음을 내디뎠다.

《우오오!!! 1등으로 들어온 팀은 '브륀힐드'! 역시 드래곤 슬레이어 파티! 아직 10분도 안 지났는데?! 그래도 좀 치사한 것 같기도 한데요?》

냅둬요. 그럼 처음부터 전이 마법은 금지라고 설명하든가.

나 이외에도 전이 마법을 사용할 줄 아는 사람이 몇 명인가 있다고 하지 않았나? 이 나라에는 없는 모양이지만.

나는 사냥해 온 사벨 재규어의 송곳니를 길드 직원에게 건네주었다. 간단한 감정을 거쳐, 그게 미리 마련해 둔 물건이 아니라는 사실이 증명되었다.

"수고하셨습니다, 토야 오빠."

"수고했다고 할 만큼 수고를 하지는 않았지만."

나는 유미나의 말을 듣고 쓴웃음을 지으며 대답했다.

그런데 난 모험자의 기술적인 능력은 하나도 사용을 안 했네. 사실상 마법의 힘만으로 해결해 버렸으니. 이건 그냥 마법을 금지하지 않았던 길드의 실수라 치고 넘어가자.

한 시간이 지나자 겨우 사냥에 성공한 모험자들이 돌아오기 시작했다. 땀투성이가 되어 주저앉는 사람도 있었고, 태연한 표정인 사람들도 있었다. 이게 수준의 차이를 말해 주는구나.

《규정 시간 경과! 제1 경기 종료~~~~~~~!》

삐이이이이이이이이이이이익! 사회 진행 역할을 맡은 오데트 씨가 호루라기를 불었다.

골인한 순서에 따라 포인트가 가산되는 방식이라고 한다. 당연하지만 우리 '브륀힐드'가 1위였다. 잠정 순위표 제일 위에 우리의 파티 이름이 내걸렸다.

《사냥해 오지 못한 파티는 득점이 부여되지 않습니다! 아쉽군요!》

이벤트장 곳곳에서 한숨 소리와 작은 비명이 들려왔다. 대표자가 아직 돌아오지 않은 파티 멤버들인 듯했다. 사냥감이 발견되지 않는 일도 있으니 이것만큼은 어쩔 도리가 없다.

《이제 제2 경기를 준비하겠으니 잠시 기다려 주십시오!!》

사회 진행 역할을 맡은 오데트 씨의 목소리를 들으면서 나는 우리 파티 멤버를 돌아보았다.

"다음엔 누가 나갈래?"

"무슨 경기인지에 따라 달라지겠지요. 기껏 출전했는데 아무 경기도 참가하지 않아서야 그것 또한 시시한 일이니까요."

"토야는 일단 먼저 출전했으니 한 번 쉬기로 하자."

"직원들이 뭘 가지고 왔는데 저건……."

유미나가 바라보는 곳을 보니, 길드 직원들이 둘이서 무거워 보이는 상자를 계속해서 이벤트장으로 가지고 왔다. 저건 보물 상자 맞지?

직원들은 크기가 다양한 보물 상자를 몇 줄이나 길게 늘어놓았다.

《여러분, 제2 경기가 시작됩니다! 【보물 상자 열기 배틀】!!》

보물 상자를 다 내려놓더니 오데트 씨의 큰 목소리가 다시 이벤트장에 울려 퍼졌다. 보물 상자 열기? 역시 저 보물 상자를 여는 건가?

《모험자인 이상 던전과 고대 유적, 도적단의 본거지 등에서 자주 보물 상자와 마주치게 됩니다! 이번 경기는 얼마나 안전

하면서도 빠르게 보물 상자를 여는가, 안에 든 보물을 꺼낼 수 있는가를 겨루는 경기입니다!》

그렇게 나왔나. 실제로 탐색 의뢰를 하다 보면 자주 보물 상자와 마주친다. 자물쇠가 걸려 있지 않거나, 너무 낡아서 자물쇠가 제 역할을 하지 못하는 보물 상자도 있지만.

공교롭게도 우리는 보물 상자를 많이 발견했다고는 할 수 없다 보니, 자물쇠를 여는 기술은 아무도 가지고 있지 않았다.

《덧붙여, 이곳에 준비된 몇몇 보물 상자에는 함정이 설치되어 있는데, 그 함정에 걸리면 이유를 불문하고 실격! 0포인트로 끝나게 됩니다. 함정은 간단한 것에서부터 해제 난도가 높은 것까지 매우 다양하게 준비되어 있습니다! 개중에는 미믹도 있으니 주의해 주십시오!》

뭐어?! 미믹이라면 그거잖아. 보물 상자로 의태해 있다가 열려고 하는 모험자를 덥석 먹어 버린다는 위험한 마법 생물!!

그런 위험한 생물까지 섞어도 괜찮아?!

《여는 순번은 제비로 결정하겠습니다. 대표자는 앞으로 나와 주세요~. 그리고 자물쇠를 여는 데 필요한 도구는 저희가 준비해 두었습니다. 또, 그 외에 필요한 도구가 있다면 최대한 준비해 드리도록 노력하겠습니다.》

이벤트장 구석의 긴 테이블 위에는 다양한 형태의 철사, 가느다란 실 같은 도구들이 놓여 있었다. 작은 방패도 놓여 있는데 뭐에 쓰는 물건이지?

"열쇠 구멍, 또는 위장 구멍에서 작은 독화살이 사출되는 함정이 있을지도, 모르니까요. 그걸 막기 위한 거겠죠."

린제가 내 의문에 대답해 주었다. 그렇구나. 보물 상자의 함정은 그 이외에도 가스가 분출된다든가, 보물 상자의 표면에 강산이 발라져 있다든가, 보물 상자 자체가 폭발하는 경우 등이 있다고 한다.

"그래서? 누가 갈래? 길드가 준비했으니 큰 위험은 없기야 하겠지만……."

그렇긴 해도 미믹이 걱정되었다. 난 이번에 참가하지 않기로 했으니 누가 나갈지가 문제인데.

"소인이 나가겠습니다."

"어?"

예상외의 목소리를 듣고 모두 잠시 멍해졌다.

"왜 그러시는지요. 반응이 영……. 소인도 모험자. 보물 상자를 안전하게 여는 방법 정도는 알고 있습니다."

"아, 아니. 그런가. 응, 그럼 맡길게."

내가 그렇게 말하자 야에가 제비를 뽑는 단상으로 올라갔다. 의외다. 정말 의외다.

"괜찮을까요……? 이렇게 말하긴 좀 그렇지만 야에 씨는 이런 세심한 일은 특기가 아닌 줄 알았는데요."

슬슬 야에의 본질을 파악한 유미나가 꽤 신랄한 평가를 내렸다.

실제로 야에는 엉성한 점이 많다. 자잘한 일은 신경 쓰지 않는다고 해야 할지, 대범하다고 할지. 자물쇠를 여는 기술과는 정반대의 능력을 지닌 사람 아닐지……. 그래도 야에도 자기 나름 무슨 생각이 있는 거겠지.

그러는 사이에 이미 몇몇 파티가 함정을 해제해 상자에서 수정 구슬을 꺼냈다.

그 수정 구슬에는 각각 숫자가 떠올라 있었다. 상자에 손을 댄 이후로 상자를 열 때까지 걸린 시간이라는 모양이다. 즉, 저 시간이 짧으면 짧을수록 고득점이라는 거구나.

"앗, 토야 씨. 야에 씨가."

린제가 가리킨 곳을 보니 야에가 서 있었다. 눈앞에는 야에가 선택한 보물 상자. 저걸 열어야 하는 건가.

그런데 여기서 난 야에가 자물쇠를 열기 위한 도구를 하나도 가지고 있지 않다는 사실을 깨달았다. 어? 대체 어떻게 열려고 그러지? 서, 설마…….

나의 불길한 예상대로, 야에는 허리에 차고 있던 칼집에서 칼을 뽑았다. 역시 그거였냐?!

칼을 뽑아 위로 들어 올리더니 야에가 우뚝 움직임을 멈췄다.

"하압!"

날카로운 기합과 함께 야에가 칼을 세로로 휘둘러 내렸다. 은백색으로 빛나는 칼날은 자물쇠를 두 동강으로 잘랐고…… 그 기세로 보물 상자까지 두 동강을 내 버렸다.

"앗."

야에가 아뿔싸, 하는 표정으로 우리를 돌아보았다. 나는 무심코 하늘을 올려다보며 손으로 얼굴을 감쌌다.

◇ ◇ ◇

"죄송합니다⋯⋯."

어깨를 축 늘어뜨리고 야에가 작은 목소리로 중얼거렸다.

두 동강이 난 보물 상자에서는 역시 두 동강이 난 수정 구슬이 나왔다.

"이렇게⋯⋯ 자물쇠를 자른 시점에 딱 멈출 생각이었습니다만⋯⋯."

알아. 뚜껑과 자물쇠만 자르고 싶었던 그 마음은 잘 알겠지만⋯⋯.

"왜 이렇게, 보물 상자의 가장자리를 자르지 않으신, 건가요? 그게 더 간단하지 않을까요?"

"윽! 그런 수가 있었군요!"

린제의 말을 듣고 야에가 탁, 하고 주먹으로 손바닥을 쳤다. 아니, 그 방법도 문제가 없진 않거든?

이건 어쩔 수 없는 일이다. 어차피 우리 파티 멤버 중에서는 아무도 열 수 없었을 테니까.

가령 우리가 던전에서 보물 상자를 발견했다면, 가장 좋은 방법은 【스토리지】에 그걸 수납한 뒤, 왕도로 가지고 와서 프로에게 열어 달라고 부탁하는 것이다.

다른 파티 몇 팀은 무사히 자물쇠를 열어 포인트를 획득했다.

이번에는 0포인트였던 우리 '브륀힐드' 는 순식간에 랭킹이 하락했다. 그래도 한가운데 정도에 머물러 있는데, 제1 경기에서 얻은 포인트 덕분인가.

"이제부터야, 이제부터. 아직 역전의 찬스는 있어."

아직 조금 풀이 죽어 있는 야에를 격려하는데, 단상 위의 오데트 씨가 다시 안내를 시작했다.

《제3 경기는 지식을 겨룹니다! 【상식 비상식? 모험자 퀴즈】!!! 출제된 문제의 정답을 맞히면 포인트가 가산됩니다!》

지식? 모험자가 알아야 하는 지식을 겨룬다는 건가?

《단! 대답을 위해서는 이 문제 용지가 들어간 봉투를 가져와야만 합니다! 길드의 봉랍으로 봉해진 이 봉투는 마을 안 곳곳에 놓여 있습니다. 그걸 가지고 와 주십시오! 물론 봉랍이 벗겨진 봉투는 무효입니다!》

오데트 씨는 봉랍으로 봉해진 파란 봉투를 높다랗게 들어 올렸다. 길드의 문장이 들어가 있는 봉투다. 저기에 문제가 들어 있는 건가.

문제도 난도가 높은 문제부터 낮은 문제까지 천차만별이라고 한다. 정답을 맞히면 포인트가 가산되고 틀리면 포인트가 감점된다.

 다섯 번 정답, 또는 다섯 번 실패할 때까지 몇 번이고 도전할 수 있다니, 몇 번이라고 말은 했지만 최대 아홉 번이란 말인가.

 물론 그러려면 또 봉투를 찾으러 거리를 뛰어다녀야 하지만.

 《이번 경기는 마법 금지입니다. 높은 곳에 있는 봉투도 직접 올라가서 입수해 주십시오. 제한 시간은 두 시간! 그럼 제3 경기 시작!》

 오데트 씨의 신호와 동시에 광장에 있던 모험자들이 일제히 사방으로 흩어졌다.

 마치 거미 새끼가 사방으로 흩어져 달아나는 듯한 모습이었다.

 "우리도 가자. 각자 나뉘어서 찾아볼까?"

 "그러네요. 이번에는 그래야 더 빠르겠어요."

 "알았어. 너희는 2인 1조로 팀을 이뤄 찾아줘. 나는 코하쿠하고 같이 찾을게."

 유미나는 야에와, 에르제는 린제와 팀을 이뤄 찾기로 하고, 우리는 각자 왕도 이곳저곳으로 흩어졌다.

 나는 광장이 있는 남구(南區)에서 서쪽 방면으로 이동했다. 남구의 동쪽은 번화가가 많아 사람도 많았다. 그래서 그곳은 물건을 찾기에는 어울리지 않는다고 판단했다.

 "자, 어디에 있을까. 마법을 쓰면 단번에 찾을 수 있을 텐데……."

《주인님, 저길 보십시오.》

거리 안을 두리번거리며 걷는데, 벽돌집 민가 2층의 지붕 위로 뻗어 있는 굴뚝에 봉투가 붙어 있는 모습을 코하쿠가 발견했다.

틀림없다. 길드의 봉투다. 저런 곳에 있을 줄이야. 발견 자체는 어렵지 않지만 입수하려면 나름 고생을 해야 한다는 말인가.

나는 【게이트】를 이용해 지붕으로 이동하려고 하다가 우뚝 멈춰 섰다. 위험해, 위험해. 마법은 금지였었어.

"참나, 성가시게……."

나는 울타리를 기어올라 민가의 지붕으로 옮겨간 다음, 간신히 굴뚝에 붙어 있던 봉투를 입수했다.

봉투를 입수한 내가 광장으로 돌아가 보니, 이미 몇 명인가 봉투를 입수한 모험자들이 길드 직원들 앞에 줄을 서 있었다. 좀 늦었나.

나도 그 뒤에 줄을 섰는데 곧장 앞 사람의 순서가 돌아왔다. 여성 모험자로 접수처의 직원은 남성이었다.

"시간 내로 대답해 주십시오. 뒤에 계신 분은 답을 알려 주셔선 안 됩니다."

길드 직원 아저씨가 미리 그런 경고를 했다. 아저씨의 가슴에는 모래시계가 박혀 있는 목걸이가 걸려 있었다. 저 모래시계로 대답 시간을 재는 듯했다.

여성 모험자가 건네준 봉투에서 길드 아저씨가 문제 카드를 꺼내 읽기 시작했다.

"그러면 《이 문제에 대답하라. 일각 늑대의 토벌 부위는 어디인가?》."

"어, 뿌……뿔?"

"정답. 축하합니다."

불안한 표정으로 대답한 여성 모험자에게 아저씨가 미소를 지으며 대답했다.

아저씨는 문제 카드에 빨간 붓으로 동그라미를 치고 여성이 속한 파티의 이름을 적고는 카드를 발밑의 박스에 넣었다.

의외로 간단한 문제였네. 저 정도 수준이라면 나도 대답할 수 있어.

여성 모험자가 기뻐하면서도 그 자리의 옆으로 이동했다. 다음은 내 차례다. 나는 봉투를 아저씨에게 건넸다.

"그러면 《이 문제에 대답하라. 전설의 모험자 드래곤 슬레이어 바크람이 애용했던 무기는 어떤 종류인가》."

"엥?!"

누구야, 바크람이라니?! 어? 유명한 모험자인가? 생전 처음 듣는 이름인데요?!

무기의 종류라면 검이나 창을 말하는 거겠지? 어어……!

아저씨 가슴에 있는 모래시계의 모래가 계속 떨어져 내렸다. 큰일이다. 이대로 가다간 시간이 지나 버리겠어!

"거, 검!"

"아쉽군요. 틀렸습니다."

아저씨는 카드에 엑스 자를 표시하고 우리의 파티 이름을 적은 뒤, 카드를 발밑에 있던 박스에 넣었다.

"정답은 도끼였습니다. 자, 다음 분."

뒤의 모험자에게 방해가 되기에 나는 얼른 그 자리를 떠났다.

큭! 문제가 역사와 관련되어 있으면 내가 알 수 있을 리가 없다. 조금 공부를 하긴 했지만, 이 세계의 역사는 거의 아무것도 모르니.

에라. 다음이다 다음! 어물거릴 틈은 없다. 나는 마음을 다잡고 코하쿠와 함께 다시 봉투를 찾기 위해 거리로 달려갔다.

"《이 문제에 대답하라. 왕도에 있는 모험자 어용 창관【꽃의 꿀】의 특급 코스 가격은?》."

"그걸 어떻게 알아!"

반쯤 자포자기에 가까웠지만, 길드 직원인 눈앞의 청년에게 내가 소리를 질렀다.

왜냐하면 아까부터 난도가 높은 문제만 걸렸기 때문이다.

난도가 높다고 할지, 유독 심술궂은 문제라고 하면 될지.

《벨파스트 왕국에 모험자 길드는 몇 개인가?》
《화차초, 월광초, 뇌제초 중 가장 비싼 약초는?》

이런 걸 어떻게 알아?! 물론 셋 중 하나를 고르는 문제는 모험자라면 알고 있어야만 하는 문제일지도 모르지만.

덧붙이자면 다들 벌써 다섯 문제를 맞혀서 포인트를 벌어들였다. 그리고 내가 문제를 못 맞혀 우리 멤버가 벌어들인 포인트를 없애고 있는 한심한 상태다. 하다못해 셋 중 하나를 고르는 문제만큼은 맞히고 싶었는데…….

제3 경기의 제한 시간도 코앞으로 다가왔다. 내가 제일 상식이 부족해서 그런 걸까? 물론 그야 그렇겠지만! 이세계에서 왔으니까!

아무튼, 다음! 다음 문제!

광장 밖으로 나가 거리를 달리며 주변을 둘러보았다. 봉투, 봉투, 봉투 어디 있어?!

꽤 멀리까지 가서 가져와야 하나? 그렇게 각오를 다진 내가 전력으로 달리려고 하는데, 뒤에서 달려온 흰 동물이 눈에 들어왔다.

"코하쿠?!"

우리 새끼 호랑이가 나와 나란히 달리고 있었다. 그것도 입에 파란 봉투를 물고서.

《주인님, 찾으시는 물건 여기에 있습니다.》

"오오! 나이스, 코하쿠!"

엄밀하게 말하면 코하쿠도 소환수이니 소환 마법을 사용했다고 받아들일지도 모르지만, 경기 중에 마법을 사용하진 않았으니 괜찮겠지.

나는 코하쿠한테서 봉투를 받아들고 180도 돌아 광장으로 돌아갔다.

조금 전에 소리를 쳤던 청년 길드 직원에게 다시 봉투를 건넸다. 시간을 따지면 이게 마지막 문제이겠지. 다섯 번 연속으로 틀리는 일만큼은 피하고 싶었다. 하다못해 한 문제는 맞히고 싶은데.

직원이 봉투에서 카드를 꺼냈다.

"앗, 찬스 카드입니다! 정답을 맞히면 3포인트를 획득할 수 있지만. 그리고 간단한 문제예요."

어? 진짜로! 야호!! 그렇게 생각했는데 정답을 맞혀도 총합은 마이너스 1포인트야, 큭!!

이건 상황에 따라선 문제를 안 가져와야 더 이득일지도…….

아냐, 괜찮아. 여기서 마이너스 포인트를 줄여주겠어! 명예를 회복하자!

"그러면. 《이 문제에 대답하라. 이 나라 국왕의 이름을 풀네임으로 대답하라.》"

"엑?!"

나도 모르게 표정이 굳었다. 임금님의 이름⋯⋯? 어라? 그러니까, 자, 잠깐만! 어어, 분명히⋯⋯!

아아. 얼굴은 떠오르고 자주 이야기를 하는데 이름이 안 떠올라! '임금님', '국왕 폐하'라고 하면 통하니까 완전히 잊어버렸어!

유미나가 '유미나 에르네아 벨파스트'지? 그렇다면 '에르네아 벨파스트'가 마지막에 붙는 붙을 텐데⋯⋯. 아니야! '에르네아'는 일족의 여성에게만 붙는다고 했었어!

남성이라면⋯⋯ 그래, '에르네스'! 오르트린데 공작님은 에르네스였어! '에르네스 벨파스트'야!

⋯⋯그러면 퍼스트 네임은?!

"그러니까⋯⋯ 트리⋯⋯트리스, 트리스로린⋯⋯ 아냐. 윈⋯⋯?"

"네? 확실히 대답해 주십시오."

"트리스트윈⋯⋯ 에르네스 벨파스트였나?"

"⋯⋯⋯⋯."

이봐, 뜸 들이지 마! 더 불안해지잖아?!

"정답! 3포인트 획득!"

눈앞의 길드 직원의 목소리와 동시에, 단상의 【스피커】를 통해 오데트 씨의 경기 종료를 알리는 휘슬 소리가 울려 퍼졌다.

직원이 카드에 동그라미를 표시하고 우리의 파티 이름을 적어 넣었다. 간신히 정답을 맞힌 건가.

후~. 안 되지, 안 돼. 다름 아닌 장인어른이 될 사람의 이름을 기억하지 못하다니 말도 안 되는 일이잖아. 반성하자.

결과 내가 마이너스 1포인트, 유미나와 린제가 5포인트, 에르제와 야에가 3포인트 해서, 총 15포인트. 한 사람당 평균 3포인트다. 나쁘지 않다. 내가 평균치를 깎아 먹어서 이런 점수가 된 거지만…….

역시나 순위는 크게 오르지 않아 중간보다 조금 높은 순위에 머물렀다.

"의외로 어렵네. 우린 아직 모험자가 된 지 1년밖에 안 됐으니 어쩔 수 없나?"

"이제부터가 시작이에요. 같이 힘내요!"

조금 기분이 가라앉은 에르제를 유미나가 격려했다. 그래, 이제부터가 중요해. 힘내자.

《자, 점심도 조금 지난 시점이니, 이쯤에서 점심을 먹도록 하겠습니다. 가벼운 식사를 준비했으니 각 파티의 대표가 받으러 와 주십시오.》

오, 점심을 제공하는 건가. 주면 고맙지. 통이 크네, 모험자 길드. 아냐. 10만 엔이나 받아갔으니 이 정도는 당연한가?

우리는 길드가 제공하는 식사를 받아와 다 같이 먹기로 했다.

정확하게 뭔지는 알 수 없는 국이 국그릇 가득 들어가 있는 음식이었다. 건더기도 야채나 고기가 꽤 많이 들어가 있어,

돼지고기가 들어간 된장국 같은 느낌이었다.

"어? 생각보다 맛있어."

겉보기에는 깐깐한 레시피에 집착하지 않은 야성적인 요리지만 예상 이상으로 맛있다.

무슨 고기가 들어갔을지 좀 신경 쓰이긴 하지만. 역시 마수 고기인가?

복잡한 기분으로 고기를 씹어먹고 있는데, 다시 오데트 씨가 단상에 올라가 말했다.

《여러분, 모험자라면 요리 하나 정도는 할 줄 알아야 합니다. 이제부터 여러분에게 제한된 시간, 음식 재료, 조미료, 조리 기구를 제공할 테니, 최대한 맛있는 음식을 만들어 주십시오. 이 정도면 눈치채셨겠지만, 제4 경기는 【창작 요리 승부】입니다!》

음? 그렇게 나오나. 제비를 뽑은 대로, 랜덤으로 선택된 음식 재료와 조리 도구를 건네받았다. 음식 재료는 고기와 채소가 균형 잡히게 들어가 있었다. 조리 도구는 냄비 하나와 부엌칼. 요리를 못 할 정도는 아니지만, 이래서야…….

"큰일이네요……."

"그러게."

우리는 어딜 가든 【게이트】를 사용하니 당일치기가 기본이다. 그래서 식사는 보통 집에서 한다.

굳이 집에 가지 않더라도 【스토리지】가 있으니, 요리할 기회가 거의 없다. 따뜻한 요리를 언제든지 꺼낼 수 있으니, 당연하게도 굳이 요리할 필요가 없다.

그것도 문제고, 우리 멤버 중에서도 의지할 만한 사람이 없었다.

나는 거의 요리해 본 적이 없고, 유미나도 공주님이니 조리 경험이 있을 리가 없다.

야에도 검술 외길을 걸어왔으니 세심한 요리는 어려울 테고.

남은 사람이라면 에르제와 린제인데…….

"어쩔 수 없네. 내가 팍팍…….."

"안 돼! 언니는, 안 돼요!"

언니가 팔을 걷어붙이며 부엌칼을 잡으려고 하자, 여동생이 필사적인 표정을 지으며 뜯어말렸다. 어? 린제가 이렇게까지 적극적으로 나서다니 웬일이지?

"조금 만드는 정도야 뭐 어때…….."

"제가, 만들게요! 언니는 채소를 씻어 줘!"

"쳇."

부루퉁하면서도 린제의 말대로 에르제가 대야에 물을 담아 채소를 씻기 시작했다.

린제는 절대 에르제가 요리를 못 하게 말리고 싶었던 모양이었다. 왜 그런가 싶어 린제를 도우면서 내가 슬쩍 물었다.

"그렇게 심각해?"

"못 먹을 정도는 아닐지도 모르지만, 모든 사람이 좋아할 만한 음식은 아니에요. 가능하면 안 하는 게, 좋아요."

린제의 언니는 아주 개성적인 요리를 만드는가 보다. 그렇다면 안 만드는 게 무난한가. 독창적인 요리는 마니아는 생길수 있어도, 받아들이지 못하는 사람은 거들떠보지도 않을 테니까.

그런 도전적인 짓을 해서 순위를 더 떨어뜨릴 수는 없다. 지금은 도박을 할 상황이 아니다.

척척 린제가 요리를 만들어 갔다. 한정된 재료와 조리 도구로 간단한 고기야채 볶음을 만들었다. 남은 음식 재료로 채소 수프까지 만든 모양이다. 살짝 맛을 봤는데 꽤 맛있다. 걸작이라고 하기는 힘들어도, 모험 도중 캠핑할 때 이런 음식이 나온다면 충분히 맛있게 먹고도 남지 않을까?

길드 직원이 완성된 파티의 요리를 차례로 먹으며 심사했다. 개중에는 음식을 입에 넣자마자 얼굴이 새파래지는 직원도 있었다. 명복을 빕니다.

우리가 만든 요리는 평범한 평가라, 크게 순위를 올리지는 못했다. 하지만 그렇다고 해서 아무도 뭐라 하는 사람은 없었다. 자신들이 만들었다면 순위가 올라가기는커녕 떨어질 게 뻔했으니까.

"간신히 선두권 집단에 매달려 있는 형세네."

상금을 꼭 받아야겠다고 생각하는 건 아니지만, 기왕에 출전한 이상 우승하고 싶었다.

《이제 마지막 경기입니다! 모험자에게 가장 중요한 능력은 무엇일까요. 바로 위험 회피 능력입니다! 자신의 실력을 정확히 파악해, 가능한 일과 불가능한 일을 판단해 살아남아야 하지요. 죽음을 맞이해서야 아무런 의미도 없습니다. 살아남아야 비로소 모험가라 할 수 있습니다!》

호오. 일리가 있는 말이다. 모험가는 항상 위험과 함께 살아간다. 그러한 위험을 적절히 회피하지 않으면 최악의 경우엔 생명을 잃을 수도 있다.

《일단 이걸 봐 주십시오.》

오데트 씨가 보드에 붙여둔 커다란 지도를 단상 위로 가지고 왔다. 왕도의 지도다. 마치 코스 같은 선이 그려져 있는데, 도시를 빙 돌아 여기로 돌아오는 경로였다.

레이스라도 하나? 뒷골목 경로도 많고, 좁은 길을 많이 지나네.

《마지막 경기는 이 코스를 지나 빨리 돌아올수록 높은 포인트를 획득할 수 있습니다. 하지만 코스 중간에는 다양한 함정이 도사리고 있어, 쉽게 도착할 수는 없습니다. 당연하지만 함정에 걸리면 포인트가 삭감됩니다. 또한 코스를 벗어나도 실격이니 명심해 주십시오!》

한마디로 장애물 경기라고 보면 되나. 함정이라니 좀 그렇긴 한데……. 어떤 함정일까?

지금, 길이 봉쇄되어 주민은 이 안으로 들어올 수 없는 상태인 듯했다. 스케일이 크네. 언뜻 길드의 힘을 엿본 듯한 기분이 들었다.

"신중하게 나아가야 더 유리할까요?"

"그런데 어물거리면 다른 사람들이 앞으로 쭉쭉 나가 버리잖아."

"그러나 선두일수록 함정에 걸릴 확률이 높지 않을지요."

"어려운, 문제네요."

뒤처져선 안 된다. 그렇지만 선두 집단에 있어도 위험이 도사리고 있다. 너무 뒤처지지도 말고 너무 앞서지도 말며 중간을 유지하다가 후반에 기회가 있으면 역전을 해야 제일 좋은가?

《덧붙이자면! 전이 마법을 사용해 함정을 회피해선 안 됩니다! 실격이니까요! 그 이외의 마법이라면 사용해도 괜찮습니다. 물론 마을을 파괴하거나, 다른 선수들을 방해하면 실격입니다!》

쳇. 명심하라는 듯이 나를 보면서 다짐을 받아두고 있잖아. 최악의 경우에는 그런 방법도 있지 않을까 생각했지만 아무래도 안 될 듯했다.

"일단은 다 같이 움직이자. 무슨 일이 있으면 서로 도울 수 있도록."

"그러네요. 각자 다른 방향에 주의를 기울이면서 앞으로 나아갈까요?"

유미나가 작게 고개를 끄덕였다. 코스의 거리 자체는 길지 않다. 평소대로 달리면 12분도 안 돼 돌아올 수 있는 거리다. 함정이 얼마나 있는가에 달렸기는 하지만.

모험자들이 우르르 출발 지점으로 모여들었다. 모두 갑옷을 벗고 최대한 가벼운 차림으로 달릴 생각인 듯했다.

우리는 일부러 선두권에서 벗어나 한가운데쯤에 자리를 잡았다. 이런 식의 출발이면 한꺼번에 출발하다가 서로 엉켜 넘어질 가능성도 있으니까.

《그러면 마지막 경기, 【장애물 함정 경주】 출발!》

오데트 씨의 출발 신호와 함께 우리는 일제히 달려나갔다. 광장을 빠져나가면 처음에는 직선 코스가 계속 이어진다. 앞에서 달리는 모험자가 있어 잘 보이진 않지만 특별한 함정은…….

"우어어?!"

"으아아아아아아아?!"

"잠깐만, 멈추라니까! 으아아아아?!"

갑작스러운 외침에 모두 그 자리에 멈춰 섰다. 무슨 일이지?!

앞으로 가 보니 뻥 뚫린 구멍으로 10명 정도의 모험자가 떨어져 진흙투성이가 되어 있었다.

"구덩이다! 젠장, 맛 좀 보란 듯이 아래에는 진흙까지 준비해 뒀어!"

흙 마법으로 팠는지, 주변은 무너지지 않도록 단단히 굳어 있는 듯했다. 진흙도 쿠션 대신인가? 역시 선두권은 위험한 건가.

구덩이에 떨어진 파티 멤버 이외에는 구덩이를 피해 앞으로 나아갔다. 냉정해 보이지만 이것도 시합이니까 나쁘게는 생각 마.

"역시 조심해서 나아가야겠어요."

"근데, 너무 어물거리고만 있을 수도……."

없다, 라고 유미나에게 말하려던 그때 "으아아아아아아악?!" 하고 또 다른 모험자 한 명이 순식간에 로프에 다리가 묶여 나무 위에 거꾸로 매달렸다.

"……조심해서 나아가자."

앞에서 달려가던 모험자가 모퉁이를 돌았다. 우리도 그 뒤를 따라 똑같이 돌아갔는데, 그 모험자는 벌러덩 넘어져 지면에 등을 부딪쳤다.

"크윽?!"

통증으로 괴로워하는 모험자의 발밑을 보니 무슨 액체가 뿌려져 있었다. 아무래도 이 액체에 미끄러져 넘어진 듯했다. 기름인가? 아냐. 더 미끌미끌한 다른 물질이야.

반짝거리는 그 액체를 피하면서 우리는 신중하게 돌바닥 위를 걸어갔다. 모퉁이를 돌자마자 이런 함정을 마련해 두다니 참 징글맞다. 이 모험자가 없었으면 우리도 분명 넘어졌겠지.

"으악?!"

우리 뒤를 따라오던 다른 모험자가 액체를 밟고 미끄러져 넘어졌다. 이것 봐.

미끌미끌 로드를 빠져나가 크고 긴 돌다리 앞에 도착해 보니, 커다란 폭발음과 함께 모험자 한 명이 공중을 날아 강으로 떨어졌다. 에에에엑?!

"설마 지뢰인가?!"

《소리와 폭발은 강하지만 안전을 고려한 함정이니 안심하십시오! 반복해서 죄송하지만, 안심하십시오!》

"어떻게 안심을 해?!"

어디선가 여기까지 날아온 오데트 씨의 그 말을 듣고 나는 무심코 딴지를 걸었다. 그 타이밍에 다른 모험자도 함정을 밟은 듯, 발밑에 출현한 마법진의 힘으로 강으로 날아가 떨어졌다.

"폭발음은 들리지만 '익스플로전' 같은 폭발 계열이 아니라, 사이클론 같은 폭풍 계열과 플래시 같은 섬광 계열, 인가 봐요. 정말로 대미지는, 적어 보여요."

"아무리 그래도⋯⋯."

린제가 해설해 주었지만 도무지 안심할 수 없었다. 아무리 대미지가 적어도 멀리 날아가 버리는 건 사실이니까. 게다가 강에 떨어지면 코스 아웃이다. 실격당한다.

"구별하는 방법이 있는 건가?"

나는 웅크려서 시선을 낮춰 보았다. 모르겠다. 다리의 돌바닥에 무슨 표시라도 되어 있는 줄 알았는데.

"토야 님, 저걸 보십시오!"

"응?"

곰곰이 생각하던 내가 시선을 들어 보니, 다른 모험자들이 다리의 난간을 통나무 다리를 건너듯이 밟고 지나가고 있었다. 큭, 그런 수가 있었나?!

난간 위는 좁아서 겨우 한 명이 지날 공간밖에 없었다. 그래서 순서를 기다리듯이 긴 줄이 형성되고 있었다.

"소, 소인들도 어서 줄을 서야 하지 않을지요……!"

아니. 이제 와 줄을 서 봐야 이미 늦었어. 어쩌면 좋을까. 어? 그거야. 한마디로 다리에 발이 닿지 않으면 되는 거잖아.

"【바위여 오너라, 거암(巨巖)의 분쇄, 록크래시】."

나는 위력을 억제한 흙 마법을 다리를 향해 사용했다. 농구공 정도 크기의 돌이 몇 개나 다리 위에 떨어지자, 그중 몇 개가 폭발하며 저 멀리 날아가 버렸다. 마을을 파괴하진 않았으니 이 정도는 괜찮겠지.

돌 몇 개가 폭발해 날아갔지만, 폭발이 끝나자 다리 위에는 마치 징검돌처럼 돌이 다리 저편까지 그대로 남아 있었다. 좋아! 이 위를 건너면 안전하게 도착할 수 있어!

"굉장해요! 이러면 건널 수 있겠는걸요?"

"토야, 제법인걸?"

곧장 몸놀림이 가벼운 에르제가 깡충깡충 돌 위를 밟고 순식간에 저편으로 건너갔다. 우리도 그 뒤를 따라 모두 무사히 다리를 건너는 데 성공했다.

난간을 건너던 사람들은 이제 와 다리로 돌아올 수 없어, 어물어물 균형을 잡으며 다리를 건넜다.

얼른 앞으로 나아가자. 우리가 만든 징검돌을 사용해 후속 모험자들이 따라오기 전에.

그 이후로 투망을 사용한 함정이나, 돌풍을 일으키는 함정, 달콤한 과자로 유혹하는 함정(수면제가 들어가 있는 듯했다) 등을 지나, 우리는 어느새 단독 선두를 질주하고 있었다.

선두로 달리기는 위험하지만, 여기까지 온 이상 이대로 돌파하는 수밖에 없다.

"이대로 가면 우승할 수 있겠습니다!"

옆을 달리며 말하는 야에를 보고 나도 고개를 끄덕였다. 그렇지만 방심은 금물이다. 이런 레이스는 마지막까지 어떻게 될지 알 수 없다. 순식간에 전세가 뒤집히는 결말이 숨어 있을지도 모르니까.

정면에 다리가 보였다. 조금 전에 건넜던 다리가 아닌 다른 다리였다. 다리가 걸려 있는 강은 같은 강이지만.

"또 지뢰, 일까요?"

"그건 알 수 없지만, 일단 조금 전과 똑같은 방법을 사용해 건너자."

나는 다시 【록크래시】로 저편까지 돌 몇 개를 떨어뜨렸다. 역시 지뢰였는지, 돌이 몇 개인가 폭발해서 날아갔다.

파티 멤버들이 먼저 조금 전의 그 다리에서처럼 징검돌이 된 돌을 밟고 다리를 건넜다. 나는 마지막으로 건너면서 다 건넌

뒤쪽의 돌을 브륀힐드의 【익스플로전(소)】가 부여된 총알로 부서뜨렸다.

다행히 뒤따라오는 다른 모험자들은 보이지 않았다. 후속 모험자들이 이 돌을 이용하면 추월당할지도 모르니 부숴 두자.

"응?"

문득 옆을 보니 다리의 난간을 새끼 고양이가 건너고 있었다. 어? 왜 이런 곳에 새끼 고양이가 있지? 그런 생각을 할 틈도 없이, 새끼 고양이가 태연하게 지뢰가 있는 다리 위로 깡충 뛰어내렸다.

"앗?!"

새끼 고양이를 구하려고 몸이 반사적으로 움직였다. 나는 돌에서 점프해 공중에서 새끼 고양이를 붙잡았다.

하지만 그대로 착지한 발밑에서 마법진이 떠올라 나는 자신의 실수를 깨달았다. 순간적으로 뒤에 있던 야에에게 새끼 고양이를 던져 주었는데, 이건 내가 생각해도 멋진 판단이라고 칭찬해 주고 싶었다.

"우아악?!"

"토야 님?!"

"토야 오빠?!"

섬광과 폭발, 그리고 폭풍에 휩쓸린 나는 곧장 다리의 난간을 넘어가 강을 향해 거꾸로 떨어져 내렸다.

◇ ◇ ◇

《우승은 팀【백은의 바람】!!!!》

우오오오오오오오오오오! 광장에 함성이 울려 퍼졌다. 온몸
이 흠뻑 젖은 나는 그 모습을 보고 주변 사람들을 따라서 기계
적으로 박수를 보냈다.

"아까웠어."

"어쩔 수 없는 일입니다."

"얘들아, 미안해. 내 탓에."

"무슨 말씀이세요. 토야 오빠 탓이 아니에요."

"그냥 운이 안 좋았을, 뿐이에요."

불과 1포인트. 1포인트 차이로 우리가 졌다. 실격이 된 나 이
외에는 모두 골인했지만, 1등이 되기엔 1포인트가 모자랐다.
나도 골인했다면 틀림없이 우승이었을 텐데. 강에만 안 떨어
졌어도, 마이너스 포인트는 받았을지 몰라도 레이스는 계속
할 수 있었는데. 너무 아쉽다.

"우승은 못 했지만, 준우승이잖아. 미스릴 무기는 못 받았지
만, 백금화 5닢이야. 우리, 대단하지 않아?"

에르제가 에헴이라고 말을 하듯이 가슴을 폈다. 이건 위로
를 해 주는 건가?

물론 준우승도 대단한 실적인지 모른다. 백금화 5닢이면, 500만 엔에 해당한다. 다섯이서 나누면 한 사람당 100만 엔. 상당한 거금이긴 하다.

받은 백금화를 꽉 쥐며 나는 혼자서 고개를 끄덕였다. 이건 분위기도 살리고 기운도 북돋을 겸, 아낌없이 써 볼까.

"그럼 이 돈으로 저택 모두에게 선물을 사서 돌아가자!"

"좋은 생각입니다! 그럼 소인은 클레아 님에게 음식 재료를 잔뜩 사서 돌아가겠습니다!"

그건 선물이 아니지 않을까. 거의 다 야에의 위장으로 들어갈 것 같은데. 굳이 말할 필요 없는 얘긴가.

"나는 레네한테 잘 어울릴 법한 옷을 하나 사서 돌아갈까?"

네가 입을 옷을 사려는 거구나, 에르제. 굳이 이유를 댈 필요 없이 그냥 사면 될 텐데.

"저는, 라피스 씨와 세실 씨한테 액세서리를 사 드리겠어요."

"그러면 전 할아범한테 시계라도 사 줘야겠는걸요?"

린제와 유미나가 각각 그렇게 제안했다. 그렇다면 난 다른 남자들에게 줄 모자라도 사서 가기로 할까. 아니. 100만 엔이나 들어왔는데 그건 너무 구두쇠 같잖아. 훌리오 씨한테는 조원(造園) 도구 세트, 문지기 톰 씨와 해크 씨한테도 장비 세트를 선물하자.

"다 같이 상점가를 둘러보고 돌아갈까?"

내가 걷기 시작하자 유미나가 다가와 내 옆에서 나란히 걸으며 발밑에서 걷고 있던 코하쿠를 안아 올렸다.

"오늘은 정말 즐거웠어요! 또 이런 이벤트가 개최되면 참가해요!"

"그러자."

즐겁게 미소 짓는 유미나를 보며 나도 미소 지었다. 생글거리며 웃는 유미나와 여자아이들을 보고 나는 참가하길 잘했다고 생각했다. 이렇게 시끌벅적한 이벤트도 좋은걸? 또 기회가 오면 참가하자.

그런 생각을 하면서 우리는 해가 뉘엿뉘엿 저무는 오후의 왕도를 걷기 시작했다.

◇ ◇ ◇

"토야, 왜 그래? 아까부터 흐리멍덩하게 썩소를 다 짓고……."

아침을 먹는데 에르제한테서 그런 지적이 날아왔다. 흐리멍덩하게 썩소라니…… 너무하지 않아?

"아니, 옛날 꿈을 꿨거든. 그리운 기분이 들어서."

"어떤 꿈을 꾸셨는지요?"

"무슨 꿈이냐면, 모험자 길드가 주최하는 대회에 나간 적이 있잖아?"

"아! 정말 그리운걸요? 아직 벨파스트 왕도에 살던 시절이죠?"

생각났다는 듯이 유미나가 손뼉을 쳤다. 그때는 아직 루, 힐다, 사쿠라와도 만나기 전이다.

물론 아이들도 없었다. 이미 그때가 그립다는 생각이 들 만큼, 지금까지 수많은 사건이 벌어졌다.

"모험자 길드 대회? 아빠랑 엄마들 그 대회에 나갔어? 우승했어?"

흥미가 생겼는지 린네가 옆에 있던 린제에게 물었다. 대회는 미래 세계에서도 계속 개최되는 모양이었다.

"아쉽게도 우승은 못 했어."

"마지막의 마지막 순간에 토야가……."

질문에 어떻게 대답할지 망설이는 린제를 대신해 에르제가 쓸데없는 소리를 덧붙였다. 잠깐! 딸들 앞에서 그런 과거 얘기는 할 필요 없지 않아?

"저희도 듣고 싶어요."

"네. 어떤 대회였는지 궁금해요."

루와 힐다까지 관심을 가지기 시작했다. 사쿠라, 스우, 린까지 듣고 싶은 눈치다. 아이들도.

아……. 꿈 이야기는 하지 말걸.

활기차게 과거 이야기를 하는 에르제와 신부들을 바라보면서, 나는 쓴웃음과 함께 아침 식사를 입에 넣었다.

서방 대륙의 동쪽, 성왕국 아렌트 옆에는 큐리엘라 왕국이란 곳이 있다.

예전에는 대륙의 동쪽 끝에 있어, 무역이라고 해 봐야 성왕국 아렌트, 란제 왕국에 걸친 길고 높은 산맥을 넘는 비행선으로 소규모 무역을 하거나 배를 타고 북쪽의 파나셰스와 교역을 하는 정도에 불과했다.

그러나 신대륙이 발견되어 큐리엘라 왕국은 단숨에 리프리스, 벨파스트, 미스미드라는 교역 상대를 발견하게 되었다.

바다 너머의 그리 멀지 않은 곳에 갑자기 거래 상대가 나타난 것이다. 이 일은 큐리엘라 왕국에 긍정적으로 작용했다.

큐리엘라 왕국에서는 마공학과 고렘 기술을 수출하고, 신대륙에서는 마법 기술과 마도구를 수입했다.

또한 서방 대륙에는 없는 문화와 예술, 음식 등, 거래할 대상은 무한했다.

큐리엘라 왕국은 대무역 시대로 돌입하게 되었다.

동방 대륙의 교역품은 큐리엘라 왕국으로 모여들었고, 그

교역품을 얻기 위해 서방 여러 나라의 상인들은 험준한 산을 넘어 일부러 큐리엘라 왕국을 찾았다. 서쪽에서 동쪽으로, 동쪽에서 서쪽으로. 물건 이동을 중개하기만 해도 큐리엘라 왕국은 부를 쌓을 수 있었다.

큐리엘라의 상인들은 모두 계속해서 대형선을 만들었고, 성공을 꿈꾸며 동방 대륙으로 건너갔다. 두 대륙을 잇는 그 바다에는 거대한 마수가 숨어 있는 해역도 있었지만, 상인들의 야망 앞에서는 작은 문제일 뿐이었다.

몇 척이나 되는 배가 바다에 가라앉았지만, 배는 계속 출항을 이어갔다.

큐리엘라 왕국 동쪽에 있는 연안에 존재하는 도시 알프리스도 그런 상인들이 모여들어 번성하기 시작한 마을 중 하나였다.

그런 항구 마을이 지금 대혼란의 도가니로 변했다.

갑자기 바다에서 나타난 반어인(半魚人) 무리가 항구의 주민들을 습격했기 때문이다.

아니, 반어인뿐만이 아니었다. 팔이 네 개인 호리호리한 고렘과 4미터는 되는 바위 거인도 바다에서 나타나 공격을 시도했다.

반어인들은 인간들을 습격했고, 팔이 네 개인 고렘들은 마을에 불을 질렀다. 바위 거인들은 눈에 띄는 물건을 모조리 파괴했다.

한창 번영을 누리던 항구 마을에 악몽 같은 광경이 펼쳐졌다.

알프리스를 지키는 경비 고렘과 기사단이 습격한 자들을 격퇴하면서 마을 사람들을 대피시켰다.

하지만 여기저기에서 불길이 치솟아 알프리스는 이미 어떻게 손을 쓸 수 없는 지경까지 내몰렸다.

터무니없는 힘에 유린당한 사람들의 절망적인 목소리가 크게 높아만 갔다.

우왕좌왕 도망치는 사람들을 한 쌍의 높은 종루 지붕 위에서 내려다보는 인물이 있었다.

"좋은걸, 아주 좋아. 불타오르는 불꽃, 파괴되는 마을, 메아리치는 비명. 최고야."

종루에 서 있는 사람은 회색 머리카락을 나부끼는 소년이었다.

얼굴 아래 절반이 철 가면으로 뒤덮여 있어 보이지 않았지만, 소년의 눈은 명백히 웃고 있었다. 기쁨의 빛을 띤 그 두 눈에는 불타는 알프리스 마을이 비치고 있었다.

소년은 모험자 같은 의상을 입고 남보라색 망토를 걸친 모습으로, 손에는 이상한 형태를 한 창을 들고 있었다. 물미와 꼭지쇠에 동그란 눈알 의장이 달린 불길한 메탈릭퍼플색 창이었다.

"자, '위스티리어'. 네가 좋아하는 음식이다."

소년이 창을 머리 위로 들어 올리자 마을 곳곳에서 검은 안

개가 피어올라 빨려들어 가듯이 창으로 흡수되어 갔다.

검은 안개는 혼란스러워하며 이리저리 도망치는 사람한테서 피어올랐다. 평범한 눈에는 보이지 않는 그 안개가 빠져나간 사람들은 그 자리에서 픽픽 쓰러졌다.

사람들은 살아 있었다. 하지만 그 눈에는 생기가 없었다.

검은 안개를 빨아들인 메탈릭퍼플색 창. 사신기(邪神器) '위스티리어'는 더욱 강렬하게 빛났다.

"하앗, 영차!"

종루 위에 있던 소년이 창을 한 번 휘둘렀다. 그러자 창끝에서 발사된 수만에 달하는 벼락이 항구에 정박한 배를 모두 산산이 파괴했다.

"크하하하하! 꽤 멀리 날아갔네?! 그럼 다음은……."

"언제까지 놀고 있을 건가요, 오키드. 이제 철수해야죠."

어느새 소년의 등 뒤에 잠수 헬멧을 쓴 다른 남자가 서 있었다. 허리에는 짙은 푸른색 손도끼를 차고 있었다.

"인디고, 뭐야. 딱 좋은 참이었거든?"

"마을 파괴가 아니라, 어디까지나 인간의 부정적인 감정을 모으는 게 목적이었을 텐데요?"

"알았어. 그래서 보다시피 잘 모으고 있잖아."

오키드라 불린 소년은 손에 든 보라색 창 위스티리어를 잠수 헬멧을 쓴 남자를 향해 휘둘러 보여 주었다.

조금 전, 사신기가 흡수한 연기는 인간이 지닌 부정적인 감정이었다. 정확하게 말하면 공포심이었다.

분노, 증오, 슬픔, 고통과 같은 부정적인 감정 중에 다른 사람이 가장 쉽게 유도할 수 있는 감정은 공포였다. 그것은 생존 본능에 따라서 자신을 방어하려는 감정이기 때문에 회피하기 어렵고, 누구든 쉽게 마음을 지배당하는 감정이었다.

사신기에 마음을 빼앗긴 사람은 살아 있는 시체가 된다. 마음을, 영혼을 잃으면 그곳에는 단순한 허물만이 남는다.

"이런 식으로 모으는 방법은 별로인데 말이죠."

"일부러 약물에 중독되게 만들 필요가 없으니 이게 더 빠르고 간단하잖아? 인디고 네 방식은 너무 귀찮아 탈이야."

"그건 그거대로 순도가 높은 부정적 감정을 입수할 수 있거든요. 공포는 영혼을 아주 잠시 침식하는 게 고작이에요. 마약으로 조금씩이지만 확실히 부정적인 감정을 축적하게 하여 절망으로 물들여야 더 순도가 높은⋯⋯."

"네네, 알겠습니다."

오키드는 인디고의 이야기를 무시했다. 이 남자는 예전엔 신부(神父)였기 때문인지 말투가 설교조가 되는 경향이 있었다.

"목적을 달성했으면 바로 철수하죠. 나라의 기사단이 출동하면 성가시니까요."

"나오면 나오는 대로 재미있을 텐데."

"당신이 아무리 강해도 국가를 상대로 하기엔 전력이 모자라요. 지금은 아직."

"쳇. 시시하게."

두 사람의 발밑에 푸른 거품이 물결치더니, 두 사람이 물속으로 떨어지듯이 풍덩 하고 사라졌다.

마치 그게 신호라는 듯이 반어인과 팔이 네 개인 고렘, 바위 거인이 마을 공격을 멈추고 바다로 되돌아가기 시작했다.

나중에 밝혀진 일인데, 그 이후에 상처를 입은 몇몇 마을 사람들이 변이를 일으켜 반어인과 비슷한 모습이 되더니 바닷속으로 사라져 갔다고 한다.

알프리스 마을은 괴멸. 얄궂게도 서방 대륙에는 모험자 길드가 아직 일부에만 설치되어 있고, 그에 더해 큐리엘라 왕국은 세계 동맹에도 참가하지 않았기 때문에 이 정보가 전 세계로 전해지기까지는 잠시 시간이 더 걸렸다.

"콘서트홀이라⋯⋯."

"여행하는 음유시인이나 음악가를 초청해 연주하는 거야. 브륀힐드를 지나는 사람들에게도 잠시간의 오락이 돼."

"흐음. 나쁘지 않다고 생각합니다."

사쿠라의 제안에 재상 코사카 씨는 긍정적인 반응을 보였다. 실제로 지금은 주점과 중앙공원 외에는 연주할 수 있는 장소가 없으니까.

주점은 주점대로 라이브하우스 같은 활기가 있어 즐겁지만, 국빈을 모시게 된다면 아무래도 주점에서 연주할 수는 없다.

코사카 씨가 곧장 장소를 결정하기 위해 건설 주임인 나이토 아저씨한테로 가 버렸다. 여전히 일 처리가 빠르다. 그 덕분에 많이 도움을 받고 있기는 하지만, 쉬는 날을 잘 챙기고 있을까? 다음에 억지로라도 휴가를 주든가 해야겠어.

"그런데 갑자기 어쩐 일이야? 콘서트홀이라니."

"요시노한테 들었어. 미래에는 나랑 그곳에서 함께 몇 번이나 연주했었대."

뭐야, 그런 거였어? 보아하니 요시노가 무심결에 그런 얘기를 흘렸구나? 그렇다면 늦든 빠르든 언젠가 콘서트홀이 생길 수밖에 없었다는 말인가.

내가 어떻게 된 일인지 겨우 이해하게 된 그때, 요시노 본인이 갑자기 우리가 있는 집무실을 찾아왔다. 【텔레포트】로 태연하게 나타나지 말라고 말을 했는데 참.

"아버지! 어머니! 이거 봐! 박사님한테 받았어!"

그런 말을 하며 요시노가 우리 앞에 내민 물건. 그것은 기타였다. 평범한 크기의 기타가 아니라, 조금 작게 만들어진 어린이용 기타라고 보면 될까.

조금 놀랍게도 그건 일렉트릭 기타처럼 보였다. 스트라토캐스터냐.

그러고 보니 사쿠라는 신혼여행을 가서 악기 서적을 샀었지? 악기도 몇 개인가 샀지만……. 박사 그 인간, 그걸 참고해 만든 건가?

요시노가 피크로 기타를 쳤다. 엠프도 없는데 주변으로 꽤 큰 기타 소리가 울려 퍼졌다. 평범한 일렉트릭 기타가 아니었다. 이건 마도구잖아. 【스피커】마법이 발동되고 있어.

요시노는 즐겁게 기타를 쳤다. 와, 우리 딸 좀 대단하지 않아? 나는 기타에 문외한이지만 이 연주가 얼마나 대단한지는 잘 알 수 있었다.

어? 이 인트로는…….

이 곡은…… 그 곡인가? 어떻게 요시노가 이 곡을 알고 있지? 미래에서 나나 사쿠라한테 들었나?

록 사상 최고의 기타리스트로 명성이 높은 뮤지션이 이끌었던 밴드의 대표곡. 그 사람은 27세에 이 세상을 떠났지만, 그 존재는 후세의 뮤지션에게 큰 영향을 주었다. 요시노는 이로 연주하고 그러진 않겠지?

마치 그 곡의 제목처럼 보랏빛 연기가 요시노를 둘러싼 듯이 보였는데, 이건 마력인가?

노래가 시작됐다 싶어 보니, 노래를 시작한 사람은 요시노가 아니라 사쿠라였다. 엄마가 노래하기냐!

변화무쌍한 사쿠라의 목소리가 노래에 맞춰 허스키에서 블루스로 바뀌었다. 항상 그렇지만 굉장한 박력이다.

요시노가 연주하는 기타에 맞춰 나도 리듬을 탔다. 이 곡은 할아버지가 좋아했던 곡이라 자주 듣기도 했으니까.

"'연주 마법'으로 치는 기타도 즐겁지만, 역시 진짜가 더 즐거워!"

한 곡을 다 연주한 요시노가 그렇게 말하며 만족스럽다는 듯이 웃었다.

'연주 마법'은 악기와 비슷한 물건을 불러내 음악으로 마법을 발생시킨다. 사쿠라의 '가창 마법'과 같은 효과를 발휘한다. 요시노는 노래보다 연주를 더 좋아하는구나.

콘서트홀이 완성되면 그곳에서 이 두 사람의 연주와 노래를 듣고 싶은데, 요시노가 머무는 동안 완성하긴 힘들까?

바빌론의 힘을 사용하면 금방 만들 수도 있겠지만, 공사하는 사람들의 일자리를 빼앗는 셈이 되니까. 그건 자중하고 있다.

《주인님. 지금, 괜찮으신가요?》

"응? 코하쿠야?"

내가 그런 생각을 하는데 코하쿠가 텔레파시로 말을 걸었다.

《모험자 길드에서 문제가 생겼습니다. 쿠온 님과 아리스 님이 관련된 일인데 일이 조금 성가셔졌습니다.》

"뭐?"

모험자 길드? 왜 쿠온과 아리스가?

무슨 일인지는 모르겠지만, 아무래도 성가신 문제가 발생한 듯했다.

일단 가 보자. 나는 모험자 길드로 가는【게이트】를 열었다.

【게이트】를 빠져나가 모험자 길드에 도착해 보니, 무슨 일 인지 소란스러웠다. 평소 같았으면 옆의 주점에서 술을 마시 고 있었을 모험자들까지 무슨 이유에선지 카운터 안쪽에 보 여 있었다. 분명 저 끝은 해체장이었을 텐데?

내가 모험자들을 헤치고 카운터까지 가 보니, 그곳에 있던 접수 직원이자 고양이 수인인 미샤 씨가 나를 손짓으로 불렀 다.

"대체 무슨 일이죠?"

"그게요……. 일단 보시는 편이 더 빠를 거예요. 이쪽이에 요."

나는 미샤 씨의 뒤를 따라 카운터에서 해체장으로 들어갔 다.

모험자 길드의 안에는 토벌한 몬스터를 해체하는 장소가 있다. 보통 모험자 길드 해체장은 별로 크지 않다. 왜냐하면 대형 마수를 해치운다고 해도 사실상 옮길 수 없기 때문이다.

대부분은 모험자 길드 직원이 현장까지 가서 해체하든가, 현장에서 부분적으로 해체해 짐수레에 싣고 모험자 길드까지 가지고 온다.

하지만 브륀힐드의 해체장은 나름 크게 만들어 두었다. 나나 엔데처럼 수납 마법을 사용할 줄 아는 사람이 많기 때문이다. 야에와 우리 아내들도 수납 마법이 부여된 스마트폰을 쓰고 그러니까.

거기에 더해 같은 스마트폰을 가지고 있는 니아를 비롯한 '홍묘'와 검은색 '왕관' 느와르의 마스터, 노른 등도 있으니 해체장에 매우 넓은 공간을 할당했다.

그리고 지금, 그 넓은 해체장의 대부분을 메우듯이 마수 한 마리가 누워 있었다.

겉보기에는 거대한 늑대였다. 하지만 날개가 돋아나 있었다. 꼬리는 뱀이고, 흑요석 같은 검은 털을 지녔다.

흰자를 드러낸 눈, 축 늘어진 혀를 내밀고 있는 그 모습에서는 당연하지만 생명의 숨결을 느낄 수 없었다.

해체장 작업원들, 길드 마스터 레리샤 씨, 곤란한 표정을 지으며 벽에 마련된 의자에 앉아 있는 쿠온, 아리스의 모습이 보였다. 발밑에는 코하쿠와 실버도 있었다.

"아, 폐하. 오셨군요."

"죄송합니다. 우리…… 친척 아이들이 무슨 짓이라도 저질 렀나요?"

"무슨 짓을 저질렀다고 할 수는 없지만……. 아니요, 무슨 일을 저질렀다고는 할 수 있을까요."

레리샤 씨가 쓴웃음을 지었다. 레리샤 씨도 뭐라고 대답하면 좋을지 몰라 망설이고 있는 듯했다.

"죄송합니다. 아버…… 폐하. 저와 아리스가 마수를 사냥해서 용돈을 조금 벌려고 했었는데, 북쪽 숲에서 이 마수가 갑자기 습격했습니다. 하지만 별로 강하지는 않아서 일단 해치우긴 했는데, 모험자 길드로 옮겨 왔더니 갑자기 소동이 벌어져서요."

유능한 아드님이 알기 쉽게 설명해 주셨다. 아, 역시 너희가 이걸 해치웠어?

"이런 마수는 처음 보네. 그보다도, 브륀힐드 근처에 이런 마수가 있었다고? 레굴루스 주변에서 흘러들어 왔나……?"

"아니요. 이 마수는 평범한 마수가 아닙니다."

내가 새삼 날개가 있는 늑대를 확인하는데, 레리샤 씨가 오래돼 보이는 양피지로 만든 책을 열면서 설명해 주었다.

그 책에는 여기에 누워 있는 늑대 마수와 똑같은 그림이 그려져 있었다. 하지만 문자는 읽을 수 없었다. 고대어인가?

"이 마수의 이름은 마르코시아스. 강철 체모를 가졌고, 입에서 불을 뿜는 흉악한 마수로, 그 강력함을 현대로 따지자면 은색 랭크 수준이라고 합니다."

"그래요……? 어? 현대로 따지자면?"

레리샤 씨의 기묘한 표현에 내가 이상한 점을 느끼며 책에서 눈을 뗐다.

"이 마르코시아스라는 마수는 지금으로부터 3000년쯤 전에 멸종됐습니다……. 아니, 멸종됐다고 전해진 전설의 마수입니다. 그런 마수를 가지고 와서 놀라던 참입니다."

어?! 이게 멸종된 종이라고?!

혹시 쿠온이랑 아리스가 마지막으로 살아남아 있던 한 마리를 죽인 건 아니겠지?

지구였다면 희귀종인데 죽였다며 비난받을지도 모르지만, 다행히 여긴 다른 세계. 멸종시켜야 칭찬받는 마수가 우글우글하다. 고블린이나 오크처럼. 흉악한 마수라고 하니, 그런 점은 문제가 없어 보이는데…….

"그런데…… 무슨 문제라도 있나요?"

"그…… 소재의 가격을 매길 수가 없습니다. 멸종된 마수의 소재니, 어느 정도의 가격을 매기면 될지 상상도 되지 않습니다. 그래서 매입하기가 어렵다 보니……."

아하, 그런 말이었구나. 전례가 없으니 가격을 매길 수 없다는 건가. 그렇지만 모험자 길드로서는 그냥 넘어가기엔 너무 아까운 소재. 그래서 고민했나 보다.

"모험자 길드가 주최하는 경매에 출품하면 어떨까요?"

"상상도 못할 값이 매겨질 듯하지만, 그 방법밖에 없을 듯합니다. 다만 경매에 부치게 되면 미성년자는 출품할 수 없으니……."

레리샤 씨가 의자에 앉아 있는 두 사람을 힐끔 바라보았다. 아, 그런 문제도 있었구나.

그 문제에 관해 쿠온이 하나 제안을 했다.

"그럼 폐하 명의로 출품해 주십시오. 저희는 돈을 조금 얻게 된다면 충분하니까요."

"어? 그래도 되겠어?"

"네. 아리스도 괜찮지?"

"괜찮아~. 돈을 그렇게 많이 받아 봐야 어차피 쓸 데도 없으니까."

그래도 너희가 번 돈으로 내 주머니를 채울 생각은 없어. 맡아두는 것뿐이야. 유미나랑 엔데가.

일단 선불로 쿠온과 아리스에게 금화 한 닢씩을 건네주었다. 용돈으로 10만 엔씩을 주다니, 새삼스럽지만 참 이상한 금전 감각이다.

"이 마수는 정말 북쪽 숲에 있었던 거지?"

"네. 처음에는 숲의 입구에서 마수를 사냥하려고 찾았는데 좀처럼 발견할 수 없어서요. 조금 안으로 들어갔더니 갑자기 습격했습니다. 다른 마수들은 이 마수를 두려워해 사라졌던

게 아닐까 합니다."

은색 랭크 수준이라면 일부 상위 용과도 맞먹는 레벨이다. 그런 마수가 마을 근처에 있었다니, 위기감이 느껴졌다.

하지만 브륀힐드 주변의 안전은 항상 코교쿠의 부하인 새들이 감시하고 있었을 텐데……. 보고가 누락됐나?

뭐가 됐든, 쿠온과 아리스가 우연히 발견해서 다행이다. 자칫 잘못했다간 주민들이 피해를 봤을지도 모르니까.

세계가 통합된 뒤로 여러 곳에 마소 웅덩이가 생겨, 거수(巨獸), 또는 그에 필적하는 마수가 생겨나고 있었다.

그 거수한테서 도망치려고 하다 보니 집단 폭주^{스탬피드}가 벌어지는 게 아니냐고 레리샤 씨가 말했었는데…….

어쩌면 브륀힐드에서도 집단 폭주^{스탬피드}가 일어나고 있었는지도 모른다. 그렇게 생각해 본다면 역시 이번 일은 행운이라고 할 수 있겠지.

"코하쿠. 마을 주변에 있는 동물들한테 이상한 마수나 이변을 감지하지 않았는지 확인해 달라고 부탁할 수 있을까?"

《알겠습니다. 바로 탐색을 보내겠습니다.》

좋아. 어쩌면 같은 개체가 또 있을지도 모른다. 부부라든가 부모나 새끼가.

이 개체가 이 시대까지 서식하고 있다면, 혹시나 같은 종족이 있을지도 모른다.

하지만 동물이 아니라 마수니까. 마물도 그렇지만 같은 종족이 없어도 태어날 가능성도 있다. 고블린이 그런 것처럼.

이 마르코시아라는 마수도 늑대 암컷과의 사이에서라면 다음 마르코시아를 낳을 수 있는 그런 생태를 갖추고 있을 가능성도 있다.

"저기요, 폐하. 우리 이제 그만 가 봐도 될까? 쿠온이랑 차를 마시고 싶은데."

내가 마수의 생태에 관해 생각하는데, 아리스가 이제 이곳에는 질렸다는 듯이 말했다.

"알았어. 여긴 내가 이어받아 처리할 테니 이제 가 봐도 돼."

"야호! 폐하, 그러면 이것도 맡아 줘! 쿠온, 가자!"

"어? 잠깐만, 아리스……!"

아리스는 그런 말을 남기더니 나에게 칼집에 들어가 있던 실버를 내던지고는 멈칫하는 쿠온의 손을 잡아끌며 순식간에 모험자 길드에서 사라졌다.

《야! 너! 이 땅꼬마가! 날 방해꾼 취급하기냐, 젠장!! 나리, 이거 놔 주십시오! 도련님이 악처의 손에 떨어져도 괜찮습니까?!》

"뭐? 악처? 너 저 아이 아버지 앞에서 그런 소리 하지 마라? 바로 부러질 테니까."

손에서 날뛰는 실버의 모습에 황당해하면서도 이걸 어쩌나 고민했다. 오랜만에 데이트(?)를 하는데 방해꾼은 필요 없겠지? 데이트인지 아닌지도 알 수 없는 일이긴 하지만. 유미나

하고 상의해 봐야 할까?

《쳇!》

"아."

고민하는 사이에 실버가 칼집에서 스르륵 빠져나가 본체만 출구로 날아갔다. 갑자기 날아온 검을 보고 모험자들이 패닉에 빠졌다.

도망쳐 버렸네. 나중에 아리스한테 불평을 듣겠어.

"폐하, 저 검은 대체……."

"아, 신경 쓰지 않으셔도 돼요. 그럼 옥션에 출품할 절차를 밟아볼까요?"

설명하기 귀찮아서 레리샤 씨의 질문에는 대답하지 않고 어물쩍 넘어갔다. 실버에 관해선 나도 자세히 모르기도 하니까.

어? 저 자식, 오늘은 쿤이 조사하고 있지 않았나? 음, 깊게 신경 쓸 필요는 없나.

"흠……. 어렵네……."

"뭐가, 말인가요?"

내가 무심코 흘린 목소리를 마침 옆에서 뜨개질을 하던 린제가 들었는지 그렇게 되물었다.

굳이 숨겨야 할 일은 아니긴 하지만.

"쿠온 일로."

"쿠온요? 무슨 일 있었나요?"

"아니. 오히려 반대야. 아무 일도 없어서 문제라고 표현해야 할까?"

뭐라고 하면 좋을까. 다른 아이들에 비해 왠지 모를 벽이 느껴진다고 해야 하나? 유미나 하고는 벽이 느껴지는 정도는 아니지만, 나와 대화할 때는 너무 예의를 차리는 기분이 들었다.

"남자아이가 아버지에게 찰싹 달라붙어 있는 모습도 꼭 좋다고만은 할 수 없어 보이는데…….."

"그거야 뭐 그렇지만."

나는 어릴 때 어땠더라? 어린 시절에는 부모님 모두 바쁘셔서 거의 할아버지하고만 놀았다.

그 할아버지와 같은 이름을 지닌 아들 때문에 이런 고민을 하게 될 줄이야. 인생은 어떻게 될지 알 수 없구나.

"같이 놀아보면 어떨까요? 지구에서는 아빠와 아들이 캐치볼을 한다고 책에 적혀 있었는데요."

"캐치볼 말이지…….."

캐치볼 자체는 나쁘지 않은데……. 그래서? 그게 문제다. 무슨 얘기를 하지? '요즘 좀 어때?'라고? 쿠온의 성격을 생각하면, '어떠냐니요? 특별한 문제는 없습니다만.' 하고 질문의 의미를 그대로 받아들여 대답할 것 같다.

그보다도 난 쿠온에 관해 잘 모르는구나. 좋아하는 음식이 뭔지도, 취미가 뭔지도. 일반적으로는 성장 과정을 지켜보면서 자연스럽게 알게 되겠지만, 그걸 다 건너뛰고 아들이 온 셈이니…….

먼저 쿠온에 관해 알아보는 게 먼저인가. 그렇다면 일단은 다른 남매들한테 한번 물어볼까.

"쿠온이 좋아하는 요리요? 좋아하는 요리라면…… 냉두부나 닭고기야채조림일까요? 아, 송이버섯국도 좋아해요."

"참 어른스럽네."

일단 아시아에게 쿠온이 어떤 요리를 좋아하는지 물어보니, 어린이답지 않은 대답이 되돌아왔다.

굳이 따지자면 그건 어르신들이 좋아하는 요리 아닌가? 그냥 내 편견일 뿐일지도 모르지만.

우리 집에서는 동서양을 아우르는 음식이 식탁에 오르지만, 내가 기본적으로는 밥을 먹기 때문에 일본식을 먹을 때가 많다.

그걸 생각해 본다면 쿠온이 그런 음식을 좋아하게 됐다고 해도 이상하지는 않지만…….. 보통 어린아이라면 햄버그나 카레를 좋아하지 않나?

"반대로 싫어하는 음식은?"

"특별히 없어요. 그 아이는 뭐든 묵묵히 먹거든요. 아, 제노아스의 향토요리나 너무 맛이 진한 음식은 선호하지 않지만요."

제노아스의 향토요리라면, 그건가. 나도 한 번 먹어 본 적이 있지만 보라색 국에 뭔지 모를 눈알이 들어가 있는 그거. 쓰고 짠 음식이었다. 정확히 표현하긴 힘들지만, 예를 들자면 건전지 같은 맛이었다. 건전지를 먹어 본 적은 없지만.

그걸 '선호하지 않는다' 라는 말로 표현하면 안 되지. 다 먹으면 죽을지도 몰라.

일단 아시아에게 고맙다는 인사를 하고, 이번에는 에르나한테 가 보기로 했다. 나이도 가까우니 뭔가 새로운 정보를 알고 있을지도 모른다고 생각했기 때문이다. 뭐? 린네가 더 가깝지 않냐고? 그 아이는…… 뭐라고 하면 좋을까, 털털하니까 내 의도가 전해지지 않을 가능성이…….

에르나는 성에 있는 윈도우 벤치에서 책을 읽고 있었다. 그 옆에서는 어머니인 에르제가 책을 펼쳐 놓은 채, 창문에 기대 잠을 자고 있었다. 어머니라기에는 조금 안타까운 얼굴이었다. 에르나는 신경 쓰지 않고 책을 읽고 있었지만.

에르나랑 같이 어울려 주려고 책을 읽었지만 졸려서 잠이 든 건가.

"쿠온이 뭘 좋아하냐고? 동물을 좋아해. 자주 고양이랑 이야기를 하거든."

"어? 쿠온이 고양이랑 이야기를 해?"

설마 그런 능력이?! 쿠온의 마안에 그런 능력이 있었던가? 동물을 따르게 만드는 능력이라면 있었던 것 같지만.

"아니. 코하쿠가 통역해 줘. 간단한 신호를 사용해 고양이들이랑 의사소통도 가능한가 봐. 미래의 브륀힐드에는 고양이가 많은데, 대부분의 고양이가 쿠온을 알아."

어? 그럼 뭐야. 우리 아들은 고양이의 왕이야?

아니, 코하쿠가 고양이의 왕이나 마찬가지니, 코하쿠가 시중을 드는 쿠온은 고양이가 보기에 임금님보다 한 수 위의 사람인가? 황제? 고양이 황제?

일단 코하쿠의 주인은 나지만.

"새하고도 자주 이야기했었는데……."

"아, 새라면 코교쿠인가?"

고양이와 새는 브륀힐드의 눈과 귀다. 그 동물들이 보고 들은 내용은 모두 코하쿠와 코교쿠에게 전해지고, 그다음으로는 재상 코사카 씨나 기사단장 레인 씨, 첩보부 대장 츠바키 씨에게 보고가 올라간다.

물론 기본적으로는 수상한 사람이 발견되거나 범죄와 관련된 사항만 보고하라고 해 두었다. 돌발적인 사건과 사고가 벌어졌을 때도 고양이나 새가 기사단 대기소로 달려가 무슨 일이 벌어졌는지를 전달해 준다.

"쿠온은 동물을 좋아하는구나?"

"동물을 좋아한다기보다는 그 아이들과 이야기하길 좋아한다고 해야 더 정확할까?"

"이야기를 좋아한다고? 그렇게는 안 보였는데……."

동물이랑 이야기를 좋아한다니 좀 미묘한데. 아니, 물론 나쁘다는 건 아니야. 인간을 싫어하는 건 아니라고 생각하니까.

"브륀힐드를 더 살기 좋은 곳으로 만들려면 동물의 시선으로도 볼 줄도 알아야 한대. 인간이 눈치채지 못하는 미세한 일들도 잘 알 수 있으니까. 그게 아버지를 돕는 일이 되기도 한다고 하더라고."

"너무 착해!"

흑흑. 눈물이 나올 것 같아. 나는 위를 올려다보며 눈물을 꾹 참았다. 아직 어린데 부모님을 생각하는 그 모습…… 이토록 훌륭한 어린아이라니! 역시 나와 유미나의 아들……!

"시끄럽네. 왜 소란을 피우고 그래?!"

내 마음속 외침을 듣고 에르제가 잠에서 깬 모양이다. 에르나에게 쿠온에 관해 물어봤다고 말해 주자, 아직 조금 졸린 표정이었던 에르제가 에르나를 꼬옥 안아주었다.

"어, 엄마?"

"쿠온도 그렇지만 에르나도 귀엽고 다정하고 착한 아이야. 지금도 이 나라를 위해 공부하고 있으니까."

"어? 그랬어?"

조금 쑥스러워하는 에르나가 지금 보고 있는 책을 들여다보니, 린이 지구에서 가져온 의학 전문서를 '도서관'의 팜므가 이곳의 언어로 번역한 책이었다.

'입문편'이라고 적혀 있는데, 아무리 입문이라도 어린아이가 재미있게 읽을 만한 책은 아니었다.

"나, 나도 아빠랑 엄마를 돕고 싶어서……. 난 회복 마법과 【리커버리】를 사용할 수 있으니, 의료와 관련된 분야에서 도와주면 괜찮지 않을까 하고……."

"너무 착해!"

"그치?"

내 외침에 에르제가 그것 보라는 듯이 대답했다. 나는 에르제에게 여전히 안겨 있던 에르나의 머리를 쓰다듬어 주었다. 정말로 다정하고 착한 아이다. 에르나는 장래에 브륀힐드의 무료 치료 시설을 이어받게 될지도 모르겠어.

아니지. 결혼을 하면 이 나라가 아닌 다른 곳으로 가게 될까? 흑, 눈물이 나오려고 그래.

애달픈 미래를 엿본 나는 그런 감정을 감추려는 듯이 에르나에게 인사를 하고 그 자리를 떠났다.

하여간 본인과도 직접 이야기를 해 볼까. 같이 어딘가로 놀러 가 보는 것도 좋을지 모른다.

"요, 요즘 좀 어때?"

"어떠냐니요? 특별한 문제는 없습니다만."

큭! 역시 의미를 그대로 받아들여 대답하기냐!

쿠온을 야구장으로 불러 시합을 보면서, 두근거리는 마음으로 물어봤는데 예상했던 그대로의 대답을 듣고 말았다.

상대의 특성을 확인하려고 가볍게 던졌던 공인데 홈런을 얻어맞은 기분이다.

지금 시합은 우리 상점가에 있는 두 팀의 대결이었다. 평일이기도 하고 나라의 기사단끼리 붙은 시합이 아니라, 관객은 듬성듬성했다. 실제로 우리가 앉은 관객석 주변에는 관객이 거의 없었다.

우리 야구장은 기본적으로 사용료만 내면 누구든 사용할 수 있다. 그래서 오늘 같은 평일에는 야구를 좋아하는 사람들끼리 모여 시합을 하곤 한다. 그리고 그 시합을 한가한 사람들이 관전한다. 관전은 무료니까.

다른 사람의 방해가 없는 곳에서 대화를 나누려고 했는데,

첫마디부터 실패를 경험한 나는 이제 어쩌면 좋을지 몰라 필사적으로 머리를 굴렸다.

"어~어. 불편한 점은 없고?"

"특별히는요. 문제는 없습니다. 아, 쳤어요."

큭……. 쌀쌀맞네. 냉정하게 시합을 보고 있는 만큼 쌀쌀맞은 건가…….

아냐, 여기서 물러설 순 없어. 계속 말을 붙여서 대화해야 해.

"아……. 쿠온은 혹시 취미 없어?"

"취미요? 물론 없진 않지만요……."

오, 무슨 취미일까? 이런 질문을 하는 나도 특별한 취미가 없긴 하지만. 굳이 따지자면 음악 감상, 영화 감상인데, 내 아들이니 취미가 같을 수도? 취미가 같다면 이야기가 달아오를지도 모른다.

"취미라고 할 정도는 아닐지 몰라도, 모형 만들기를 좋아해요."

"엥?"

모형 만들기? 혹시 프라모델이나 디오라마 같은 거야?

"네. 기분 전환 삼아 자주 만들었어요. 이런 거요."

쿠온이 품에서 스마트폰을 꺼내 사진 앨범을 보여 주었다.

항구에 범선이 곧 출항하려고 쭉 늘어서 있는 사진이었다.

응? 뭔가 좀……. 잠깐만! 설마 이걸 만들었다고?!

"어? 이게 모형이야?!"

"네. 모형이에요. 1년 전에 만든 모형이요."

1년 전이라면, 다섯 살이잖아!! 그 나이에 이 수준의 물건을 만들었다고?!

출항하는 배도, 파도치는 바다도, 방파제에서 짐을 내리는 사람들도 진짜랑 똑같았다. 프로 모델러의 작품이라고 해도 믿을 수 있을 듯했다.

프로 모델러의 작품을 본 적이 없으니 비교하고 싶어도 비교하긴 힘들지만.

"마도구를 사용해 만든 부품도 몇 개 있지만요."

들어 보니, 작품에 사용한 마도구는 대부분 쿤이 만들어 줬다고 한다.

나는 자세히는 모르지만, 실제로 디오라마나 프라모델을 만들 때는 전동식 물건을 사용한다고 하니 당연한 일일지도 모른다. 그걸 자유자재로 사용하는 쿠온의 기술은 대단해 보이지만.

그런 이야기를 하니.

"그런가요? 아버지도 【모델링】으로 똑같은 물건을 만들 수 있잖아요?"

"아니. 난 내 기술이라기보다는……."

쿠온의 말을 듣고 무심코 말을 우물거렸다. 이런 의식의 차이는 도무지 메우기가 힘들다.

지구에서는 마법이 없으니 익힌 기술이 그 사람의 실력이다. 그걸 마법으로 해치워 버리니 꼭 사기를 치는 듯한 기분이 든다.

하지만 이 세계에 살아가는 사람에게 마법은 그 사람의 실력이고, 그걸 다루는 실력이 곧 그 사람의 기술이다. 그건 사기라고 할 수 없다. 그러니 다들 그 사람의 실력으로 인정한다.

물론【모델링】을 처음으로 사용했던 시기에 비하면 실력이 늘기야 했지만 순수한 기술이라는 측면에서는 쿠온의 디오라마를 당해낼 수 없지 않을까?

바빌론의 '공방'에서도 비슷한 물건은 만들 수 있지만, 당연하게도 거기서 만든 물건은 수제란 느낌이 없으니…….

그런데 정말 잘 만들었다. 지구의 디오라마 콘테스트에 출품하면 대상도 받을 수 있지 않을까?

"앗, 그렇지."

나는 문득 생각이 나서, 내 스마트폰을 꺼내 '디오라마'로 검색한 사진을 쿠온 앞에 투영해 주었다. 다양한 디오라마 사진이 공중에 떠올랐다.

"굉장해! 이건 아주 세밀한 부분까지 공들여 만들었어요! 와, 이 수몰된 마을은 재미있는걸요……?!"

환한 미소를 지으며 기쁘게 화면을 뚫어져라 바라보는 쿠온. 처음으로 어린이다운 일면을 보게 된 기분이 들었다. 그러고 보니 나도 어릴 적에는 프라모델을 만들었었어. 이런 본격적인 물건은 아니고, 색도 칠할 필요 없이 그냥 조립만 하면 되는 프라모델이긴 했지만.

"여기 온 뒤로는 만든 적 없어?"

"아……. 여러 가지로 바쁘다 보니까요. 거기다 만들려면 여러 소재나 도구가 필요하기도 하고요."

듣자 하니, 어떤 수목의 마물로부터 채취할 수 있는 특수한 수지(樹脂)와 특수한 슬라임에서 채취할 수 있는 접착제 등의 물건이 필요하다고 한다. 그 외에 붓이나 주걱 같은 도구도.

미래에 가지고 있던 물건은 전부 성의 쿠온 방에 두고 왔다고 한다.

"좋아. 그럼 그 소재를 모아볼까?"

"네? 아니요. 모으려면 많이 성가실 텐데요? 멀리 가야 하기도 하고, 희소종도……."

"아냐, 걱정할 거 없어. 【게이트】나 【서치】를 사용하면 되니까."

도구 종류는 박사의 '창고'에 비슷한 물건이 있었던 것 같다.

그러니까 소재를 모으면 작업을 시작할 수 있지 않을까? 아, 도료도 필요하다. 성왕국 아렌트라면 정령화(精靈畵)를 자주 그리니까 그림 도구도 많으리라 생각한다.

"그럼, 쇠뿔도 단김에 빼야지. 바로 가자."

"아뇨. 그래도……."

사양하는 쿠온의 손을 붙잡고 나는 【게이트】를 열어 사람이 별로 없는 관객석에서 성왕국 아렌트로 건너갔다.

◇ ◇ ◇

성왕국 아렌트의 화구상에는 다종다양한 붓과 미묘한 차이의 색을 표현할 수 있는 도료 등, 다양한 물건이 완벽히 갖춰져 있었다.

쿠온에게 사고 싶은 물건은 뭐든 사도 좋다고 말했지만, 아직도 사양하는 눈치라 만들고 싶은 디오라마를 내가 직접 의뢰하기로 했다.

즉, 이건 일이다. 어중간한 물건을 만들어선 곤란하다. 그러니까 사양 말고 사라고 말했다.

그랬더니 겨우 살 마음이 생긴 듯했다.

"그런데 뭘 만들면 되나요?"

"응? 아, 그러니까, 뭐가 좋을까……. 우리 성은 어때?"

"브륀힐드 성 말이죠?"

특별히 정해둔 작품이 없었던 나는 궁한 대로 그렇게 말했지만, 쿠온은 고개를 한 번 끄덕이더니 곧장 가게 안에 있던 바구니에 그림 도구를 넣기 시작했다.

계속해서 아무런 망설임도 없이 상품을 담는 쿠온. 이미 쿠온의 머릿속에는 디오라마 설계도가 완성되어 있는 거겠지.

화구상에서 여러 물건을 사들인 뒤, 쿠온이 스마트폰으로 필요한 물건을 메시지로 보냈다.

"어드헤시브 슬라임의 액체, 쿠션 터틀의 등딱지, 엘더 토렌트의 외피……?"

뭐에 쓰는지는 전혀 모르겠지만 하여간 필요하다는 모양이다.

일단 쿠온을 바빌론의 '창고'로 보내주고, 관리인인 파르셰한테 쿠온에게 필요한 도구를 찾아달라고 부탁했다.

그사이에 나는 모험자 길드를 돌면서 쿠온이 필요하다고 말한 소재를 모으기로 했다. 아쉽게도 쿠션 터틀의 등딱지는 품절이라 직접 사냥해서 갔다.

등딱지 이외에는 필요 없다고 하니, 사냥으로 얻은 다른 소재는 팔아 버리자.

그런데 이 등딱지는 참 부드럽네. 반발력이 크지 않은 스펀지 같다. 타격계 대미지에는 강할 듯하다. 참격으로 해치워 버렸지만.

성으로 돌아가 보니, 쿠온에게 내준 방 중앙에 이미 다다미한 장 정도의 공간이 완성되어 있었다. 벌써?!

"쿠온, 소재를 가져왔는데……."

"네. 거기에 놔둬 주세요."

쿠온은 방진 마스크와 고글을 쓰고, 놓여 있는 기초 소재를 연마기 같은 마도구로 대충 깎아내고 있었다. 아무래도 지면을 만들고 있는 모양이었다.

모아온 소재를 방의 구석에 놓아두고 나는 쿠온의 작업을 바라보았다.

척척 망설임 없이 작업을 진행하는 쿠온과는 달리 할 일이 없어 따분했던 나는 도와줄 일이 없냐고 물었다. 그러자 쿠온은 쿠션 터틀의 등딱지를 여러 녹색 도료에 담가 말린 다음 잘게 찢어 달라고 부탁했다.

여기서는 방해가 될 듯해, 나는 안뜰로 이동해 쿠온이 시킨 대로 작업을 끝내 돌아갔다. 돌아가 보니 쿠온은 이미 성 주변의 길과 수로 등을 대강 다 만든 상태였다.

"앗, 토야 오빠."

쿠온 방에 있는 소파에 유미나가 앉아 있었다. 그 옆에는 코하쿠도 있었다.

"저녁 먹자고 부르러 왔는데 어느새 이런 물건을 만들고 있어서 깜짝 놀랐어요. 이 아이, 이런 취미가 있었군요?"

"나도 처음 알았어. 취미라고 하기엔 수준이 너무 높긴 하지만."

모처럼의 디오라마 제작에 신이 났는지 쿠온이 식사도 하지 않을 기세여서, 나는 아시아에게 작업을 하면서 먹을 수 있는 주먹밥과 샌드위치를 만들어서 방으로 가져와 달라고 부탁했다.

원래는 억지로라도 식당에 데려가야 하는지도 모르지만, 대충 급하게 밥을 먹어선 그건 그거대로 안 좋은 일이다.

"쿠온은 한번 집중하기 시작하면 멈출 줄 몰라. 적당한 시점에 말리지 않으면 분명 밤새도록 만들걸?"

프레이의 말을 듣고 역시 그것만은 허락할 수 없었기 때문에, 밤 10시에는 억지로 그만두게 하였다. 이만큼 집중할 수 있는 재능이 이런 실력을 만든 건지도 모른다.

일단 유미나 옆에 있는 침실로 데리고 가서 잠을 재우기로 했다. 다음 작업은 아침에 일어나서 해야 한다.

이미 디오라마는 대강 형태가 갖춰지기 시작했다. 보통이라면 시간이 걸리는 공정도 마법을 사용해 단축하는 듯했다.

그런데 정말 잘 만드네…… 설마 내가 찢은 저 스펀지 같은 물건이 나무의 잎과 관목이 될 줄은 몰랐다.

이 지면의 풀도 진짜 같은데…… 진짜 식물인가? 이끼? 잘 모르겠다.

만져보고 싶었지만 망가지면 쿠온이 화를 낼지도 모르니 그만두자.

완성을 기대하며 나는 방 밖으로 나갔다.

◇　◇　◇

덮여 있는 천을 벗기자 주변 사람들이 오오, 하며 감탄했다.

완성된 브륀힐드 성의 디오라마는 성의 로비에 유리 케이스를 씌워 장식하기로 했다. 지금은 그 작품을 선보이는 중이다.

쿠온이 만든 정교한 디오라마는 매우 훌륭해 방에만 장식해 두기에는 아깝다고 생각했기 때문이다.

이렇게 해 두면 방문하는 사람들 모두가 감상할 수 있다.

쿠온이 만든 디오라마를 모두 흥미진진하게 바라보았다.

"우와~. 이런 작은 부분까지 잘 묘사해 뒀어!"

"굉장하다. 공왕 폐하나 왕비님들까지 있어."

그래. 디오라마 안에는 우리의 미니어처도 놓여 있었다. 야에, 힐다, 에르제는 훈련장에서 싸우고 있고, 린제, 린, 사쿠라는 발코니에서 차를 마시거나 뜨개질을 하는 모습이었다.

나, 유미나, 스우는 루가 만들어 놓은 많은 도시락을 안뜰에 핀 벚꽃 아래에서 먹고 있었다.

그 외에도 카렌 누나와 재상 코사카 씨, 여러 성의 사람들이 여기저기에 배치되었다.

모두 자신의 모습을 찾으려고 눈에 불을 켜며 유리 케이스에 딱 달라붙어 있었다.

그런 모습을 보면서 나는 옆에 서 있는 제작자이자 아들에게 말을 걸었다.

"아주 작은 곳까지 꼼꼼히 만들었네?"

"전 그런 걸 중요하게 생각해서요. 세세한 부분까지 진짜와 똑같이 만들면서, 자신만의 작풍도 낼 수 있다면 제일 좋겠지만요."

그런 부분을 중요하게 생각하는구나. 만드는 사람에게는 중요할지 모르지만, 성에 있는 모든 사람을 만들다니 그건 너무 지나치지 않나 싶은데.

다들 기뻐하고 있으니 상관없을까.

"다음엔 나한테도 만드는 법을 가르쳐줄 수 있을까?"

"네? 그런데 아버지는 【모델링】이 있잖아요."

"마법을 쓰지 않고 만들어 보고 싶어서. 쿠온처럼."

"……제가 알려드려도 괜찮다면요."

조금 쑥스러워하면서 쿠온이 고개를 끄덕였다. 조금 거리가 가까워졌다고 할 수 있나?

쿠온한테 배워서 뭘 만들까. 일단은 나무부터 만들 줄 알아야 할 것 같아. 아, 마도 열차의 미니어처가 달린다면 재미있을지도 몰라.

또는 이 성을 더욱 확장해서 성 아랫마을까지 만든다든가. 조금 가슴이 설레는걸?

나는 그런 생각을 하면서 능력 좋은 아들의 머리를 부드럽게 쓰다듬었다.

◇ ◇ ◇

쿠온이 만든 디오라마는 매우 평가가 좋았다. 성안 사람들 뿐만 아니라, 세계회의에 모인 다른 왕후귀족도 높게 평가해 주었다.

그리고 당연하다면 당연하지만, 쿠온의 할아버지인 벨파스트 국왕이 '우리 성도 있었으면 좋겠구먼' 하고 말을 꺼내서, 쿠온은 벨파스트 성의 디오라마도 만들기로 했다.

원래 브륀힐드 성은 벨파스트 성을 참고로 만들었기 때문에 크게 힘들지는 않았는지, 쿠온은 며칠 만에 벨파스트 성을 만들었다.

그러자 다른 임금님들도 '나도, 나도.' 하고 말을 꺼냈다.

물론 쿠온한테 부담이 돼선 안 되니 거절할까도 했지만, 쿠온은 기꺼이 그 일을 받아들여 주었다. 너무 착해…….

그렇지만 먹지도 자지도 않고 너무 몰두해선 곤란하니, 쿠온이 무리하지 않을 속도로 여유 있게 만들 수 있게 마감 날짜는 내가 직접 지정했다.

옛날의 게임 명인이 말했던 '게임은 하루에 한 시간만' 처럼 시간을 제한할 생각은 없지만, 일정 이상은 넉넉한 시간을 두고 만들어 줬으면 했기 때문이다.

아리스는 쿠온과 같이 놀 시간이 줄었다며 원망을 했지만.

"원래 미래에는 다른 나라에 가 보면 대부분의 현관홀에 성의 디오라마가 놓여 있었어요. 설마 과거에 쿠온이 만들어 뒀던 물건이었을 줄이야……."

완성된 디오라마를 바라보면서 야쿠모가 그런 말을 했었지?

쿠온 자신이 어릴 때부터 (지금도 어린이지만) 유심히 바라보던 디오라마가 설마 자신이 만든 물건이었을 줄은 몰랐다고도 말했지만.

이 성의 디오라마를 만들지 않았다면, 미래의 쿠온이 디오라마에 흥미를 느끼지 않았을지도 모르는 일이다.

이상한 데서 미래에 영향을 주고 만 걸까? 그런데 이건 그 타임 패러독스 아닌가? 이런 일에도 시간의 정령의 힘이 발휘되고 있나?

"시간의 정령은 부지런하니까. 예정된 미래로 이끌기 위해 인과율을 여기저기서 조종하고 있을 거야."

야쿠모와 쿠온의 시합을 보면서 옆에 앉아 있던 모로하 누나가 중얼거렸다.

"뭘 하든 시간의 정령의 힘 앞에서는 결정된 미래를 바꿀 수 없다는 말인가요?"

"그렇진 않아. 신의 힘이나 인간에게 주어진 '기적'으로 변하기도 하지. 그 외엔 시간의 정령이 깜빡 실수한다든가. 그건 '우연'이라든가 '뜻하지 않은 일'이라고 하지만."

"시간의 정령도 실수하는구나. 시계란 이미지가 있어 그런지 철저하다는 인상이 있었는데요."

"하하하. 최고의 신조차 실수로 하계의 인간한테 벼락을 떨어뜨리니 시간의 정령도 그럴 수 있지."

우와, 엄청난 설득력. 맞아. 하느님도 실수하잖아. 정령이 실수할 수도 있는 거야.

"그래도 사신과 관련된 일이 아닌 이상에야 거의 미래에는 영향이 없다고 생각해도 틀림없어. 오, 결판이 났나 봐."

모로하 누나의 말을 듣고 앞을 보니, 야쿠모가 휘둘러 올린 목검이 쿠온의 목검을 하늘 높이 날려 보낸 상황이었다.

꽤 오래 시합이 이어졌네.

"마안을 안 쓰면 검술로는 역시 야쿠모가 한 수 위일까. 꽤 오래 버틴 모양이지만."

야쿠모에게 지긴 했지만 쿠온도 충분히 강하다. 마안까지 사용했다면 야쿠모와 비등할지도 모른다.

아이들 중에서 금색 랭크는 야쿠모와 프레이고, 나머지는 모두 은색 랭크라고 한다.

추측이긴 하지만. 마법을 사용하지 않은 순수한 전투 능력은 아이들 중 에르나가 제일 약하지 않을까 한다.

하지만 그 에르나마저도 신체 능력만으로 우리 나라의 기사단원보다 더 강하다.

새삼 아이들이 얼마나 대단한지를 깨달았다. 반신(半神)인데디 어릴 적부터 신들에게 단련을 받았으니 당연하다면 당연한 일인지도 모르지만.

"윽……. 야쿠모는 누나니까 조금 봐줬으면 좋겠어요."

"아니아니, 그래서는 훈련이 안 되지 않습니까."

아들이 져서 조금 삐친 유미나 어머니가 쓴웃음을 짓는 야에 어머니에게 불평했다. 옆에 있던 아르부스는 자신은 상관없다는 듯이 침묵을 지켰다. 하얀색 '왕관'은 과묵하다.

《크윽~! 날 썼으면 두 눈 멀뚱히 뜨고 튕겨 나가지는 않았을 텐데! 저런 더럽고 낡은 목검보다야 내가 도련님의 실력을 훨씬 더 완벽하게 끌어낼 수 있으니까!》

한편 은색 '왕관' 실버는 말이 많았다. 고렘의 힘을 쓰면 그것도 훈련이라고 할 수 없잖아.

이리로 돌아온 쿠온과 교차하며 이번엔 린네가 야쿠모 앞으로 나아갔다. 다들 힘이 넘치네.

"수고했어."

"후우……. 야쿠모 누나와 하는 대결은 너무 힘들어요……. 조금 봐줘도 될 텐데요."

""풉.""

"왜 그러시나요?"

어머니와 똑같은 말을 한 쿠온을 보고 나와 야에가 무심코 웃음을 터뜨릴 뻔했다. 유미나가 힐끗 노려봐서 간신히 참아냈지만.

"쿠온은 싸움을 별로 좋아하지 않는 듯하군요."

쿠온과는 달리 즐겁게 야쿠모와 대련하는 린네를 보면서 야에가 말했다.

"그러네요. 굳이 따지자면 독서를 하고 싶어요. 하지만 강하다고 곤란할 일은 없으니 훈련은 열심히 합니다. 무슨 일이 있을 때, 보호받으며 보고만 있고 싶지는 않으니까요."

"훌륭해! 야에 씨, 우리 아들 어떤가요! 어린데도 이렇게 훌륭한 마음가짐! 어머니는 너무 기뻐요!"

유미나가 쿠온을 안더니 평소처럼 머리를 쓰다듬고 또 쓰다듬기 시작했다. 쿠온은 뭔가를 깨달은 표정을 지었지만, 그래도 유미나가 쓰다듬는 대로 가만히 있었다.

"서방님, 유미나 님의 아들 바보 지수가 더욱 높아진 듯하옵니다만……."

"아들 바보 지수라니……. 유독 눈에 띄는 모습이긴 하지만……."

요즘 들어 어머니들 중에 유미나가 제일 아들 바보 같은 면모가 심해 보이긴 했다. 다른 아내들과는 달리 자신과는 성별이 다른 아이라서 그렇지 않나 하는 생각은 든다.

나도 동성인 쿠온보다는 딸들을 더 배려하고 있기도 하니까.

그래도 유미나는 해야 할 일은 철저히 하고 있기도 하고, 마왕 폐하 수준은 아니니까 괜찮겠지 싶다.

그런 생각을 하는데, 성에서 바빌론 박사와 펜릴을 데리고 온 에르카 기사, 그리고 교수^{프로페서}, 쿤이 다가왔다.

개발진인 박사들이 훈련장에 오다니 웬일이지?

"여. 셰스카한테 물었더니 여기에 있다고 해서."

"무슨 일 있어? 아르부스 오버기어가 완성됐다든가?"

박사들은 아르부스의 오버기어를 제작하고 있었을 텐데. 바다에도 잠수할 수 있는 수중형을.

이러니저러니 하면서 비밀로 하며 완성될 때까지 나한테는 안 알려줄 셈인 듯했는데, 완성된 건가?

"오버기어는 아직 완성되지 않았어. 그게 아니라, 기사 고렘^{나이트}이 완성돼서."

"기사 고렘^{나이트}?"

미래에는 브륀힐드에 비치되는 고렘이라고 했지? 기사단의 하부 조직에 소속되어 있다고 했는데, 그걸 만들었어?

"일단 한번 봐 봐. 쿤."

"네."

박사의 말대로 쿤이 꺼낸 '스토리지 카드'를 한 번 휘두르자, 그 자리에 기사형 고렘 두 대가 모습을 드러냈다.

교수^{프로페서}가 데리고 온 기사형 군기병^{솔다토}은 인간이 안에 들어가 있다고 착각할 만큼 온몸을 갑옷으로 둘러싼 고렘이었지만, 이건 딱 봐도 인간이 아니라는 걸 알 수 있는 디자인이었다.

한 대는 인간의 성인 남성과 비슷한 크기로, 허리에는 검을 등에는 방패를 장비하고 있었다.

그리고 또 한 대는 인간보다 훨씬 커서 오거족이랑 비슷한 크기였다. 3미터는 조금 안 될 크기인가. 몸집도 탄탄하다. 겉보기에는 파워 타입이라고 하면 될까.

모두 흰색 바탕에 검은색 부품이 악센트를 주는 디자인이었다. 왠지 일본의 경찰차가 떠올랐다.

"소개하지. 기사 고렘 '소드맨'과 '가디언'이다."

박사가 각각의 고렘을 가리키며 말했다. 평범한 기사형이 '소드맨', 큰 고렘이 '가디언'인가.

"왜 두 종류를 만드셨는지요?"

"'소드맨'은 인간 진압용, '가디언'은 사고나 재해가 발생했을 때의 구조용이거든. '소드맨'은 기본적으로 인간 전투에 특화, 마차가 쓰러졌거나 화재 구조를 할 때는 '가디언'이 더 유용하지. 용도별로 나눠 봤어."

'가디언'은 불을 끄는 기능도 있다고 한다. 그렇구나. 구조 기능이 갖춰진 고렘인가.

박사의 설명에 이어 교수가 덧붙였다.

"그래서, 이 '소드맨' 말이네만, 강력함의 기준 설정을 아직 확정하지 못해서 말이야. 그 기준을 설정하기 위해 기사단의 협력을 받고 싶네."

"강력함의 기준 설정? 강하면 강할수록 좋지 않나요?"

이해가 안 된다는 듯이 유미나가 고개를 갸웃했다. 그 질문에 박사가 쓴웃음을 지으며 대답했다.

"그건 아니지. 예를 들어 모로하를 기준으로 삼아 버리면, 기체에 부담이 너무 많이 걸려 전투를 한 번만 해도 망가져 버리잖아? 그 이전에 '소드맨' 에겐 모로하의 강력함을 재현할 정도의 기능은 갖춰져 있지 않지만."

그건 그렇지. 검의 신이니까. 재현하기란 불가능하다고 생각한다.

"싸워도 기체에 부담이 되지 않을 적정한 강력함. 그러면서도 상대의 강력함에 맞춰 줄 수 있는 유연함. 그걸 설정하고 싶어. 그걸 위해 몇 명과 실제로 싸워 봤으면 해서."

"기체의 최종 체크인가."

실제로도 기사단의 보조를 하는 만큼 고렘이 약해선 말이 안 되고, 강하다 해도 몇 번 싸우고 고장이 나서는 곤란하다.

거기다 상대의 힘에 맞추는 유연함이 없어선 상대를 적절히 봐주면서 상대할 수도 없다.

기사_{나이트}는 얼마간 양산할 예정이니 너무 비용이 많이 들어서도 안 된다. 그런 점을 고려하지 않는다면 최대한 강력한 하이엔드 기체를 만들 수도 있겠지만.

"재미있겠는데? 먼저 내가 테스트 상대가 되어 주마."

대화를 듣고 있던 순찰 기사대의 대장 로건 씨가 먼저 나섰다.

일단 둘 다 훈련용 목검으로 싸우기로 했다. 상대는 고렘이지만 기껏 만들었는데 망가뜨리면 아까우니까.

"좋아, 가 볼까!"

로건 씨가 검을 뺐다. 두세 번은 검을 맞댔지만, 곧장 옆구리에 검 공격을 받은 소드맨이 패배했다.

"어? 너무 약하지 않나?"

"강력함을 최소한으로 설정했으니까. 먼저 몇 명 정도 대전해 보고 상대의 움직임과 기술, 행동 예측을 학습할 필요가 있어."

잘은 몰라도 강력함을 인스톨 중이라고 이해하면 될까?

그 이후로도 소드맨은 기사 몇 명과 대전했지만 대부분 패배하고 말았다. 그런데 몇 번씩 싸우다 보니 점차 선전하는 시합이 늘어났고, 이윽고 승리 횟수가 더 많아졌다.

마지막에는 첫 시합에서 패배했던 로건 씨에게도 승리해, 결국 소드맨은 기사단 모두에게 승리를 거뒀다.

"그럼 다음은 제가 나서겠습니다."

목검을 든 소드맨 앞으로 나선 사람은 기사단 훈련에 참가하고 있던 코코노에 주타로 씨였다. 야에의 오빠다.

원래 이셴의 무사였던 주타로 씨는 모로하 누나에게 훈련을 받아 강해지기 위해서 브륀힐드에 머물고 있었다. 약혼자인 아야네 씨와 함께.

보아하니 오늘도 훈련에 참가하러 온 모양이었다. 언제 왔지?

주타로 씨와 소드맨이 시합을 시작했다. 처음에는 소드맨이 더 우세해 보였지만, 점차 주타로 씨가 몰아붙이기 시작해, 마지막에는 주타로 씨의 목검 끝이 소드맨의 목덜미 앞에서 멈춰 섰다.

"여기까지인가. 더는 기체의 부담이 커서 안 돼."

에르카 기사가 소드맨의 전투를 중지시켰다. 소드맨이 예의 바르게 모두를 향해 꾸벅 고개를 숙이고 전투장 밖으로 물러섰다.

"주타로 씨하고는 거의 호각인가. 그렇다면 굉장히 강한 편인데?"

주타로 씨는 이셴에서도 1~2등을 다투는 실력을 지녔다. 브륀힐드에서야 그보다 뛰어난 사람이 흔하디흔하니 설득력은 별로 없지만.

"처음에는 각각 다섯 대씩 성 아래의 기사단 대기소에 비치해 둘까 해. 기본적으로 마스터는 토야로 두고, 명령 계통은 단장, 부단장에게 맡겨둘게."

그러네. 마을 사람들도 어느 정도는 익숙해질 필요가 있으니까.

우리는 동방 대륙 나라들 중에서 비교적 고렘을 볼 기회가 많다. '왕관' 느와르나 아르부스, 루주, 비올라도 있고, 오르바 씨의 스트랜드 상회에서도 취급하기 시작했기 때문이다.

그게 아니라도 프레임 기어 덕분에 익숙하기도 하겠지만.

훈련을 마치고 우리는 성으로 돌아갔다. 쿠온과 야쿠모는 땀을 흘려서 그런지 곧장 욕실로 직행했다고 한다.

　나도 조금 쌓여 있던 서류를 확인해 볼까 해서 집무실로 가려고 했는데, 기둥 뒤에서 스윽 첩보부의 대장인 츠바키 씨가 나타났다. 우오오. 깜짝이야. 성안에서는 기척을 지우고 나타나지 말았으면 하는데요.

　"두 가지 보고가 있습니다. 큐리엘라 왕국의 항구 마을이 괴멸되었습니다. '사신의 사도'가 벌인 짓인 듯합니다."

　"큐리엘라 왕국이요?"

　어디 보자, 서방 대륙의 동쪽에 있던 나라였던가? '세계 동맹'에는 참가하지 않았지만, 호박 팬츠 왕자님이 있는 파나셰스 왕국이 참가하자고 설득한다는 이야기는 들은 적이 있다.

　그곳의 항구 마을이 '사신의 사도'에게 괴멸됐다고?

　츠바키 씨의 이야기에 따르면 반어인과 팔 네 개짜리 고렘, 바위 거인 등이 갑자기 나타나 습격했다고 한다.

　살아남은 사람들도 있었지만, 마음을 잃은 듯 살아 있는 주검이 되거나, 상처를 입었을 때의 저주로 반어인으로 변해 바다로 사라진 사람이 대부분이라고 한다. 틀림없이 '사신의 사도' 짓이다.

　"파나셰스를 통해 연안 주변의 마을에는 경계하라고 경고를 했을 텐데……."

　"별로 진지하게 받아들이지 않았던 모양입니다. 이런 피해는 처음이니까요."

그건 그렇다. 마을 하나가 습격당한 적은 있지만, 그건 도적이 마을을 습격했던 수준에 지나지 않았으니까. 진지하게 주의를 기울이지는 못했던 건가.

하지만 항구 마을 하나가 망할 정도의 피해를 보았다면, 이건 다른 나라의 침략이나 대재앙에 필적한다. 앞으로는 더욱 강한 경계를 하게 될지도 모른다.

프레이즈 때처럼 출현할지 안 할지 예측할 수 없다는 게 뼈 아프네. 보통은 예측할 수 없는 게 정상이지만……. '여기를 습격합니다' 하고 예고해 줄 리도 없고.

이 문제는 스마트폰으로 '세계 동맹' 모든 나라에 연락해 두기로 했다.

수상한 징후, 이상한 현상이 벌어지면 바로 알려 달라고도. 모험자 길드가 있는 곳이라면 하루 만에 임금님의 귀에 들어가게 되니까. 그리고 나한테 연락이 오면 전이 마법으로 그 나라의 기사단을 현지에 보낼 수 있다.

"다른 보고는요?"

"네. 최근 레굴루스 제국 변경 부근에서 정체를 알 수 없는 마수가 출현해, 큰 희생을 치르면서도 모험자 길드가 그 마수를 토벌했다고 합니다. 하지만 이 마수는 지금까지 기록이 없는 마수라, 신종이 아닐까 추정하고 있습니다."

"신종 마수요?"

"이게 사진입니다."

띠롱. 츠바키 씨의 스마트폰에서 사진이 전송되었다.

우와……. 피투성이라 그로테스크하네.

오싹한 전신사진으로, 겉보기엔 사자처럼도 보였지만 머리는 아무리 봐도 새였다. 팔다리도 새처럼 보였다. 키메라 타입이구나.

설마 이것도 '사신의 사자'가 만든 마수인가?

"아니요. 체내에서 그 결정체는 발견되지 않은 듯합니다."

빨간색, 파란색이라고 하기엔 색이 좀 달랐지만 '사신의 사도'들이 조종하던 팔 네 개짜리 고렘과 반어인에 박혀 있던 정팔면체의 결정체. 난 순간 같은 계통의 놈들인가 했지만 아니었던 건가.

그렇다면 정말 신종일까? 이런 마수를 잘 아는 사람이 있다면…… 아, 한 명 있었구나.

나는 보고를 마친 츠바키 씨와 헤어진 뒤, 바빌론으로 전이했다.

"어? 웬일일까?"

내 모습을 보고 '도서관'의 관리인인 팜므가 책을 보다 말고 고개를 들었다. 여전히 책을 읽고 있구나. 활자 중독자야 완전.

"오늘은 무슨 용건으로 오셨나요?"

"조금 봐 줬으면 하는 게 있어서."

나는 '도서관'의 카운터에서 책을 읽고 있던 팜므에게 다가가 스마트폰에 저장된 마수 사진을 보여 주었다.

"피투성이의 동물 참살 사체를 여성에게 보여 주다니 참 별난 취미를 가지고 계시군요, 우리의 마스터는."

"그런 게 아냐! 이 마수를 아는지 묻고 싶어서 그래. 신종일지도 모르거든."

팜므는 농담은 관두고 안경을 쭉 올리더니, 스마트폰에 비친 마수를 응시했다. 잠시 후, 수많은 책장의 한쪽 구석으로 걸어가더니 거기서 책 하나를 빼내 팔랑팔랑 넘기고는 다시 이곳으로 돌아왔다.

"아마도, 이게 아닐까 하는데요."

팜므가 두꺼운 책을 펼쳐서 내 앞에 투욱 내려놓았다. 그곳에는 내 스마트폰에 나온 마수와 비슷한 마수가 현실적으로 그려진 삽화가 있었다.

문자는 고대 정령 문자라서【리딩】을 사용하지 않은 나는 알아볼 수 없었다.

"이포스. 지역에 따라선 이페스, 아이포로스라고도 불렸던 마수예요. 주로 일파네마 대삼림에 서식했고, 상당히 공격적인 마수지만 고기가 무척 맛있어서 5574년 전에 일파네마 삼림의 변경 부족에게 철저히 사냥당했어요."

"철저히 사냥당해? 멸종했다는 말이야?"

"맞습니다."

신종인 줄 알았는데 멸종된 종이었다. 잠깐, 전에도……!

쿠온과 아리스가 근처 숲에서 사냥한 마수. 그건 마르코시아스라고 했지? 그것도 멸종된 종이었는데?!

"대체 어떻게 된 거지……?"

이미 멸종되어 사라졌던 마수가 부활하고 있다. 파레리우스 섬처럼 바깥 세계와 격리된 장소에서 온 건가? 아니야, 굳이 따지자면…….

"설마 시간을 넘어서……?"

어떤 힘의 작용으로 과거에서 마수들이 소환됐다? 말이 안 되는 이야기는 아니다. 미래에서 우리 아이들이 와 있으니까. 그 반대도 가능성은 충분하다.

또 '차원진(次元震)'인가?

"시간 공간의 문제라면 전문가한테 물어봐야겠지?"

나는 토키에 할머니에게 전화를 걸기 위해 품에서 스마트폰을 꺼냈다.

《틀림없이 '차원진'의 영향이구나. 과거의 마수가 시간을 넘어 온 거야.》

전화로 토키에 할머니에게 멸종된 마수에 관해 물어보니, 역시 시간을 넘어서 이 시대에 나타난 모양이었다. 역시 그랬나.

"혹시 시공신의 힘으로 해결할 수는 없을까요? 원래의 세계로 되돌린다든가……."

《못할 건 없지. 하지만 토야도 알다시피 신들이 신의 힘을 지상에서 사용하는 일은 원래 금지되어 있단다. 지상에 커다란 영향력을 행사할 가능성이 있으니까. 빠져나갈 구멍이 없지는 않지만, 가능하면 그런 방법은 쓰고 싶지 않아.》

가능하지만 쓰고 싶지 않다? 왜일까? 토키에 할머니는 상급신이다. 힘의 영향이 너무 크다거나?

《그 힘은 너희 아이들을 원래 시대로 되돌려 보내기 위해 남겨 두고 싶어. 마수를 과거로 되돌렸는데 아이들을 되돌려 놓을 수 없다면 미래의 토야가 화내지 않겠니.》

윽……. 그런 이야기였나. 그래선 당연히 곤란하다.

《그리고 '차원진' 자체는 지상에서 평범하게 일어날 수 있는 현상이니 너무 간섭해도 좋지 않지. 네가 있던 '지구'에도 비슷한 이야기가 있지 않았니?》

"그런 이야기를 몇 번인가 들어 보긴 했지만요……."

타임슬립에 관한 이야기라면 전 세계에 꽤 많이 존재한다.

'트리아농의 유령'이었던가? 베르사유 궁전의 별궁인 프티 트리아농을 방문한 교사 두 사람이 타임슬립을 경험해 100년도 전의 광경을 목격했다고 한다.

뉴욕에서 자동차에 치여 숨진 30대 정도의 남자를 조사해 봤더니, 놀랍게도 70년도 전에 갑자기 행방불명된 남자였다는 이야기도 전해진다.

나는 미래에서 왔다, 과거에서 온 시간여행자다. 그렇게 주장하는 사람도 많이 있고. 인터넷에는 특히나 더.

마법이 없는 지구이니 어디까지가 진실인지는 알 수 없지만.

'차원진'은 어떤 세계에서든 일어날 수 있는 일이니, 그로 인해 과거 또는 미래의 물건과 생물이 날아오는 현상도 충분히 가능성이 있다고 볼 수 있겠지.

하지만 이렇게 빈번하게 일어나서는…….

《'차원진'의 파도는 점점 진정되니 문제없단다. 특이점끼리 고정되는 일은 없을 테니까.》

"특이점? 그게 고정되면 무슨 일이 벌어지나요?"

《과거와 미래가 계속 연결되게 되지. 지구의 상식으로 말하자면 타임 터널이야. 누구나 자유롭게 오갈 수 있게 돼. 그렇게 되면 과거도 미래도 현재도 자유롭게 오갈 수 있게 되겠지. 그러면 모든 것을 되돌리기 위해선 시공신인 내 힘으로 그 세계의 시간을 모두 되돌려야 하겠지만, 그건 신의 결정에 반하는 일이라 보통은 파괴신이 나와 끝을 낸단다.》

즉, 그 세계는 사라진다는 말인가? 어? 진짜로요?

타임슬립 스토리를 보면 자칫 잘못하면 세계가 사라질 수 있다는 설정을 자주 볼 수 있는데, 아무래도 그게 사실인 모양이었다.

《그래도 그런 일은 벌어지지 않을 테니 안심하렴. 시공신의

이름은 허세가 아니니까. 조금 불안한 점도 있지만…….》

"그건 '사신의 사도'인가요?"

《그래. 사신이라고 해도 신의 힘은 신의 힘이거든. 쓸데없는 짓을 하지 말아야 할 텐데……. 토야도 이제 신족으로 인정받고 있으니, 만에 하나 사신이 부활해도 손을 댈 수 없을 테고…….》

어? 아! 그런가! 만약 사신이 부활하면 완벽히 신의 동료가 된 나는 지상에서 싸울 수 없구나?!

아니지. 정확하게 말하자면 신력(神力)을 사용하지 않으면 싸울 수 있지만, 사신을 직접 무찌를 수는 없다. 신이 직접 나서는 셈이 되니까.

어? 그런데 다른 세계에서도 사신이 태어나기도 하잖아? 분명 그럴 때는…….

《보통은 신의 힘이 깃든 무기를 용사에게 주곤 하지. 그래도 안 된다면 파괴신이 나서야 하고.》

그래, 그거였어. 그렇다면, 신의 힘이 깃든 무기를 내가 만든 다음, 이 세계의 용사에게 쓰도록 하사하여 용사가 사신을 토벌하게 만들면 된다는 건가.

"그 용사 말인데요, 유미나나 제 권속이면 안 될까요?"

《안 되지. 신의 권속은 천사와 마찬가지로 신들에 속하는 존재니까.》

진짜로?! 우리 아내들, 어느새 천사가 돼 버렸어. 나한테는 언제나 천사였지만.

그렇다면 지상 사람 중의 누군가를 용사로 양성할 필요가 있나.

모로하 누나는 안 되겠지? 원래 신이니까.

그 외에 사신을 상대로 싸울 만한 수준인 사람은……. 아, 엔데가 있었구나. 걔한테 신검을 써서 해치워 달라고 하자. 물론 나도 협력할 생각이다.

《당분간은 '차원진'의 여파가 있을지도 모르니 조심해야해. 나도 최대한 피해가 미치지 않도록 시간의 정령에게 명령해 놓을게.》

"알겠습니다. 잘 부탁드립니다."

지금 시점에서는 어떻게 해 볼 도리가 없나. 토키에 할머니에게 인사를 하고 나는 전화를 끊었다.

읽고 있던 책에서 고개를 든 팜므가 말했다.

"전화는 다 끝나셨나요?"

"응? 어, 끝났어. 역시 시간을 넘어서 나타난 마수인가 봐. 그런데 팜므가 만들어졌던 시절의 마수들은 지금과 비교하면 어땠어?"

"그러네요……. 숫자는 현재가 더 많아 보여요. 고대 왕국 시대는 결계 기술이 뛰어나서 마수들은 완벽히 변경으로 내쫓겼으니까요. 그만큼 약육강식의 성격이 강해, 지금과 비교하면 강력한 마수가 많았다고 생각합니다."

그렇구나. 쿠온이랑 아리스가 잡은 마르코시아스나 이 이포스는 빨간색 랭크 수준이라는데, 우연히 강한 마수가 흘러들어 온 게 아니라 과거 세계에서는 강한 마수가 일반적이었다는 건가?

어차피 길드가 도저히 감당할 수 없는 마수가 등장하면 나한테 연락이 오겠지만, 길드에 가맹하지 않은 나라도 있으니.

큐리엘라 왕국의 항구 마을이 당한 이유도 세계 동맹에 가입하지 않아 정보 전달이 늦어진 탓이다.

전 세계의 나라들을 잇는 네트워크를 더 확장해야 할까.

"그 말씀대로예요. 전 세계의 나라들과 정보를 교환해, 더 친밀하게 교류해야 해요. 그게 마스터의 사명이에요."

"유난히 더 재촉하는 느낌인데, 무슨 일이야?"

"별로 아무 일도 없는데요? 전 세계의 책이란 책을 우리 '도서관' 에! 그런 생각은 눈곱만큼도 안 했어요."

그거였냐. 요즘엔 신간을 사들이는 것을 자제하고 있긴 했지만……. 팜므는 새로운 책을 입수하면 모두 다 읽어 버린다.

자기 일은 이 '도서관' 의 관리이니, 책 내용도 꼭 파악해 둬야 한다. 그게 팜므의 주장이지만, 난 단지 활자 중독이 아닌가 의심하고 있다.

"알았어. 그러면 조만간 내가 새 책을 몇 권 정도 사 올게."

"그러시다면 지금까지 구매한 적 없는 나라의 책을 부탁드릴

게요. 나라가 바뀌면 책의 방향성도 바뀌어서 재미있거든요."

책을 구매한 적 없는 나라의 책이라. 라제 무왕국이나 철강국 간디리스라면 아직 책을 구매한 적이 없는 곳이긴 하지만.

아니면 아무런 교류가 없는 나라에서 책을 사도 괜찮을까? 큐리엘라 왕국도 그렇고, 레판 왕국, 란제 왕국처럼 아직 교류가 없는 나라도 있으니까.

대부분은 교류가 있는 나라의 소개를 받아 교류를 갖게 된다.

그런데 서방 대륙은 아직 교류가 별로 없으니⋯⋯. 거기다 아이젠가르드를 망하게 한 사람이 나라는 이상한 소문도 나돌고 있다.

어쩔 수 없지. 조금씩 교류를 늘려나가는 수밖에.

"아버지, 아버지, 아버지, 아버지~~~~~!"

"으으윽?!"

바빌론에서 성으로 돌아왔는데, 곧장 힘껏 달려온 프레이가 내 옆구리에 태클을 날렸다. 헉, 방금 우득, 하는 소리가 났어! 우득!!

"으아아아아아악⋯⋯!"

"아버지아버지. 갑옷 경매가 펠젠에 출품된 임금님으로, 영웅 다암엘이 서두르지 않으면 돈이 없어!"

"진정해. 무슨 소린지 모르겠으니까⋯⋯."

복도에 쓰러진 내 몸 위에 올라타며 빠르게 말을 쏟아내는 프레이. 화를 내야 할지 기가 막혀 해야 할지.

조금 전부터 욱신거리며 아팠던 허리에 회복 마법을 걸면서 나는 몸 위에 올라탄 프레이를 옆에다 내려놓았다.

아직도 흥분해 있는 프레이를 진정시키고 이야기를 들어 보니, 얼마 후, 펠젠의 왕도에서 경매가 열린다고 한다.

그곳에 출품된 물건 중에 800년 전의 영웅 다암엘이 사용한 갑옷이 있다고 한다.

펠젠 국왕이 같은 취미를 지닌 프레이에게 메시지로 알려줬다는 모양이다.

그냥 아무 말 안 하고 있으면 될 텐데, 의리가 너무 두터워 탈이야⋯⋯.

"그래서? 그 영웅의 갑옷을 가지고 싶어?"

"맞아! 미래 세계에서 다암엘의 갑옷은 행방불명이라 난 본적도 없어!"

미래 세계에서는 행방불명이라고? 이 경매에서 낙찰한 사람이 도둑을 맞았다거나, 잃어버렸다거나 그런 건가?

만약 펠젠 국왕이 낙찰받았다면 왕궁의 보물고에 보관했을 테니, 쉽게 도둑맞을 리는 없다. 그렇다면 펠젠 국왕은 낙찰받지 못했다는 건가?

"펠젠의 임금님은 자신이 자유롭게 쓸 수 있는 돈이 별로 없대. 용돈을 받아 쓴대."

우와, 국왕이 용돈을 받아서 쓴다니. 펠젠 국왕도 고생하는구나…….

하긴, 자기 나라의 세금을 무기나 방어구 컬렉션을 완성하는 데 팍팍 써서는 나라가 거덜 나겠지. 왕가가 벌어들인 돈으로 취미의 범위에서 사용한다면 문제없겠지만.

"다암엘의 갑옷은 미래에 남겨야 할 보물이야! 그러니까 꼭 입수해야 해!"

마치 그게 자신의 사명이라는 듯이 프레이가 유난히 불타오르고 있었다. 단순히 자신의 욕망에 가득 차 있는 모습으로만 보이지만.

"그건 좋지만……. 낙찰할 돈은 어떻게 하려고?"

"그게 문제야! 아버지, 제발 부탁이니까 마룡 토벌하는 데 데려가 줘! 돈을 벌어야 해!"

"뭐? 또 마룡을 사냥하러 가게?"

프레이가 거금을 벌 방법이라면 그것밖에 없나. 마룡이라면 물론 나름 돈이 되기야 하지만, 사용처가 경매라는 점이…….

내가 턱하고 빌려줄 수는 없으니. 그런 짓을 했다간 힐다한테 혼난다.

"아버지, 괜찮지? 응? 아버지~! 싫으면 마룡이 있는 장소만 알려줘. 요시노나 야쿠모 언니를 데리고 갈 테니까!"

"으음~~."

물론 마룡이 어디 있는 줄만 알면, 요시노의 【텔리포트】나 야쿠모의 【게이트】를 사용해 바로 갈 수 있겠지만……

"힐다한테 허락을 받아와. 그럼 알려줄게."

"바로 허락받아 올게!"

얼굴 가득 미소를 지으며 프레이가 달려갔다. 우리 아이들은 조금 더 침착함을 배워야 하지 않을까 하는데.

몇 분 뒤, 힐다의 허락을 받은 프레이가 기쁜 표정을 지으며 돌아왔다. 야쿠모랑 린네도 같이 따라왔는데, 너희도 가게?

"저는 오랜만에 마룡을 상대로 검을 휘두르고 싶어서요."

"이번엔 산산조각 내지 않을 거야! 잘 잡을게!"

"두 사람 모두 어디까지나 내 보조라는 걸 잊지 마! 조금 양보는 하겠지만 소재의 돈은 내가 가질 거야!"

아무래도 프레이는 이미 소재를 누가 가질지 결정한 듯했다. 야무지다고 해야 할지, 악착스럽다고 해야 할지. 결국 경매에 쓸 돈이 목적이니.

복잡한 마음을 마음속으로 집어삼키면서, 나는 마룡이 있는 장소를 검색하기 시작했다.

◇　◇　◇

　프레이와 두 사람은 결국 마룡 두 마리를 제압해 소재를 전부 길드에 팔아 꽤 많은 돈을 벌었다.

　그런데 여기서 또 문제가 발생했다. 영웅의 갑옷이 출품되는 펠젠의 경매장은 미성년자의 참가가 금지였다. 당연하다면 당연한 일이지만.

《이것 참, 미안하군. 깜빡했어.》

　전화로 사과하는 펠젠 마법왕. 참 얼이 빠져서는. 취미와 관련된 일이면 폭주를 하니까, 그런 일까지 미처 생각하지 못하는 건지도 모른다.

　하지만 그 일 자체는 큰 문제가 아니다. 대리인으로 다른 어른을 세우면 되는 일이니까.

　세우면 되는 일인데, 왜 내가?

　"아버지라면 낙찰할 수 있다고 내가 믿고 있기 때문이야!"

　프레이가 그런 귀여운 소릴 해주니 절로 뺨이 누그러졌다. 그랬구나~. 그럼 열심히 노력해 봐야지.

　"속아서는 안 돼요, 토야 님. 만약 돈이 부족해도 토야 님이라면 부족한 나머지 돈을 내줄 거라고 생각하는 거죠? 아닌가요, 프레이?"

　"그, 그, 그렇지 않아!"

엄마인 힐다가 의심의 눈초리를 보내자, 대놓고 시선을 피하는 프레이. 그야 그렇겠지. 응. 처음부터 다 알고 있었어.

"알겠나요? 프레이가 벌어들인 돈이에요. 어떤 일에 쓰든 참견하지는 않겠지만, 주변 사람들에게 피해를 줘선 안 돼요. 약속하기예요?"

"알았어……."

"어기면 토야 님이 만든 무기를 몰수하겠어요."

"명심할게!"

처억! 힐다에게 경례를 하는 프레이. 어느새 힐다도 프레이를 다루는 방법을 배웠구나.

힐다의 다짐을 받은 프레이는 나와 함께 마법 왕국 펠젠의 왕도, 파르마로 【게이트】를 통해 이동했다.

경매장은 분명 왕도 파르마의 박물관에 있었지?

스마트폰으로 검색해 보니 현재 위치에서 가까워, 나는 프레이와 함께 걸어서 목적지로 이동했다.

프레이는 시종일관 기분 좋은지 깡총깡총 뛰면서 걸었다.

"프레이. 벌써 낙찰받은 기분 같은데, 경매니까 져서 낙찰받지 못할 수도 있어."

이렇게까지 좋아하고 있으니, 혹시 낙찰을 받지 못하면 얼마나 낙심할지 눈에 선하다.

미리 보험을 들어 두기 위해서는 아니었지만, 낙찰받지 못할 수도 있다고 잘 말해 둬야겠어. 펠젠 국왕도 참가하니, 경매에서 질 가능성은 얼마든지 있었다.

"괜찮아. 다암엘의 갑옷은 그렇게까지 경쟁이 치열해지지 않을 테니까. 가지고 싶어 하는 사람은 펠젠의 임금님 정도야. 즉, 펠젠의 임금님보다 돈을 더 많이 가져가면 이겨."

"경쟁이 치열하지 않아? 어째서?"

"다암엘의 갑옷은 저주가 걸려 있어서 장비하면 저주를 받거든."

"그런 물건을 가지고 싶어 하면 안 되지!"

왜 가지고 싶어 하는 거야?! 저주받은 갑옷이라니, 그런 무서운 물건은 필요 없잖아?

내가 거부 반응을 보이자 프레이가 당황하며 설명했다.

"저주는 저주라도【희생 두 배 회복】이나【생명력 전환】밖에 없어서 그렇게 심하지는 않아!"

【희생 두 배 회복】? 아, 회복 마법을 받으면 극심한 통증이 동반되지만, 평소보다 상처의 회복력은 더 올라가는 저주인가.

【생명력 전환】은 생명력을 마력이나 공격력으로 전환하는 저주였던가? 자신의 생명을 깎아내 힘을 만든다고 하던데.

아니아니아니. 전혀 가벼운 저주가 아니지 않나? 설마 우리 딸은 암흑 기사가 목표인가?!

"다암엘이란 자는 왜 자신을 고통에 빠뜨리는 갑옷을 만들 생각을 한 건지……."

"【자기희생의 영웅】이라고 불렸어."

【자기희생의 영웅】? 단지 피학 취미가 있었던 게 아니었나 하는 의심이 든다. 정말 영웅 맞아? 변태가 아니라?

"프레이가 그걸 장비할 생각이라면 경매엔 참가하지 않을 거야."

"장비할 생각 없어. 컬렉션에 필요할 뿐이야. 그리고 다암엘은 키가 2미터를 넘는 장신이었으니, 펠젠의 임금님은 입을 수 있을지 몰라도 난 못 입어."

그 이야기를 듣고 마음이 놓였다. 그렇다면 괜찮은가. 아니, 정말 괜찮나? 저주받은 갑옷이 필요하다니, 그것만으로도 이미 말려야 하는 게 아닐까?

내가 심각한 표정으로 고민하는 사이에, 경매장인 펠젠 중앙박물관에 도착하고 말았다.

장엄한 장식으로 단장된 새하얀 건물. 이 박물관에는 마법 왕국이라 불리는 펠젠의 귀중한 마도구나 고대 왕국 시대의 아티팩트가 보관되어 있다.

'박물관'이라고는 하지만 지구의 박물관과는 달리 일반 시민에게는 공개되어 있지 않다.

기본적으로는 귀족들을 위한 전시장이다. 굳이 따지자면 나라가 관리하는 보물 보관 건물에 가깝다.

이번에 열리는 경매는 나라의 주관이 아니라, 펠젠의 상업 길드 '마공상회'의 주최라고 한다.

그래서 설령 국왕이라 해도 참견할 수는 없다. '그거 가지고 싶으니 나한테 먼저 팔아라!' 라고 할 수 없는 것이다.

박물관 입구에 있던 경비 기사에게 펠젠 국왕에게 받은 초대장을 건네고 안으로 들어갔다.

경매장에는 이미 많은 사람이 들어와 있었다. 경매 참가자이니, 대부분은 귀족이나 대상인이 아닐까 한다. 입고 있는 옷도 다들 반짝거리고.

"아버지도 왕관을 쓰고 왔으면 좋았을걸."

"그게 뭐야. 무슨 벌칙 게임이야?"

그런 화려한 물건을 쓰고 올 순 없지. 무엇보다 우리 나라엔 왕관이 없으니까. 벨파스트나 레굴루스 같은 대국이면 몰라도, 우리 같은 작은 나라에는 그런 물건 필요 없어.

경매장 접수처에서 접수를 하고 지정석의 번호와 장소를 받았다. 꽤 괜찮은 자리인 듯했다. 꽤 힘을 썼군요, 펠젠 국왕 폐하.

번호표와 함께 경매 목록도 받았다. 이번에 어떤 물건이 출품되는지가 적힌 카탈로그 같은 거구나. 사진이 아니라 정밀한 일러스트가 그려져 있었다.

활짝 열어서 프레이가 가지고 싶다는 영웅 다암엘의 갑옷이 뭔지 확인했다.

설마 이 온몸이 뾰족뾰족하고, 어깨에는 해골이 있고, 가슴에는 뒤룩뒤룩한 눈알이 디자인되어, 딱 봐도 '악마의 갑옷' 같은 이거 말인가?

"처음 봤는데 생각 이상으로 멋져!"

"정말 이런 물건을 가지고 싶어……?"

구김 없이 웃는 딸이지만, 딸이 너무 센스가 없어서 이걸 어쩌나 하고 생각하며 나는 머리를 싸쥐었다.

경매장인 펠젠 중앙박물관에는 경매를 위한 큰 홀이 마련되어 있었다.

의외로(이렇게 말하면 실례지만) 손님이 많았고, 이미 다들 경매장의 지정석에 앉아 있었다. 이 사람들이 다 참가자인가. 다들 돈이 많아 보이네…….

"그러면 우리 자리는……."

쭉쭉, 옆에 있던 프레이가 내 소매를 잡아당겼다. 응? 저긴가?

"아버지, 저기에 펠젠 국왕 폐하가 있어."

"뭐?"

프레이가 가리킨 곳을 보니, 펠젠 국왕으로 보이는 사람이 우리를 보고 손을 흔들고 있었다.

왜 보이는 사람이라고 했냐면, 그 사람이 도미노 마스크를 쓰고 있었기 때문이다. 몰래 와야 해서 정체를 감춘 듯했다.

인사하고 싶지만 꽤 멀리 떨어져 있기도 하고, 기껏 정체를 감추고 왔는데 임금님이라고 들킬지도 모르니, 나는 가볍게 인사만 하고 다가가지는 않았다.

경매가 끝난 다음에 다시 인사하러 가자. 그보다도 우리는 우리 자리를 찾아야 한다. 어물거리다간 앉기도 전에 경매가 시작된다.

자세히 보니 펠젠 국왕처럼 가면을 쓴 귀족 같은 사람들이 눈에 띄었다. 낙찰했다는 소문이 퍼지면 귀찮아질까 봐 신분을 숨기는 사람들이겠지. 아내가 경제권을 쥐고 있는 남편이라든가?

우리 자리는 한가운데로 무대와 가까운 장소였다. 꽤 괜찮은 자리다. 여기라면 경매에 출품된 물건이 잘 보인다. 자리에는 좌석 번호와 같은 번호패가 놓여 있었다. 이걸 올려서 입찰 의사를 표현하는구나. 지구의 경매와 크게 다르지 않아 보인다.

나는 프레이와 나란히 앉아 건네받았던 경매 목록을 한 번 더 펼쳤다.

이 경매에는 무기와 방어구, 아티팩트 외에도 미술품이나 골동품도 출품된다는 듯했다.

얼핏 봤을 뿐이지만 내가 특별히 가지고 싶은 물건은 없었다.

목록에는 상품의 정밀한 그림과 유래 등이 적혀 있을 뿐, 얼마부터 입찰할 수 있는지는 적혀 있지 않았다. 출품자가 원하는 최저 가격이 있는 듯, 그 가격에 입찰액이 도달하지 않으면 낙찰할 수 없는 모양이다.

"프레이, 정말 이걸 낙찰하려고……?"

나는 다시 목록에 실려 있는 '영웅 다암엘의 갑옷'을 확인했다. 정말로 취미 한번 고약한 갑옷이네……. 저주받을 것만 같다. 아니, 저주받아 있는 갑옷이지만.

"어차피 저주는 해주 마법으로 풀 수야 있긴 하지만."

"안 돼! 저주를 풀면 가치가 떨어져! 있는 그대로 당시의 상태여야 의미가 있는 거야!"

"에엑……."

딸이 하는 말을 이해할 수 없습니다. 보통 저주란 무서운 거잖아. 이런 물건을 원하는 사람의 마음을 도저히 이해할 수 없는데, 그 당사자가 친딸이라니 이걸 어쩌면 좋을지.

목록을 살펴보던 프레이가 갑자기 크게 외쳤다.

"앗?! 매탁의 단검도 출품됐어! 으으윽……! 이것도 가지고 싶은데 돈이……! 돈이!! 없어!"

왜 힐끔힐끔 날 쳐다봐? 무슨 말을 하고 싶은지야 어렴풋이 알겠지만.

"너무 비싼 물건은 안 돼."

"아버지, 사랑해!"

아아. 이래서야 힐다한테 혼나겠네. 그만큼 못을 박아뒀는데. 딸에게 약하다며 혼나겠어…….

돌아간 뒤에 있게 될 일 탓에 내가 암담한 심정이든 말든, 경매인이 나와 경매가 시작되었다.

 처음으로 출품된 물건은 정체 모를 항아리였다. 3000년 정도 전의 미술품이라고 한다. 경매인이 설명하기로는 이미 멸망한 나라의 임금님이 소유했던 항아리로, 이 항아리를 둘러싼 전쟁이 벌어져 그 결과 그 나라가 멸망한, 그런 내력이 있는 물건이라고 한다.

 저렇게 불길한 물건을 가지고 싶어 하는 사람이 있을까? 그렇게 의심하는 나를 무시하듯이 참가자들이 잇달아 패를 들어 올렸고, 순식간에 상당한 고액에 낙찰되고 말았다. 이해할 수 없어.

 그 이후에도 여러 보기 드문 물건이 출품되어 경매는 점점 가열되었다.

 이 경매는 금액을 금화 단위로만 올릴 수 있다는 듯했다. 지구의 감각으로 말하자면 최소한 10만 엔 단위라는 말이다. 그야 은화 단위로 찔끔찔끔 올려선 진행의 방해만 되니까. 그 덕분에 어영부영하는 사이에 금액이 쑥쑥 올라갔다. 개중에는 엄청난 금액이 붙은 물건도 있어서, 이곳에 있는 사람들의 금전 감각은 이상한 게 아닌지 의심이 들 정도였다. 취미에는 돈이 든다고들 하지만 깊게 빠져들면 이렇게 되는구나.

 "아버지! 다음! 다음이 매탁의 단검이야! 꼭 낙찰해 줘!"
 우리 딸은 정말 괜찮을까?

내가 얼마간의 불안을 품고 있는데, 경매장에 다음 상품이 소개되었다.

단검이었다. 한가운데에 가는 틈이 있고, 좌우의 칼날이 따로 존재하는 검이었다. 과일 등을 꽂는 양 갈래 포크 같은 형태다. 이게 '매탁의 단검'인가?

확성기 같은 마도구를 든 무대 위의 경매인이 말을 시작했다. 《일찍이 번영했던 용병 국가 카탄. 그 카탄에서 왕의 오른팔이라는 평가까지 들었던 용맹한 장군 매탁. 그 매탁이 어린 아들에게 선물했다는 단검이 이것입니다. 칼날에는 미스릴, 장식에는 오레이칼코스가 사용되었습니다. 1000년 이상이 지난 지금도 그 반짝임은 조금도 빛이 바래지 않았습니다. 그 가치는 얼마나 될지 상상도 할 수 없습니다! 그러면 경매를 시작합니다!》

"100닢!"

컥?! 금화 100닢?! 저런 단검에 1000만 엔이나 낸다고?!

갑작스럽게 날아든 금액에 나는 기가 막혀 말을 잇지 못했다. 믿을 수 없어. 저건 나도 만들 수 있을 것 같은데…….

"110닢!"

"난 120닢이다!"

"125닢!"

허억……?! 점점 금액이 올라가잖아. 저걸 그렇게 갖고 싶어?!

"아버지, 아버지! 어서 번호패 들어야지!"

"아니. 비싼 물건은 안 된다고 했잖아."

"매탁의 단검이 금화 100닢부터라면 양심적인 가격이야! 어서 안 들면 다른 사람한테 빼앗기겠어!"

그런가? 잘 모르긴 해도, 프레이가 그렇다면 그런지도 모른다.

실제 프레이가 마룡을 잡아 입수한 금액은 그것보다 많기도 하니까. 이런 금액이라도 값싼 편일지도?

"어어~. 그러면… 130닢."

"135닢이다!"

내가 금액을 채 말하기도 전에 다른 손님이 금액을 불렀다. 패를 올린 뚱뚱한 귀족이 날 보고 히죽 웃었다. 윽. 해 보자는 거냐?

"140닢."

"150닢!"

"160닢."

"배, 165닢이다!"

"170닢."

"170…… 2닢!"

뚱뚱한 귀족의 기세가 가라앉기 시작했다. 슬슬 한계에 가까운 금액인가 보다. 어느새 가격을 부르는 사람은 나와 뚱뚱한 귀족만이 남았을 뿐이었다. 여기서 크게 불러 끝내 버리자.

"200닢."

"큭……!"

뚱뚱한 귀족은 패를 올리지 않고 잔뜩 화난 모습으로 의자에 앉았다. 훗, 낙찰됐다. 아니, 이겼다.

《이렇게 해서 번호패 64번 손님이 금화 200닢으로 낙찰하셨습니다!》

땅땅! 경매 해머의 소리가 경매장에 울려 퍼졌다.

"해냈어! 낙찰됐어!"

아차. 분위기에 휩쓸려 경쟁심에 불을 붙이다니. 설마 두 배 가격으로 사게 될 줄은 몰랐어.

프레이는 기뻐했지만 이래서는 100퍼센트 힐다에게 혼난다. 웃으며 화를 내는 아내의 모습이 떠올라 나는 무심코 몸을 떨었다.

그런데 같은 무기 마니아인 펠젠 국왕은 경매에 참가하지 않았네. 왜지?

"펠젠 국왕 폐하는 영웅이나 용사가 장비했던 무기와 방어구가 아니면 별로 흥미가 없어서 그래. 매탁의 단검은 매탁 자신이 사용한 물건이 아니니까……."

듣고 보니 그런 설명이 있었어. 어린 아들에게 선물로 준 물건이라고. 그래서였나. 물건 자체는 꽤 괜찮은데.

아무리 그래도 단검 하나가 2000만 엔……. 어? 이건 진짜 적은 금액이 아닌 것 같은데? 이래서야 딸에게 약하다는 말을 들어도 반론할 수 없다.

하지만 이 아이는 마음만 먹으면 쉽게 그 이상을 직접 벌 수 있으니……. 우리는 용돈을 주지도 않고.

나도 금전 감각이 많이 이상해진 것 같은데? 이곳에 있는 사람들한테 뭐라고 할 수 있는 입장이 아니다.

그 이후로도 깜짝 놀랄 정도의 금액으로 경매가 진행되어, 내 마음속에서 '경매는 꽤 짭짤한 돈벌이가 아닐까?' 하는 좀스러운 생각이 슬쩍 고개를 들었다.

내 【스토리지】나 바빌론의 '창고' 안에는 사용할 데가 없는 마도구나 소재가 가득 사장되어 있다. 그걸 전부 방출하면 꽤 큰 금액이 되지 않을까?

내가 흥미 없을 뿐, 생각보다 원하는 사람이 있지 않을까. 경매 형식이라면 뜻하지 않은 금액에 낙찰되는 일도 있을지 모른다.

이번 세계회의 때, 임금님들을 상대로 한몫 크게 장사를 해봐?

《그러면 다음 상품입니다. 일찍이 고대 마법 왕국에서 사용되었다고 하는 인조 마석. 이 정도 크기의 물건은 지금껏 발견된 적이 없습니다. 아쉽지만 마력은 이미 다 떨어졌지만, 보석으로서의 가치도 상당한 물건입니다.》

그런 말을 한 다음 경매인이 운반해 온 물건은 밸런스볼 크기의 거대한 붉은 결정석이었다.

인조 마석? 고대 마법 왕국에서 만들었던 인공 마석 말하는 거지?

마석이란 마력을 저장하고 증폭해 방출할 수 있는 물건이다. 마법의 위력을 높이거나, 마도구의 동력으로 삼는 데 이용하기도 하는데, 고대 마법 왕국 시대에도 천연 마석은 발견하기가 어려워 가치가 높았다.

그래서 그 대신 만든 물건이 인조 마석이다. 하지만 인조 마석은 제작할 때 담아 두었던 마력 이외에는 저장할 수 없다는 단점이 하나 있었다. 즉, 일회용이다.

인조 마석에는 마력을 저장할 수 없다. 그래서 유적 등지에서 발견한다 해도 마력이 없으면 아무런 도움도 되지 않는다.

사실 우리 나라의 박사는 저장할 수 있는 인조 마석을 만들고야 말았지만. 그건 '탑'에 장착돼 바빌론의 동력원으로 사용되고 있다.

박사가 만든 인조 마석을 더욱 개량하면, 고렘의 G큐브에 가까운 물건이 된다고 한다. 대기나 빛에서 마력을 흡수하고 증폭해 원동력으로 바꾸는 물건이. 프레이즈의 결정도 비슷한 효과가 있다.

저 무지막지하게 큰 인조 마석도 틀림없이 어떤 공장이나 특별한 시설에서 사용되었었겠지. 마력이 없는 이상 예쁜 돌에 불과하지만 나름대로의 가치는 있지 않을까?

《그러면 경매를 시작하겠습니다!》

"1700닢!"

컥?! 1억 7000만 엔부터 시작한다고?! 이제 사용할 수 없는 데다, 천연 보석도 아니잖아! 좀 심하게 말하면 예쁘고 크기만 한 돌이야!! 역사적인 가치는 어느 정도 있을지도 모르지만……

그런데 놀랍게도 점점 가격이 솟구쳤다.

보석으로서도 상당한 가치가 있다고 했는데, 생각해 보니 저 정도 크기라면 아무리 인조 마석이라고는 해도 좀처럼 구하기 힘들어 보이긴 했다.

아무리 그래 봐야 내 눈에는 그냥 유리구슬일 뿐이지만. 다만, 이 열기를 보면 내 감정 능력보다야, 출품자의 감정 능력이 더 뛰어나 보인다. 물건의 가치는 희소성과 수요라는 건가.

"1880닢!"

"1885닢이다!"

"2000닢."

훌쩍 뛰어 버린 가격 제시에 경매장이 술렁였다. 돌아보니 우리 자리의 오른쪽 대각선, 상당히 뒤쪽에 있는 파란색 도미노 마스크 모습의 귀족이 번호패를 들고 있었다.

금화 2000닢. 2억 엔인데요? 굉장히 통이 크네.

"이천…… 백 닢이다!"

반대편 대각선 뒤에 있던 앞니가 툭 튀어나온 상인으로 보이는 남자가 쥐어짜는 듯한 목소리로 외치자, 오오~! 하고 또 경매장이 술렁거렸다.

척 보기에도 돈이 많아 보이는 상인은 경매장의 끓어오르는 듯한 환성에 만족스러운 표정을 지었다.

"3000닢."

거의 시간 차이를 두지 않고 가면을 쓴 귀족이 부른 금액을 듣고 경매장의 술렁임은 더욱 커졌다. 뻐드렁니 상인은 분노에 몸을 떨며 분한 듯이 자신의 자리에 털썩 앉아 번호패를 집어던졌다.

《이렇게 해서 번호패 98번 손님이 금화 3000닢으로 낙찰하셨습니다!》

땅땅! 나무망치 소리가 울려 퍼졌다.

금화 3000닢. 3억 엔인가. 오늘 최고의 금액 아닌가? 마력을 저장할 수 있다면 더욱 엄청난 금액이 튀어나오지 않았을까?

하지만 3억 엔짜리 보석이라면 지구에도 많은 편이니, 놀랄 만한 금액은 아닐지도 모른다. 돈은 있는 곳에는 많이 있나 보구나.

"저런 물건에 금화 3000닢이나 쓰다니 믿을 수 없어."

"음. 여기에 거울은 없나?"

어이없다는 듯이 중얼거리는 프레이의 말을 그대로 반사해서 되돌려 주고 싶었다.

문득 등 뒤를 보니 파란색 도미노 마스크를 쓴 귀족이 시종을 데리고 경매장 밖으로 나가는 모습이 보였다. 저 귀족의 목적은 그 인조 마석뿐으로, 다른 물건에는 흥미가 없는 듯했다. 물론 보통이라면 3억 엔이나 썼으면 더는 참가하기 힘들지.

경쟁을 펼쳤던 뻐드렁니 상인도 밖으로 나갔다. 마석 하나를 노렸던 건가?

그 이후에도 경매는 계속됐지만, 내 마음이 동하는 물건은 역시 하나도 없었다. 다섯 개가 세트인 목걸이는 아내들한테 선물해도 괜찮지 않을까 생각했지만, 난 아내가 아홉 명이라 다 줄 수가 없으니까.

《이제 마지막 남은 물건은 바로 그 영웅 다암엘이 입었던 전설의 갑옷입니다! 몸을 좀먹는 저주에 걸려 있는 갑옷 말입니다! 입은 자에게 고난을 안겨주는 대신, 큰 힘을 부여해 준다는 마도 갑옷!》

경매장에 불길한 검푸른색 갑옷이 등장했다. 이게 영웅 다암엘의 갑옷인가. 가까이에서 봐도 역시 불길하네. 왜 이게 마지막의 주목받는 경매품일까. 물론 갑옷에는 눈길을 끄는 눈알이 붙어 있지만……. 정말 이걸 낙찰받아야 하는 건가.

"아버지! 펠젠 국왕 폐하한테 지면 안 돼!"

"아니. 이건 프레이의 소지금으로 낙찰받는 거니까 한도액을 넘으면 안 되잖아?"

프레이가 마룡을 사냥해 입수한 금액에는 한도가 있다. 금액이 그걸 넘어서는 어쩔 도리가 없다.

단번에 소지금의 최고액을 제시해 대항할 마음이 사라지게 만들면 낙찰받을 수 있을지도 모르지만, 최대한 값싸게 입수하려면 조금씩 금액을 올리는 게 좋겠지.

《그러면 경매를 시작하겠습니다.》

"500닢!"

500닢?! 5000만 엔부터인가. 값이 꽤 되네…….

"510닢!"

곧장 10닢 올려서 부른 사람이 나왔다. 번호패를 든 인물을 확인해 보니 역시 펠젠 국왕 폐하였다.

상대도 조금씩 올리는 수법인가? 100만 엔 단위가 조금씩인지는 의문스럽긴 하지만.

"520닢!"

"530닢이다!"

어? 이런 악취미인 갑옷을 가지고 싶어 하는 사람은 펠젠 국왕과 우리 무기 마니아 딸뿐일 줄 알았는데 그 외에도 몇 명인가는 가지고 싶어 하는 사람이 있는 듯했다. 유유상종이라는건가…….

"아버지! 어서 올려! 빼앗기겠어!"

"알았어……. 540닢!"

나도 10닢을 올려서 불렀다. 프레이가 가지고 있는 돈은 왕금화 8닢. 금화로 따지면 800닢. 8000만 엔 정도다.

거기까지 올라가리라고는 생각하고 싶지 않지만…….

"600닢이다!"

번호패를 든 한 사람이 금액을 훌쩍 높여서 불렀다. 윽! 그런 짓을 하면 다른 사람도 가격을 올려 부르잖아!

"630닢!"

"670닢."

이것 봐. 실제로는 어떨지 알 수 없지만 '아직 한참 여유가 있습니다만?' 하는 분위기를 풍기며 금액을 공격적으로 불렀다.

"750닢이다!"

내가 내심 초조해하는데, 펠젠 국왕 폐하가 단숨에 금액을 훌쩍 올려서 불렀다. 앗, 그래도 돼요?! 그렇게 많이 쓰면 재상이 화내지 않아요?!

갑자기 가격이 올라가자 몇 명인가가 번호패를 그대로 내려 버렸다. 포기했다. 이크, 돈을 더 많이 부르지 않으면 나도 포기했다고 생각할 거야.

"760닢!"

또 10닢이냐! 하는 목소리가 들릴 것만 같았다. 단숨에 '800닢!' 하고 말해 낙찰되면 좋고, 더 부르는 사람이 있으면 포기하는 방법도 있지만…….

"770닢!"

어? 펠젠 국왕도 10닢을 올려서 불렀네? 역시 상대도 한계에 가까워 그런가 본데? 그렇다면 여기서 승부를 걸어 볼까!

"800닢!"

"크, 윽……!"

펠젠 국왕 폐하가 '진심이냐?'라는 눈으로 우리를 바라봤다. 잠시 후, 펠젠 국왕 폐하는 단단히 결심한 듯 번호패를 더욱 높게 들며 외쳤다.

"850닢이다!"

으윽! 역시 이건……. 저편에서 펠젠 국왕이 으쓱거리는 표정을 지었다. 이 아저씨가…….

힐끔. 프레이를 보니 아쉽다는 듯이 고개를 저었다. 역시 돈을 더 쓰기는…….

내가 추가로 더 내줘도 되긴 하지만, 아까 그 단검도 있으니 프레이에게 더 돈을 썼다간 힐다한테 진심으로 혼나게 된다.

나는 한숨을 내쉬며 번호패를 내렸다.

《이렇게 해서 번호패 25번 손님이 금화 850닢으로 낙찰하셨습니다!》

땅땅! 나무망치 소리가 경매장에 울려 퍼졌다. 낙찰받은 펠젠 국왕 폐하의 얼굴이 으쓱거리는 표정에서 굳은 미소로 바뀌었다. 보니 상당히 무리했나 보네……. 주변 시종들에게 당황해서 말을 걸고 있는데, 혹시 돈이 모자라서 그런가?

그래도 엄연히 한 나라의 왕이다. 돈을 못 내지야 않겠지만 틀림없이 예산을 초과했겠지. 내 탓이라고도 할 수 있지만…… 난 몰라.

"우우. 이럴 줄 알았으면 매탁의 단검은 참을 걸 그랬어."

응……. 그거야. 그 단검이 없었다면 그만큼 추가로 돈을 더 불렀을 수도 있었겠지. 다른 물건에 한눈을 판 프레이와 저 물건 하나만 노린 펠젠 국왕의 각오 차이였구나.

새파랗게 질린 국왕 폐하를 보면 정말 각오를 하고 왔는지는 의심스럽지만.

하여간 단검이라도 입수했으니 괜찮은 성과 아니야?

경매가 끝나자 손님들이 밖으로 나가기 시작했다. 이 이후에는 상품을 낙찰한 사람이 거래소에 가서 돈을 내고 상품을 인도받으면 된다.

그럼 우리도 매탁의 단검을 받으러 가 볼까.

경매장에서 나온 삼인조 남자가 손에 넣은 상품을 안고 걷기 시작했다.

상품은 품에 들어오는 크기의 상자로 완충재로 엄중하게 감싸여 있었다. 세 사람 중 키가 2미터는 될 법한 거한이 소중하게 그 물건을 품에 안았다.

"이딴 물건 왕금화 30닢이나 낼 필요 없지 않아? 경매장을 습격해 빼앗았으면 그만이잖아."

회색 머리카락의 소년이 제일 앞서가던 실눈 청년에게 불만을 토로했다. 조금 전까지 도미노 마스크로 얼굴을 가리고 있던 청년은 어이없다는 듯한 눈으로 돌아봤다.

"경매장을 습격했다가 만약 이 물건에 흠이라도 나면 어떻게 할 작정입니까? 그리고 이곳은 마법 왕국이라 불리는 펠젠. 경매장이나 출품된 물건에 어떤 마도구가 장착되었을지 모르니까요. 정공법으로 입수해야 확실하다고 생각했을 뿐입니다."

앞서가는 갈색 머리에 실눈인 청년은 충동적인 동료를 보고 한숨을 내쉬며 대답했다. 아무래도 이 소년은 충동적인가 보다. 그게 발목을 잡지 않는다면 좋을 텐데.

"거기다 그 안에는 조금 성가신 사람이 있었거든요."

브륀힐드 공왕, 모치즈키 토야. 고대 문명의 유산을 계승한 세계의 조정자. 그리고 자신들, 즉, 사신의 사도들의 천적.

실눈인 청년 인디고는 무사히 임무를 마쳐 내심 가슴을 쓸어내렸다. 만약 그 자리에서 정체가 밝혀져 전투에 돌입이라도 했으면, 틀림없이 인조 마석은 입수하지 못하고 철수했을 테니까.

일이 그렇게 되어선 스칼릿을 볼 면목이 없고, 계획도 다시 짜야 한다.

"별로 강해 보이진 않던데. 안 그래? 헤이즐."

"내, 내가, 고기, 자를까?"

"안 잘라도 되니까, 그거나 잘 들어 주세요. 절대 떨어뜨리지 않도록."

"알았다."

헤이즐이라 불린 거한은 커다란 나무 상자를 꼬옥 품에 고쳐 안았다.

남들 눈에 띄지 않는 뒷골목에서 전이하려고 했던 세 사람 앞을 남자들 몇 명이 가로막았다. 인디고가 의아하다는 듯이 상대를 보니, 조금 전에 자신들과 인조 마석의 경매를 다퉜던 뻐드렁니 상인과 호위 담당인 듯 무기를 든 강해 보이는 남자들이었다.

뻐드렁니 상인이 입꼬리를 올리며 비열하게 웃었다.

"얌전히 그 상자를 우리한테 넘겨라. 따끔한 맛을 보고 싶지 않으면."

어느새 등 뒤에도 무기를 손에 든 남자들이 나타나 세 사람을 둘러쌌다.

"이 자식들 뭐야?"

"우리를 죽이고 마석을 빼앗을 셈이겠죠. 쓰레기가 떠올릴 법한 얕은 생각이에요. 이건 인조 마석이 아니라고 설명해도 소용없을걸요?"

회색 머리카락의 소년에게 실눈 청년이 대답했다. 그 대답을 듣고 소년은 기쁘게 허리에서 짧은 창을 빼냈다. 그러자 순식간에 짧은 창은 길게 늘어나 메탈릭블루색 창으로 변했다.

"그렇다면 죽여도 된다는 말이지? 정당방위잖아? 남의 물건을 빼앗으려고 하다니, 나쁜 행동 맞지?"

"내도, 고기, 자를까?"

"당신은 그 상자를 들고 있으세요. 몇 번이나 말하지만, 떨어뜨리지 않게요. 쓰레기 청소는 오키드에게 맡기죠."

무기를 든 남자들에게 둘러싸여 있는데도 세 사람이 태연하게 행동하자 뻐드렁니 상인이 폭발했다.

"이놈들을 죽이고 마석을 빼앗아라!"

세 사람을 둘러싼 남자들이 일제히 공격을 시작했다. 하지만 다음 순간, 몇 개의 검이 공중으로 떠올랐다.

창을 든 소년이 전광석화처럼 빠르게 남자들의 무기를 하나도 남김없이 모두 날려 버렸기 때문이다.

무슨 일이 벌어졌는지 몰라 어리둥절해하는 한 남자의 가슴에 메탈릭블루 창이 깊숙이 꽂혔다.

"아니?!"

"크윽……?!"

"자, 한 명 처리~."

소년은 기쁨에 찬 표정으로 중얼거리더니, 또 창을 번뜩였다. 몇 번인가 보라색 섬광이 뒷골목을 밝혔다.

그와 함께 펠젠 왕국의 왕도 파르마 뒷골목에 몇 번인가 비명이 울려 퍼졌지만, 그 사실을 눈치챈 사람은 아무도 없었다.

"으~음. 어쩌면 좋을까."

나는 눈앞에 놓여 있는 갑옷을 보면서 팔짱을 끼고 고민했다.

악취미 그 자체라 오싹하기 그지없는 저주받은 '다암엘의 갑옷' 이다.

경매에서 펠젠 국왕이 낙찰받은 이 물건이 왜 나한테 있는가 하면, 결국에 펠젠 국왕한테서 샀기 때문이다.

아, 억지로 팔라고 협박한 건 아냐. 상대가 '제발 사 주게!' 하고 애원해서 산 거지.

왜 일이 그렇게 됐는가 하면, 펠젠 국왕이 약혼자인 엘리시아 씨와 재상에게 혼났기 때문이다. 역시 예산을 상당히 초과해 버린 모양이었다.

경매에서 낙찰을 받았지만 곧장 '팔아라!' 라는 소릴 들어서, 나한테 판매 이야기가 날아든 것이다.

나는 이 갑옷이 필요 없지만, 펠젠 국왕이 너무나 가여워서 사고 말았다. 거기까지 값을 올려 버린 사람은 나이기도 하니까…….

문제는 이 갑옷을 어떻게 하느냐다.

결국 경매에서 이 갑옷을 낙찰받지 못한 프레이는 준비해 뒀던 예산으로 따로 낙찰을 받았던 그 단검의 대금을 직접 지불했다. 그래서 나는 프레이에게 돈을 주지 않았다.

그 덕분에 힐다에게 혼나지 않았지만, 이 갑옷을 프레이한테 선물하면 결국 혼나게 되겠지? 힐다는 프레이한테 갑옷이 얼마인지 들었으니까.

쉽게 선물로 줄 수도 없는 물건을 사고야 말다니. 당분간 【스토리지】에 넣어 뒀다가, 프레이가 어른이 되면 선물할까? 성인이 된 다음이라면 힐다도 뭐라고 하지 않을 테니까.

……어? 혹시 이건 미래에서 다암엘의 갑옷이 행방불명된 이유인가? 내가 계속 【스토리지】에 수납해 둬서?

"흠……. 너무 복잡하게 생각할 필요 없나."

내가 다암엘의 갑옷을 【스토리지】에 넣자, 똑똑 하고 노크를 하고 유미나가 들어왔다.

"토야 오빠. 라제 무왕국의 무왕 폐하한테서 편지가 왔어요."

"라제 무왕한테서?"

라제 무왕국. 서방 대륙의 더욱 서쪽에 있는 무(武)를 중시하는 무인들의 나라. 국왕인 무왕 김렛 갈 라제는 드래고뉴트^{용인족}이다.

미스미드와 마찬가지로 아인이 많은 라제 무왕국은 일찍이 남쪽에 있던 마공국 아이젠가르드의 침략을 몇 번이나 물리친 역사가 있다.

원래 이 나라 사람들은 스스로 싸우길 선호하기 때문에, 나라에 구비한 고렘도 장비형이 많다고 한다.

일단 라제 무왕국도 세계 동맹의 참가국이니 나한테 편지가 와도 이상하지 않지만, 왜 메시지가 아니라 편지일까? 스마트폰은 건네줬을 텐데.

"정식으로 나라 대 나라로서 알려야 할 때는 서면이 가장 확실하니까요. 브륀힐드도 그러는걸요. 토야 오빠가 도장을 찍잖아요?"

아, 그랬나. 그렇다면 사적인 이야기가 아니라 라제 무왕국의 공식 문서라는 건가.

유미나는 주로 다른 나라와의 교섭과 사전 협의, 연락 사항 등의 정보 정리를 담당하고 있다. 말하자면 브륀힐드의 외교관 또는 외무부 장관이라고 하면 될까. 이젠 외국과의 공식적인 대화는 유미나를 통해서 하는 경우가 많아지고 있다.

유미나한테 편지를 건네받아 내용을 들여다보았다.

"음……."

"왜 그러시나요?"

"아니, 라제 무왕국을 통해서 올판 용봉국이 세계 동맹에 가입하고 싶다는데……."

올판 용봉국은 라제 무왕국보다 더욱 서쪽에 있는 섬나라다. 앞쪽 세계의 이셴과 쌍을 이루는 나라다.

그래서인지 이 나라도 이셴과 마찬가지로 일본과 비슷한 점이 많다.

먼저 입고 있는 옷이 일본식 옷과 유사하다. 이셴보다는 동서양 절충 양식에 가깝지만. 무기도 외날검을 사용하는 사람이 많고, 음식도 젓가락으로 먹는다는 모양이다.

이셴에서는 시라히메 씨가 '왕'으로서 정점에 군림했지만, 올판에서는 '용제', '봉제'라 불리는 사람이 정상에 군림한다. 한마디로 임금님이다.

이 '용제'와 '봉제'라는 이름은 제위에 오르는 자의 출신이 무엇인지에 따라 달라진다. '용'의 일족이면 '용제'가 되고, '봉황'의 일족이라면 '봉제'가 된다.

올판 용봉국의 귀족은 '용'의 일족과 '봉황'의 일족이 나뉘어 있는데, '용제' 및 '봉제'는 선대가 붕어하면 다음에 다른 일족 중에서 선출된다. 즉, '용제' 다음은 '봉제', 그리고 그 다음은 '용제', 이렇게 교대로 제위에 오른다는 말이다.

그런 올판 용봉국이 세계 동맹에 가입을 희망한다는데, 아무래도 목적은 다른 데 있는 듯하다.

현재 올판 봉왕국에서는 '황금 마약'이라 불리는 약이 나돌고 있다. 말할 것도 없이 '사신의 사도'가 뿌려댄 마약이다.

강한 '저주'가 걸려 있는 그 약은 습관성이 있으며, 결국 계속 사용하면 정신이 피폐해져 폐인이 되는 무시무시한 약이다.

나는 야쿠모가 가지고 온 그 약을 '연금동'의 플로라에게 해석하고 회복약을 제조하도록 지시했다.

원래 변이종의 몸으로 만든 약이라 그런지, 저주를 풀기 위해서는 여러 소재가 필요했지만 간신히 얼마 전에 회복약을 완성한 참이었다.

소량이긴 하지만 나는 그 회복약을 피해가 컸던 라제 무왕국, 스트레인 왕국, 토리하란 신제국, 이렇게 세 나라에 먼저 제공했다.

가장 피해가 컸던 곳은 아이젠가르드였던 지역이지만, 그곳은 아직도 무정부 상태라 이런 약을 제공했다간 큰 난리가 날 게 뻔했다.

수량도 그리 많지 않아 일단은 동맹국 세 나라에 제공했는데, 올판 용봉국은 그걸 알고 동맹 가입을 결정한 듯했다.

이유가 뭐가 됐든 가입한다니 기쁘지만, 회복약의 재고는 얼마나 있었더라……?

내【리커버리】로도 고칠 수야 있지만 피해자의 숫자가 숫자니까.

"잠깐 바빌론에 갔다 올게."

유미나에게 말을 한 뒤【텔레포트】로 바빌론의 '연금동'으로 전이했다.

'연금동'에는 관리인인 플로라와 의외라고 하면 좀 그렇지만 에르제, 그리고 그 딸인 에르나가 있었다.

"두 사람 모두 여기에 있다니 웬일이야? 무슨 일 있었어?"

"나는 에르나를 따라온 거야. 이 아이가 포션 만드는 법을 플로라한테 배우고 싶다고 해서."

포션은 마시거나 상처에 뿌리면 부상이나 상처가 치유되는 약이다. 회복 마법 정도는 아니지만, 나름대로 효과가 뛰어나 모험자 길드에서도 판매하고 있다.

당연히 바빌론에도 포션이 있는데, 고대 마법 왕국의 기술로 만들어 그 효과는 차원이 다르다. 크게 다친 곳도 순식간에 고칠 수 있을 정도다.

매우 편리하지만 바빌론에서 만든 포션은 어마어마하게 비싼 소재가 필요하다.

그럴 수밖에 없는 이유가, 고대 마법 왕국 시대에는 흔했던 마수의 소재를 사용하지만, 현대에는 그 마수가 멸종위기종이곤 하기 때문이다.

일단 이러한 레시피를 모험자 길드에도 제공했으니, 이론상으로는 소재만 있으면 정제가 가능하다.

그런데 왜 또 에르나가 포션을 만들고 싶어 하는 걸까?

에르나는 빛 속성의 마법을 사용할 줄 안다. 회복 마법 사용자다. 포션은 필요 없을 텐데.

에르나는 어째선지 부끄러운 듯 머뭇거렸지만, 곧 주저하면서도 이유를 말했다.

"그건…… 소재가 싸면서도 효과가 좋은 포션을 만들 수 없을까 해서. 그런 포션을 모험자 길드에서 취급하면 더 많은 사람의 목숨을 살릴 수 있지 않을까? 그래서……."

"어때?! 내 딸, 정말 착한 아이지?"

"그 말에 나도 100퍼센트 동의해!"

에르나를 꼬옥 안아준 에르제를 내가 또 꽈악 안으며 나는 에르나까지 껴안았다.

"아으으……."

"딸 바보 부모 둘이 있군요."

팍 식은 듯한, 어이없다는 듯한 눈으로 플로라가 우리를 바라보았다. 그러든 말든. 우리 아이는 너무 다정하고 착한 아이야. 분명 부모님이 교육을 잘해서 그럴걸?

내가 자화자찬을 하다가 '그런데 마스터는 무슨 일이세요?'라는 플로라의 질문에 겨우 내가 이곳에 온 목적이 떠올랐다.

"아, 맞다. 그 황금 마약 회복약은 재고가 얼마나 있어?"

"그거 말인가요? 100개 정도 있을 텐데요."

100개인가. 음, 없는 것보다야 낫지만…….

"더 만들려면 소재가 더 필요해요. 특히 월광수(月光樹)의 물방울이. 이미 '창고'에 있던 재고도 다 떨어졌거든요."

"월광수의 물방울?"

"월광수라는 나무의 아침 이슬이야. 평범한 아침 이슬이 아니라, 보름달 밤 다음 날 아침의 이슬이 아니면 효과가 많이 떨어진대."

내 의문에 에르나가 대답해 주었다. 오오, 잘 아는구나. 내가 칭찬하니, 플로라가 가르쳐줬다고 에르나가 쑥스러워하며 대답했다.

"그건 어디에 있는데?"

"5000년 전이라면 이곳의 남쪽…… 지금으로 말하자면 산드라 지방에 꽤 많이 남아 있었는데요."

산드라 지방? 지금 거기엔 사막밖에 없는데? 일부 오아시스가 있긴 하지만.

예전에 산드라 왕국이 있었던 곳은 현재 산드라 왕국의 이름을 이어받은 도시 국가 몇 개가 있을 뿐인 사막 지대다.

치안이 나쁘고, 도적과 흉악범, 납치범이 날뛰고 있다는 소문이다. 어서 누군가 통일해서 다스려 주면 안 될까?

"그 사막에 지금도 그런 나무가 과연 있을까? 일단 검색은 해 보겠지만."

플로라한테서 월광수에 관한 기억을 【리콜】로 엿본 다음 산드라 지방을 검색해 보니, 그곳에는 월광수가 완벽하게 한 그루도 없었다. 으윽, 멸종인가.

"다른 곳엔 없어? 전 세계를 찾으면 한 그루 정도는 있지 않을까?"

에르제의 말도 일리가 있다. 나는 범위를 확대해 전 세계를 검색해 보았다. 범위가 너무 넓어 시간이 걸리네. 어?! 검색됐다! 아직 멸종되지 않았었나?!

지도를 보니 브륀힐드가 있는 동방 대륙에는 거의 없었지만, 서방 대륙에는 상당히 많은 수가 남아 있었다.

가장 많은 곳은 북쪽의 레아 왕국이네. 역시 녹색 왕국이라 불릴 만해. 어? 올판 용봉국에도 꽤 많잖아. 이 정도라면 레시피만 전해줘도 직접 만들 수 있지 않을까?

"이 나라에는 없는 소재도 필요하니, 전부 준비하기는 힘들어요. 다른 나라와 소재 교역을 하면 가능하겠지만요."

흠. 올판은 '월광수의 물방울'을. 다른 나라는 그 이외의 소재를. 서로 교환하면 회복약을 자국에서 만들 수 있다는 얘기구나.

좋아. 라제 무왕에게 부탁해 올판의 임금님을 소개해 달라고 할까.

어디 보자, 지금 시대는 '봉제'였던가? 그럼 코교쿠를 데리고 가야 더 낫겠어.

'봉제' 일족의 '봉'은 코교쿠의 부하인 피닉스나 봉황을 말하는 거겠지? '성목(聖木)'을 만들 때 피닉스의 꼬리를 사용했으니.

아예 피닉스의 꼬리를 선물로 가져가 볼까? '성목'을 만들다가 남은 피닉스의 꼬리가 【스토리지】안에 남아 있을 텐데. 기뻐해 줄지 어떨지는 알 수 없지만.

피닉스의 꼬리는 소생약의 소재로도 사용한다. 죽자마자 사용하면 되살릴 수도 있다고 한다. 물론 사지와 몸이 멀쩡해야 하고, 고령으로 인한 죽음에는 효과가 없다고 한다.

사실 소생약은 하나씩 동맹국에게도 나눠주었다. 정말로 '만약'을 위해서.

좀처럼 구하기 힘든 소재이니 기뻐해 주기야 하겠지만, '우리가 숭배하는 봉황님의 꼬리를 잡아 뜯다니!' 하면서 화를 내지나 않을까 걱정이다.

잡아 뜯은 소재가 아니라 정중히 부탁해서 받은 소재거든요? 최악의 경우엔 피닉스 자신을 불러내 설명하게 해야 할지도 모르겠어.

"토야, 왜? 올판 용봉국에 가려고?"

"응, 잠깐 좀. 약을 전해 줄까 해서. 지금 그 나라에서 이전의 그 마약이 퍼지고 있는 모양이야. 여기서 만든 회복약이랑 레시피를 가져가려고. 가 본 적이 없으니 기왕에 가는 김에 올판을 견학도 하고……."

에르제한테 그렇게 말하자, 에르나가 쭈욱 내 코트의 소매를 잡아당겼다. 응? 왜 그래?

"아, 아빠. 나도 가면 안 될까? 나라면 【리커버리】도 사용할 수 있고, 마약 효과도 없앨 수 있어. 곤경에 처한 사람이 있다면 돕고 싶어."

"아아, 정말! 왜 이렇게 착할까! 천사 아닐까?"

에르제가 감격한 나머지 눈물을 흘리며 에르나를 또 껴안았다.

음, 에르나는 내 딸이니 정확하게는 반신이지만. 반은 신.
즉, 천사랑 똑같다는 말이야! 우리 딸은 천사!

"딸 바보가 점점 더 심해지고 있네요."

시끄러워. 이론도 반론도 인정 못 해. 우리 딸이 천사라는 사
실만이 오롯이 남아 있을 뿐.

"그럼 에르나도 같이 갈까?"

"응!"

"에르나, 나도 갈게! 엄마가 지켜줄게!"

엄마가 그런 말을 하며 주먹을 쥐었다. 지금 우리 싸우러 가
는 게 아닌데. 오히려 구조하러 가는 거야.

라제 무왕국한테 올판 용봉국에 연락해 달라고 하자. 약속
도 없이 가면 실례니까.

선물로 피닉스의 꼬리를 가져가긴 하지만, 동맹에 가입하겠
다면 양산형 스마트폰도 건네줘야 하나.

자, 준비하자 준비.

"여기가 올판 용봉국인가."

나는 이 나라에 와 본 적이 있는 야쿠모가 연결한 【게이트】

를 지나 올판 용봉국의 왕도, 올페우스에 도착했다.

눈앞에는 일본식과 서양식이 결합된 듯한 거리가 펼쳐져 있었다. 가장 먼저 머릿속에 떠오른 이미지는 20세기 초반의 일본이었다. 복고풍과 현대가 뒤섞여 경쟁하며 존재하는 그런 분위기다.

거리를 오가는 사람들도 왠지 20세기 초반의 일본 사람 같은 복장이었다. 셔츠 위에 일본식 상의와 바지, 신발은 부츠. 서양풍의 세련된 옷을 입은 사람도 있고, 오래된 일본풍의 옷을 풀어헤쳐 입은 사람도 있었다.

종족은 인간만이 아니라 수인도 있는 듯했다. 차별적인 분위기는 없는 걸 보면, 평범하게 일반 시민으로서 사는 듯하다.

우리 같은 외국인도 드문드문 보였지만, 크게 신경 쓰는 눈치는 아니었다. 라제 무왕국과 교류하는 만큼, 그런 면은 열려 있는 나라 같다. 라제 무왕국은 아인이 많은 나라니까.

"어? 아주 고급스러워 보이는 마차가 오고 있어. 저게 우리를 맞이하러 오는 마차 아닐까?"

내가 올페우스의 거리를 보고 감탄하는데, 에르제가 저편에서 다가오는 마차를 보고 말했다. 말 네 마리가 끄는 멋진 마차였다.

올판 용봉국에는 우리가 이 시간에 이곳으로 오겠다고 라제 무왕국을 통해 미리 전달해 두었다. 에르제의 말대로 저게 우리를 맞이하러 오는 사람들 같긴 한데.

"실례합니다. 브륀힐드 공국 공왕, 모치즈키 토야 폐하. 그리고 유미나 공비 전하, 에르제 공비 전하이십니까?"

마차의 마부 자리에 있던 한 사람이 우리 앞으로 내려와 물었다. 그렇다고 하자 마차의 문을 열며 안으로 들어가길 권했다.

이번 올판 용봉국 외교 사절 일행은 나와 외교관 역할의 유미나, 에르제와 에르나 모녀, 그 외에 몇 명 정도의 호위 기사와 쿠온도 따라왔다.

쿠온은 유미나가 억지로 데리고 온 거지만. 아들과 작은 여행 기분을 맛보고 싶었던 모양이었다.

쿠온도 그런 성격이라 거절하지 않고 '좋습니다.' 라며 순순히 따라왔다. 아들이여, 거절해도 괜찮은데…….

덧붙여 단검 사이즈로 작아진 실버도 쿠온이 몸에 지니고 있었다.

올판에는 친척 아이도 데리고 간다고 미리 전해 두었으니, 쿠온과 에르나는 함께 있어도 아무런 문제가 없다. 다만 에르나의 호위를 위해 데리고 온 코교쿠에게는 올판 사람들의 시선이 집중되었다. 왜 그러지?

코교쿠는 에르나의 어깨에 앉아 있었는데, 사람들의 시선이 쏟아지자 에르나는 역시 불편한 듯 얼굴을 새빨갛게 물들였다.

그걸 보고 에르나를 배려했는지, 코교쿠가 내 어깨로 이동했다. 그에 맞춰 사람들의 시선이 나에게로 쏠리자 에르나가 안도의 숨을 내쉬었다.

"저어, 왜 그러시나요?"

"아니요……. 그 새 말입니다만, 우리가 숭배하는 길조와 많이 닮아서……."

길조란 봉황을 말하는 거겠지. 나도 한 번밖에 본 적이 없지만, 봉황은 코교쿠와 색과 모습이 매우 비슷하다. 봉황만큼 꽁지깃은 길지 않지만.

올판이 준비해 준 마차는 넓어서, 나와 유미나, 쿠온, 에르제와 에르나까지 다섯 명이 올라타도 충분해 보였다.

"이때는 아직 봉제가 다스리고 있었군요."

창문 밖으로 흐르는 거리의 모습을 바라보면서 쿠온이 조용히 중얼거렸다.

"그게 무슨 말이야, 쿠온?"

"아, 그게……. 저희가 사는 시대에는 용제가 다스리고 있었으니까요."

아하, 그런 말이었구나. 현재부터 쿠온과 아이들이 사는 미래 사이에 세대교체가 이루어진 건가. 그렇다면 지금 봉제 폐하는 상당한 고령인가? 아니지, 꼭 돌아가셨다고 할 수는 없는 건가. 아직 몸이 건강할 때 양위했을 수도 있으니까.

잠시 후, 마차가 화려한 궁전 앞에 도착했다. 그 건물을 보고 나는 왠지 자연스럽게 고개가 끄덕여졌다.

올판 용봉국의 궁전은 겉보기에 뵤도인(平等院) 봉황당(鳳

鳳堂)과 아주 비슷했다. 10엔짜리 동전의 앞면에 있는 것 말이다.

이셴의 성도 일본의 성과 비슷했으니, 이세계에서도 이렇게 공통되는 부분이 있기도 하구나.

듣자 하니 궁전은 두 개로, 용제의 치세 중에는 다른 궁전에 머문다는 듯했다. 다른 궁전도 어떤 건물인지 궁금하네. 용이 궁전을 휘감고 있다든가?

안내 역할을 하는 관리의 안내를 받아 우리는 빨간 기둥을 지나며 빨간 양탄자 위를 걸었다.

곧 맞은편에서 커다란 봉황이 조각된 양문이 열렸고, 우리는 회의실 같은 장소에 도착했다.

"올판에 오신 걸 환영합니다. 브륀힐드 공왕 폐하 및 두 공비 전하. 만나 뵈어 영광입니다."

그런 인사와 함께 우리를 맞이해 준 인물의 머리에는 작은 황금 관이 올라가 있었다. 이 사람이 올판의 봉제인가?

의외라고 하면 뭐하지만, 생각보다 젊은 사람이었다. 그것도 여성이었다.

나이는 대략 20대 중반일까? 금색 실 은색 실로 봉황이 자수된 화려한 예복을 걸치고 있었다. 광택이 있는 길고 붉은 머리카락, 긴 눈초리, 붉은 눈이 인상적인 여성이었다.

"초대해 주셔서 감사합니다. 봉제 폐하. 브륀힐드를 대표해 진심으로 감사드립니다."

슬쩍 주변을 살펴보니, 봉제를 중심으로 가신이 붉은색 계통의 의상을 걸친 사람들과 파란색 계통의 의상을 걸친 사람들이 좌우로 나뉘어 있었다.

아마 저 사람들이 '봉황'의 일족과 '용'의 일족이겠지.

그런데 이 젊은 봉제 폐하가 불과 십수 년 후에 다음 사람으로 바뀐다니 왠지 믿기 어려운데.

……설마 암살을 당했다든가, 그런 건 아니겠지?

머리에 떠오른 불길한 생각을 나는 고개를 저어 떨쳐 버렸다.

"이건……! 설마, 설마!! 아아, 이럴 수가!!!"

어? 분위기가 왜 이래?

올판 용봉국에 온 우리는 형식대로 인사하고, 세계 동맹에 가입할 때 주의 사항과 규칙 등을 설명한 뒤, 의뢰이기도 했던 황금 마약의 회복약 100개를 봉제 폐하에게 진상했다.

그때 소재인 월광수의 물방울을 이 나라에서도 채집할 수 있다는 사실과 그러한 소재를 바탕으로 다른 나라와 교역을 하면 이 나라에서도 회복약을 만들 수 있다는 사실을 이야기했다.

그리고 양산형 스마트폰을 몇 개 정도 제공하며 봉제 폐하와 나라의 높은 사람들에게 사용법을 알려줬을 즈음, 깜빡 잊고 있던 선물을 건네주기로 했다.

가치가 높은 것처럼 보이게끔 일부러 오동나무 상자에 넣은 그 선물을 봉제 폐하가 열어 보더니, 뚜껑을 떨어뜨리며 갑자기 당황하기 시작했다.

멍하니 있는 봉제 폐하를 대신해 파란 예복을 입은 중년의 재상이 역시나 흥분한 모습으로 말했다.

"고, 공왕 폐하! 이건 혹시 봉황의 꼬리 아닙니까?!"

"그…… 저희는 피닉스라고 부르는데요, 같은 종이라고 생각은 합니다……."

코교쿠가 말하길, 엄밀하게 따지면 다르지만 소재의 효과는 같다고 한다. 단, '우리가 숭배하는 봉황에게 이런 짓을 하다니!' 라고 화낸다면, '이건 피닉스예요! 다른 생물이에요!' 하고 주장할 생각이다. 응.

"이게…… 이게 있으면 소생약을 만들 수 있다……! 타츠마 님을 구할 수가 있어……!"

"폐하! 소생약은 매우 귀중한 약입니다! 함부로 사용할 수는 없습니다!"

"무슨 소리인가?! 이게 있으면 타츠마 님을 구할 수 있지 않은가! 봉황의 뜻대로 행동하게 놔둘 셈인가?!"

"웃기지 마라! 용의 일족에는 타츠야 님을 비롯해 다음 세대의 후보가 아직 있지 않은가! 귀중한 약을 낭비할 수는 없다!"

"낭비라고?! 이놈이, 뚫린 입이라고 그런 소릴!"

공격이 우리를 향하지는 않은 듯하지만, 빨간색 예복과 파란색 예복, 아마 각각 봉황 일족과 용의 일족으로 보이는 사람들이 서로 싸움을 시작해 도저히 수습이 안 되는 상황으로 치닫고 있었다.

봉제 폐하는 눈물까지 흘리고 있는 상황. 일단 다들 좀 진정해야겠어.

"어……. 【사일런스】."

내가 소음 마법을 발동하자, 떠들썩했던 소리가 모두 사라졌다.

용봉국 사람들도 갑자기 목소리가 사라지자 입을 뻐끔거리며 당황한 모습으로 나를 향해 뭐라고 말을 걸기 시작했다.

"일단 진정하시죠. 사정을 말씀해 주시면 제가 힘이 되어 드릴 수 있을지도 몰라요."

우리는 소리를 끄지 않았으니, 우리 목소리는 용봉국 사람들에게 들릴 것이다.

곧 봉제 폐하가 고개를 끄덕이며 동의해 나는 【사일런스】를 해제했다.

"실례했습니다. 손님 앞에서 보기 흉한 모습을 보여드리다니……. 사과드립니다."

봉제 폐하가 가볍게 고개를 숙였다.

그건 괜찮은데요, 제가 건네준 물건 탓에 내란이 일어나는 것만큼은 원치 않으니 가능하면 사정을 설명해 주셨으면 합니다.

"말씀대로입니다. 이야기는 지금으로부터 15년 전으로 거슬러 올라갑니다."

봉제 폐하의 말에 따르면, 선대 용봉제, 즉, 용제는 타츠마라는 분으로, 어린 봉제 폐하도 오빠처럼 잘 따랐던 성군이었다고 한다.

용의 일족과 봉황 일족은 서로 침범해서는 안 되기도 했지만, 그렇다고 대적하는 사이도 아니었다. 당시의 용제인 타츠마와 차기 봉제였던 현재의 봉제, 호카는 남매 같은 사이였다.

그런 두 사람의 운명은 15년 전에 엇갈리게 되었다. 용제의 성(城)인 용보전에서 사고가 벌어졌기 때문이다.

용제 타츠마가 사고로 죽어 버렸다. 갑작스럽게 넘어진 무거운 재단에 깔려서 죽고 말았다.

"그때 재단 앞에는 제가 있었습니다. 저보다 먼저 재단의 이변을 느낀 타츠마 님이 밀쳐내 주신 덕분에 저는 살아남았습니다. 하지만 그로 인해 타츠마 님은 돌아가시고 말았지요……."

일찍이 소생약은 이곳 용봉국에도 존재했지만, 1000년이 넘는 과거를 마지막으로 더는 제조되지 않고 있다고 한다. 만들기 위해 필요한 소재가 매우 희소하기 때문이다.

그러나 한 줄기 부활의 희망을 간직하며, 봉제 폐하는 타츠마의 시신을 보존하기로 했다고 한다.

"저는 여러분이 계신 지역에서 말하는 무속성 마법을 사용할 수 있는 사람입니다. 그것을 저는 【봉계(封界)】라고 부르는데, 물건의 시간을 멈추어 수납할 수 있는 힘입니다. 다만 수납공간이 매우 작습니다만……."

오오. 봉제 폐하는 【스토리지】를 사용할 수 있는 건가.

서방 대륙에는 '스토리지 카드'라고 해서, 고렘을 넣어두기도 하는 수납용 마도구가 있지만, 그 카드는 시간까지 멈출 수는 없다.

봉제 폐하의 【봉계】 말인데, 이건 살아 있는 생물은 넣을 수 없다는 점에서 【스토리지】와 똑같았다. 하지만 시신이라면 살아 있지 않으니 문제없이 넣어둘 수 있다.

"저는 도저히 포기할 수 없었습니다. 타츠마 님이 미소 짓는 모습을 한 번 더 보고 싶습니다. 어린이였지만 전 그 모습을 동경했던 거겠지요. 타츠마 님에게 부끄럽지 않은 사람이 되기 위해, 봉제가 되어 15년간 용봉국을 위해 열심히 일했습니다. 그와 동시에 15년에 걸쳐 많은 사람에게 사자를 보내 조금씩 소재를 모았습니다. 그런데 아무리 노력해도 마지막 하나, '봉황의 꼬리'만큼은 입수할 수 없었습니다. 그런데 그게 지금……!"

그랬구나. 그래서 눈물을 흘렸던 건가. 오빠처럼 잘 따랐던 생명의 은인이 살아 돌아오게 된다. 당연히 기쁠 수밖에.

홀쩍. 코를 홀쩍이는 소리가 들려 옆을 보니 에르나가 주르륵, 눈물을 흘리고 있었다. 에엑?!

"봉제 폐하, 정말 잘됐어⋯⋯!"

에르나 씨? 아직 살아 돌아오지는 않았는데요?

"자, 에르나. 눈물 닦아⋯⋯."

엄마인 에르제가 손수건으로 에르나의 얼굴을 닦아 주었다. 에르제도 눈물을 억지로 참고 있는 듯했다. 모전여전이라니까.

그리고 나를 사이에 두고 두 사람과는 반대편에 있는 다른 모자지간은 어떤가 하면.

"그렇군요. 그럼 봉제 폐하와 용의 일족 여러분은 만든 소생약을 선대 용제 폐하에게 사용하실 생각인가 보네요?"

"흐음. 봉황 일족 여러분은 현재의 폐하에게 무슨 일이 있었을 때를 대비해, 희소한 그 약을 사용하지 않고 보관해 두고 싶다고 말씀하시는 것 같아요."

유미나와 쿠온이 냉정하게 상황을 분석했다. 여기도 모전자전인가. 윽, 얘들아. 아빠랑 닮은 모습을 더 보여도 괜찮아.

"그때 타츠마 님이 절 구해주지 않으셨다면 제가 죽었겠지요. 이번엔 제가 타츠마 님을 구할 차례입니다."

"하지만 폐하⋯⋯! 만약의 일을 생각한다면 역시 약의 사용은⋯⋯!"

빨간 예복을 입은 측근이 봉제 폐하에게 간언했다. 이 사람도 봉제 폐하와 같은 봉황 일족이니, 봉제 폐하에게 무슨 일이 생기면 사용하고 싶은 심정이겠지.

응? '무슨 일이' 생길 가능성이 있는 건가?

내가 그런 의문을 품는데, 유미나가 슬쩍 나를 바라보았다.

"토야 오빠."

"어? 응, 알았어."

나는 【스토리지】 안에서 작은 약병 하나를 꺼냈다. 안에는 파랗고 투명한 액체가 들어 있었다.

"이게 뭔지요?"

"소생 포션입니다."

"네?!"

용봉국 사람들의 눈에 테이블 위에 놓인 작은 병에 집중되었다. 그럴 수밖에. 건네준 소재의 완성품이 눈앞에 있으니까.

"이걸 드리겠습니다."

"네?! 저, 정말 괜찮은가요?!"

"네. 세계 동맹에 가입하실 때의 특전입니다. 하나밖에 없지만요. 다른 나라에도 나누어 주었으니, 사양하지 않으셔도 됩니다."

"가, 감사합니다!!!"

봉제 폐하는 작은 병을 가슴에 안고 눈물을 흘리며 고개를 숙였다.

원래라면 조금 더 교류를 나눈 다음에 나눠줘야 하지만. 유미나도 마안으로 확인한 다음 날 재촉했을 테니, 겉모습 그대로 나쁜 사람이 아니었던 거겠지.

"브륀힐드 공왕 폐하. 이렇게까지 배려해 주셨는데 계속 죄송스럽지만, 부디 타츠마 님의 소생을 도와주실 수는 없을까요? 폐하는 회복 마법을 사용하실 수 있다고 들었습니다. 타츠마 님의 몸에 난 상처를 치유하고, 소생 의식을 시작하고 싶습니다."

"네? 네에, 그거야 상관없지만요……."

봉제 폐하의 부탁을 내가 받아들이자, 순식간에 주변이 소란스러워졌다. 특히 파란 예복을 입은 용의 일족 사람들이 분주해지기 시작했다.

"무슨 일이 벌어질지 알 수 없다. 의술사와 약사를 불러라! 결계사도 부르고!"

"용보전에 심부름꾼을 보내라! 타츠야 님도 모셔와라!"

"적익의 방을 열어라! 의식이 끝날 때까지 아무도 접근하지 못하게 해라!"

매우 소란스러운 가운데, 우리는 별실로 안내를 받아 이동했다. 준비가 끝날 때까지 대기하라는 말이구나.

별실에서 용봉국이 내준 차를 마시며 편히 쉬고 있는데, 용의 일족의 재상이 와서는 다시 우리에게 깊숙이 고개를 숙였다.

"정말 감사합니다……! 타츠마 님과 용의 일족을 대표해 이렇게 인사드립니다……!"

"아니요. 아직 성공하지도 않았는데, 이렇게까지 인사를 하시는 건……."

소생약이 효과가 없을 수도 있어 솔직히 말해 엄청난 압박감이 드니까 이러지 말았으면 하는데.

내가 난처해 하는데, 불안한 표정으로 에르나가 내 소매를 쭉 잡아당겼다.

"소생약으로도 살아 돌아오지 못하는 경우가 있어?"

"응. 가능성이 없진 않아. 먼저 시신의 상태가 완벽하지 않았을 경우. 외견상으로는 멀쩡해도, 내부에 심한 손상이 있다면 소생하지 않아. 정확히 말하면 소생되더라도 곧바로 죽게 되는 거지만. 다음으로는 이미 소생한 경력이 있는 경우. 아무리 소생약이라도 몇 번씩 되살릴 수는 없어. 그리고 이게 제일 흔한 사례인데, 어떤 이유로 영혼이 이미 육체에 머물러 있지 않은 경우. 영혼이 없으면 소생약은 아무런 효과도 없어. 소생하지 못하는 그런 몇 가지 경우가 있기야 있지."

에르나에게 설명하는 동시에 재상에게도 그럴 가능성이 있다는 사실을 주지시켰다.

이런 상황에 되살아나지 않으면 내 잘못도 아닌데 너무 미안하잖아.

몸과 장기의 외상은 회복 마법으로 완벽히 고칠 수 있을 것이다. 사고를 당해 죽은 뒤 곧장 수납 마법을 사용했다고 하니, 시간이 멈춰 있다면 영혼이 빠져나가지도 않았을 테니까.

　선대 용제가 이전에 한 번 소생했던 경험이 있지 않은 한, 문제없이 되살아날 수야 있겠지.

　다만, 그 이외에도 소생하지 못하는 경우가 있다. 바로 죽을 때 원한을 남겼는가 남기지 않았는가.

　누군가를 원망하고 증오하며 죽으면 영혼이 망령(레이스)이 되어 육체에서 분리가 된다. 만약 그렇다면 당연히 소생은 불가능하다. 정작 중요한 영혼이 어디론가 가 버렸으니까. 가 버린 장소야 자신이 원망했던 사람의 곁이겠지만.

　봉제를 도우려고 하다가 죽었다면, 원망하는 일도 없었으리라 생각한다. 단, 어떤 원통함이나 마음에 걸리는 일이 남아 영혼이 빠져나가는 일도 없진 않으니…….

　그만큼 육체가 죽으면 영혼은 쉽게 빠져나간다. 깔끔하게 떠나면 성불이지만, 영혼이 파편을 육체에 남긴 채 누군가를 원망하면서 빠져나가면 육체는 좀비가 되고, 영혼은 망령(레이스)이나 사령(스펙터)이 된다.

　"사실 조금 전부터 궁금했는데, 타츠야 님은 어떤 분인가요?"

　쿠온이 차를 마시면서 재상에게 물었다. 아, 나도 좀 궁금했었다. 대화 중에 몇 번이나 그 사람의 이름이 언급됐으니까.

　"타츠야 님은 선대 용제인 타츠마 님의 남동생이신 분으로, 차기 용제 후보 중 한 명입니다."

선대 용제의 남동생인가. 그럼 당연히 제일 처음 연락할 수밖에.

재상의 설명을 듣고 에르제가 고개를 갸웃했다.

"후보 중 한 명이라면, 차기 용제는 아직 결정되지 않았다는 말이야?"

"네. 용봉제는 용의 일족과 봉황 일족의 명문가, 총 열 가문에서 선발되는데, 부끄럽게도 우리 용의 일족 다섯 가문은 한마음 한뜻이 아니다 보니……. 그러나 선대 용제인 타츠마 님이 돌아오신다면, 한 번 더 제위에 올라 주시기를 우리도 바라고 있습니다. 그렇게 된다면 다섯 가문도 불만은 없겠지요."

선대 용제의 타츠마 님이라는 사람은 상당한 성군이었나 보다. 봉제 폐하뿐만이 아니라, 가신들도 이렇게까지 우러르다니.

"그런데 제위에 오른다면 현재의 봉제 폐하는?"

"봉제 폐하는 타츠마 님의 죽음에 책임을 느끼고 제위에 오르셨습니다. 그 중압감에서 벗어난다면, 타츠마 님에게 제위를 양보하겠다고 예전부터 말씀하셨습니다."

아, 그랬구나. 봉제 폐하는 처음부터 그만둘 생각이었나 보네.

그렇다면 조금 전 봉황의 측근들의 태도가 좀 신경 쓰이는데?

타츠마 님이 부활하면 봉제 폐하가 제위를 넘겨준다고 하니, 부활해서는 곤란하다고 생각해 소생약 사용을 꺼린 게 아닐까? 그런 의심이 들었다.

너무 사람을 의심해도 좋지 않은가. 순수하게 봉제 폐하의 몸을 걱정했을지도 모르는 일이니까.

내가 차를 마시면서 반성하는데, 방문을 열고 빨간 예복을 입은 남성이 안으로 들어왔다.

"준비가 다 되었습니다. 이쪽으로 오시지요. 안내하겠습니다."

부활 준비가 끝난 모양이었다. 그럼 가 볼까. 어? 아이들은 어쩌지?

"유미나, 에르제. 아이들이랑 여기서 기다려 줄 수 있을까?"

역시 아이들에게 시신을 보여 줄 수 없기도 하고, 살아나지 못할 가능성도 있으니까. 용봉국 모두가 절망하는 그런 충격적인 장면을 보여 주고 싶지 않았다.

"알겠습니다. 그럼 여기서 기다리고 있을게요."

"조심해서 다녀와."

내 마음을 알아챈 두 사람은 순순히 이곳에 남아 있기로 했다. 그럼 가 볼까.

코교쿠만 데리고 나는 안내인의 뒤를 따라갔다. 빨간 기둥이 늘어선 복도를 지나 안으로 가니, 이윽고 세련된 방이 나왔다.

"기다려 주셔서 감사합니다, 공왕 폐하. 준비가 모두 끝났습니다."

방에 있던 봉제 폐하가 고개를 숙였다. 그 앞에 설치된 침대 위에는 청년 한 명이 누워 있었다. 이 청년이 선대 용제인가.

나이는 이십 대 중반. 푸르고 호화로운 긴 옷을 입고 있었고, 검고 긴 머리카락은 뒤로 정리해 묶은 모습이었다. 키는 컸다. 말끔한 얼굴이었지만 그 이마 옆에는 아직도 생긴 지 얼마 안 된 상처가 있어 피가 배어 나와 있었다. 이게 사인인가? 제단에 깔려 머리를 강하게 부딪쳤나?

봉제 폐하의 【봉계】 밖으로 나와, 이미 이 사람의 시간은 다시 움직이기 시작한 상태다. 어물거릴 틈이 없다. 어서 조치를 시작하자.

일단 '신안(神眼)'으로 시신에 영혼이 있는지 확인했다.

가슴 부근에 깔끔하게 빛나는 둥근 물체가 보였다. 몸에서 빠져나가려는 듯 불안정하게 흔들리고 있었지만, 손상된 곳은 없었다. 영혼에는 아무런 손상이 없는 듯하다.

후우. 이게 제일 걱정이었는데 좀 안심이 된다.

"그럼 시작하겠습니다. 【빛이여 오너라, 여신의 치유, 메가힐】."

"오오……!"

주변 사람들이 소리를 내며 놀라워했다. 타츠마 님의 몸이 빛에 휩싸이며 인광을 발했다. 측두부에 있던 상처가 서서히 회복되어 육체의 손상은 완벽하게 나았다. 제단 아래에 깔려서 다쳤던 내장도 이제 원래대로 돌아왔으리라 생각한다.

"상처가 사라졌다!!"

"이것으로 육체의 손상은 나았습니다. 이제 소생약으로 영혼을 몸에 정착시키기만 하면 됩니다."

"네……!"

봉제 폐하가 타츠마 님의 목을 살짝 들어 올리고 소생약이 든 작은 병의 뚜껑을 열었다.

"돌아와 주십시오, 타츠마 님……!"

타츠마 용제의 입에 소생약이 천천히 흘러 들어갔다. 이 약은 체내에 들어가기만 하면 되니 삼키게 할 필요는 없었다. 뭐하면 코로 흘려보내도 효과는 나타난다.

소생약은 곧장 체내로 흡수되어 영혼의 정착과 육체의 각성을 촉진한다. 그래야 한다. 나도 소생약으로 사람을 되살리는 모습을 보긴 처음이라, 얼마나 있어야 눈을 뜨는지까지는 모른다.

'연금동'의 플로라의 이야기로는 그렇게 오래 걸리지 않는다는데…….

"타츠마 님……! 부디……!"

봉제 폐하도 주변 사람들도 마른침을 삼키며 침대 위의 청년을 지켜보았다. 나도 혹시나 실패하지 않을까 해서 안절부절 못했다. 되살아난다면 얼른 살아나 주세요! 압박감이 장난 아니거든요!

"봐라! 타츠마 님의 안색이……!"

이윽고 점점 창백했던 타츠마 용제의 살결이 붉은 기가 돌기 시작했다. 그리고 눈꺼풀이 아주 살짝 움찔하며 경련했다.

"타츠마 님……!"

봉제 폐하가 들고 있던 머리를 조용히 내려놓고 지켜보자.

"쿨럭……!"

"오오!"

작게 기침을 하면서 타츠마 용제가 몸을 움직였다. 그 뒤에도 몇 번인가 작게 기침을 한 타츠마 용제가 천천히 눈을 떴다.

"여긴 어디지? 난 어느새 이런 곳에……?!"

타츠마 용제가 말을 한 순간, 방이 크나큰 함성으로 가득 찼다. 용의 일족, 봉황 일족 모두가 눈물을 흘리며 기뻐했다. 정말 사랑을 많이 받던 사람이구나…….

"타츠마 님!"

봉제 폐하가 너무 감격한 나머지, 누워 있는 타츠마 용제를 뒤덮듯이 껴안았다.

"아니?! 자, 잠깐만! 자네는 누구인가?!"

얼굴을 새빨갛게 물들인 타츠마 용제의 그 말을 듣고 그토록 들썩였던 방이 순식간에 조용해졌다. 설마 기억을 잃었나?!

"저예요! 봉황의 호카예요!"

"호카? 바보 같은 소릴. 호카는 아직 10살도 안 된 어린 소녀잖나."

그 말을 듣고 주변 사람들이 가슴을 쓸어내리는 동시에 웃음을 터뜨렸다. 타츠마 용제가 죽은 지 15년이나 지났다. 어린 이는 벌써 크게 성장하고도 남을 시간이다. 당연히 그걸 바로 파악하긴 힘든가.

"그렇지, 호카는?! 분명히 제단이 쓰러져서……!"

"그러니까, 제가 호카예요! 타츠마 님은 절 감싸주시다 돌아 가셨는데, 15년 후에 소생약으로 부활하셨어요!"

"그런 바보 같은 일이……. 잠깐만, 그곳에 있는 너는…… 설마 류잔인가? 왜 그렇게 늙었지?"

타츠마 용제는 봉제 폐하 옆에 있던 재상을 보고 눈을 휘둥 그렇게 떴다.

재상은 마흔 살을 조금 넘은 나이인데. 타츠마 용제가 죽기 전이라면 20대 후반이었겠지. 어느 정도 어른이 되면, 나이 를 먹어도 크게 변하지는 않는 건가.

"그 뒤로 15년이나 지났으니 저도 늙을 수밖에 없지요. 같은 나이였던 폐하께서 설마 저보다 어려질 줄이야. 하하하, 또 늙어 버릴 듯하군요."

재상이 웃으면서 눈물을 흘렸다. 같은 나이였었구나. 친구 였나?

"설마, 15년 후라니. 그게 정말인가……?"

"지금부터 그 일을 차근차근 설명해 드리겠습니다. 그러니 까 진정해 주세요."

"……알겠다."

되살아난 용제는 의아한 표정을 지으면서도 작게 고개를 끄덕였다.

후우. 다행히 문제없이 부활 의식은 끝난 건가. 이제부터는 용봉국 국내의 문제이니 나머지는 맡겨두도록 할까.

"그랬군. 그렇다면 앞뒤가 맞아. 이곳에 있는 모두가 날 속이려고 하는 게 아니라면, 여기는 15년 후의 미래인 거겠지."

선대 용제 타츠마는 창밖으로 보이는 거리를 내려다보며 조용히 중얼거렸다.

그러네. 이 사람에겐 미래로 와 버린 셈인가.

"타츠마 님……."

"난 네가 호카라는 사실에 제일 놀랐지만 말이야. 그 말괄량이였던 공주가 이렇게 변하다니. 세월의 흐름은 정말 무서워."

"무, 무섭다니 그게 무슨 말씀인가요?! 저도 어른이 됐을 뿐이에요!"

걱정스러운 듯이 말을 걸었던 봉제 폐하였지만, 선대 용제가 웃으면서 그런 소릴 하자 뾰로통해지고 말았다. 아무래도 어릴 적의 봉제 폐하는 매우 활달한 소녀였던 모양이다. 지금은 두 사람 모두 같은 또래로밖에 보이지 않지만.

"그래서 앞으로의 일 말인데…… 난 어떻게 되지?"

의자에 앉아 선대 용제는 눈앞에 앉아 있는 봉제 폐하와 재상인 류잔 씨를 돌아보았다.

"그건…… 타츠마 님이 다시 용제가 되어 주셨으면 하는 바람이……."

"하지만 이미 호카의 치세가 된 지 15년이 지났잖나. 이제와 내가 앞에 나서는 것도 좀 잘못된 일이라는 생각이 든다만? 그리고 난 15년간 세계가 어떻게 변했는지 몰라. 이 나라나 외국에 어떤 움직임이 있었는지를 말이야. 나는 세상의 물정도 모르는 용봉제는 되고 싶지 않네."

"그 정도는 타츠마 님이라면 금방……!"

봉제 폐하가 타츠마 용제의 말을 반박하려고 했지만, 용제는 손을 내밀어 그 말을 중단시켰다.

"이유가 어쨌든 용제 타츠마란 인간은 이미 한 번 죽은 몸. 되살아났다고 해서 제위를 넘겨주다니 잘못된 생각이야. 만약 초대 용봉제가 되살아난다면 너희는 그분에게 제위를 물려줄 생각인가? 몇백 년 전에 죽어 이 시대에 관해 아무것도 모르는 과거의 그 남자에게?"

"그건……."

당연히 한 번 죽었던 용봉제가 또 제위에 오르면, 세상이 혼란스러워지기야 하겠지. 봉제 폐하의 마음을 모르는 바 아니지만, 자신의 속죄 의식 하나 때문에 제위에서 물러난다면 무책임하다 할 수 있었다.

"그런 표정 짓지 마라. 제위에는 오르지 않겠지만 용의 일족의 일원으로서 힘을 아끼지 않을 생각이니까. 한 번 더 이 나라를 위해 일하겠네. 이번엔 그대의 신하로서."

"타츠마 님……."

봉제 폐하가 복잡한 표정을 지으며 고개를 숙였다. 제위에는 오르지 않지만 일개 가신으로서 봉제 폐하를 섬긴다는 건가.

그리고 타츠마 용제는 다시 나를 돌아보며 깊이 고개를 숙였다.

"귀국의 온정에 진심으로 감사드립니다. 용봉국과 브륀힐드 공국이 앞으로도 우호 관계를 맺을 수 있기를 진심으로 바라는 바입니다."

책임을 다른 사람에게 떠넘기는 말처럼도 들리지만, 이미 제위에서 물러난 이 사람이 우리에게 나라의 대표로서 말할 수는 없는 거겠지. 어디까지나 개인으로서 감사의 말을 전하고, 앞으로 우호를 희망한다는 뜻만을 전달했다.

"네, 그야 물론입니다! 용봉국은 이 은혜를 결코 잊지 않을 겁니다. 동맹국으로서 할 수 있는 뭐든 할 생각입니다."

봉제 폐하의 언질을 받았으니, 얼마 남지 않은 '월광수의 물방울'을 조금 얻어 가기로 했다.

서둘러 모아 준다고 해서, 내가 며칠 후에 물건을 받으러 한

번 더 방문하기로 했다. 이제 황금 마약의 회복약을 또 만들
수 있겠어.

"황금 마약? 그게 뭔지요?"

나와 봉제 폐하의 대화를 듣다가 중간에 그런 질문을 하는
타츠마 용제……. 이제 용제가 아닌가. 타츠마 씨의 질문을
듣고 나는 현재 어떤 상황인지를 설명했다.

사람에게 저주를 거는 마약이 용봉국에 퍼지고 있다는 소식
을 들은 타츠마 씨는 눈썹을 찌푸렸다.

"그런 일이……! 그건 그 회복약이 아니면 고칠 수 없습니
까?"

"현재로서는요. 아, 【리커버리】라는 회복 마법이라면 고칠
수 있어요. 단지, 이 마법은 사용할 줄 아는 사람이 저랑 이곳
에 있는 에르나밖에 없어서……."

내가 그렇게 설명하자 지금까지 얌전히 이야기를 듣고 있기
만 하던 에르나가 갑자기 벌떡 일어섰다.

"저, 저기! 저를 마약 환자가 있는 곳으로 보내주실 수 없을
까요?! 제 마법으로 고칠 수 있다면 고치고 싶어요!"

"그야, 정말로 고칠 수 있다면 저희가 먼저 부탁드리고 싶습
니다만……. 환자들은 정신이 피폐해져 이상을 일으키고 있는
상태입니다. 착란 현상을 보이는 사람도 있어 갑자기 습격할 수
도 있고, 그런 모습을 어린이에게 보여 주기는 아무래도……."

봉제 폐하가 말을 흐리며 나를 슬쩍 바라보았다.

황금 마약은 정신에 이상을 가져오는 약은 아니다. 정확히 말하자면 그건 '저주'를 응축한 부여 주물(呪物)이다. 그렇기에 상태 이상의 종류도 매우 다양했다.

영혼을 침식당하면 걷는 사체가 되고, 정신뿐만이 아니라 육체까지 이상하게 변화하면 그 반어인 같은 마물이 된다.

그런 모습을 어린이에게 보여 줘도 되는가? 봉제 폐하는 나에게 그런 말을 하는 거겠지.

하지만 저주가 완전히 퍼지면 더는【리커버리】나 회복약으로도 고칠 수 없게 된다.

에르나의 말대로 도울 수 있다면 도와야 하겠지.

"괜찮아. 이 아이라면 내가 지킬 테니까."

에르제가 일어서며 에르나의 어깨에 손을 올렸다. 그래…… 이번엔 에르나한테 맡겨 볼까. 다른 나라에 너무 참견해도 좋지 않다고 코사카 씨한테는 충고를 듣긴 했지만.

다른 나라에서도 우리 나라도 도와 달라며 서로 나서게 될 테니까. 그러니까 돕는다면 꼭 대가를 받으라고도 했었다. 그건 나중에 코사카 씨한테 부탁하기로 하자.

그런 생각을 하는데, "실례합니다."라고 하며 문을 노크하고 용의 일족 사람이 들어왔다.

그 사람은 들어오자마자 재상 류잔 씨에게 다가가 귀엣말을 하고는 바로 방 밖으로 나갔다.

귀엣말을 들은 류잔 씨가 눈썹을 살짝 찌푸렸다. 무슨 일이 있었나?

연상이 되어 버린 친구에게 타츠마 씨가 말을 걸었다.

"왜 그러지?"

"아니요, 타츠마 님이 눈을 뜨셨다는 소식을 용보전에 계신 타츠야 님께 전해 드렸습니다만, 아무런 대답이 없어서……."

"그런가."

그 말을 들은 타츠마 씨는 작은 목소리로 그렇게 중얼거렸다.

타츠야라면 타츠마 씨의 남동생이었지? 보통 죽은 형이 되살아났다면 제일 먼저 달려와야 하는 사람 아닌가? 타츠마 씨도 어쩐지 냉담한 분위기인데, 둘이 사이가 나빴나?

"그러면 여러분을 마을의 진료소로 안내해 드리겠습니다. 타츠마 님은……."

"나도 가지. 15년간 변했을 거리의 모습도 보고 싶고, 일이 그렇게 되었다면 상황을 확인해 봐야 하니까."

어? 따라간다고?

나는 무심코 눈을 휘둥그렇게 뜨고 말았다. 몇 시간 전까지만 해도 죽어 있던 사람인데요?

"저어, 타츠마 님? 일단은 좀 쉬시는 것이……."

"피곤하진 않아. 15년이 지났다고는 하지만, 내 시간은 죽은 그날부터 하나도 지나지 않았잖아? 괜찮아."

"그래도 식사라도……."

"마을에 내려가 먹을 테니, 걱정 말게."

곤란한 표정을 짓는 봉제 폐하와 왠지 기분이 좋아 들썩이는 듯한 타츠마 씨의 차이가 엄청났다. 재상인 류잔 씨가 한숨을 쉬면서 머리를 가볍게 절레절레 흔들었다.

"음! 이제 용봉제가 아니니 자유롭게 나가 볼 수 있겠구나! 좋구나, 좋아!"

아무래도 제위에서 해방되어 마을을 자유롭게 돌아다닐 수 있으니 흥분한 모양이었다. 그 마음을 모르진 않는다.

기본적으로 용봉제는 마을에 내려가지 않고 계속 궁전 안에서 생활한다고 한다.

그래서 성 아랫마을에는 타츠마 씨의 얼굴을 아는 사람이 거의 없다. 알고 있다고 해도 15년 전에 죽었으니 다른 사람이라고 생각하겠지.

타츠마 씨는 재상인 류잔 씨의 호위 신분으로 진료소까지 따라가기로 했다. 형식상이라고는 해도 주종이 뒤바뀌었다.

봉제 폐하도 따라가고 싶어 했지만, 역시 그것만큼은 재상이 말렸다. 봉제 폐하로서는 타츠마 씨가 걱정돼서 그런 거겠지.

거리로 나가 마차를 함께 올라타니, 타츠마 씨가 바깥 경치를 보면서 작게 중얼거렸다.

"설마 호카가 날 걱정해 주는 입장이 될 줄이야 생각도 못 했는데……."

"당혹스러운 마음은 잘 알겠습니다. 15년이나 지나지 않았습니까. 어렸던 봉제 폐하도 이제 훌륭한 어른이 되셨습니다."

류잔 씨가 쓴웃음을 지으며 대답했다. 어린이라고만 생각했던 사람이 갑자기 어른이 되어 있으면, 당연히 어떻게 대해야 할지 모를 수밖에.

미래에서 아직 태어나지도 않은 아이들이 찾아온 나는 조금 공감이 되는 부분도 있었다.

"올판에는 고렘이 많네요."

마차 창문으로 보이는 마을의 경치를 보면서 쿠온이 류잔 씨에게 물었다. 정말로 드문드문 고렘의 모습이 보인다. 탑승형과 자율형이 많은 듯했다. 모두 고대 기체(레거시)가 아니라 공장제(팩토리) 고렘처럼 보이긴 했지만.

"우리 나라는 아이젠가르드와도 거래를 하고 있으니까요. 대부분이 그 나라에서 수입한 고렘입니다. 이번에는 그게 화가 되었습니다만."

황금 마약이 가장 만연한 곳은 아이젠가르드였던 지역이다. 그곳에서 올판으로 흘러들어온 거겠지. 나라는 멸망했어도 연안 도시에서는 배의 왕래가 계속되었다.

그런 배에 숨어들어 약을 가지고 오는 자가 있어도 이상하지 않다. 물론 야쿠모가 만난 '사신의 사도'가 이 나라에서 암약하고 있을 가능성도 크다.

"아이젠가르드가 멸망해 공장이 멈추는 바람에 현재는 고렘의 수입이 중단되었습니다. 고렘의 가격은 날이 갈수록 치솟고 있지만, 토리하란 신제국에서도 수입하고 있으니 조만간 가격은 안정이 되겠지요."

"잠깐. 아이젠가르드가 멸망해? 그 마공국이? 갈디오 제국과 전쟁이라도 했나?"

15년의 공백이 있는 타츠마 씨에게는 아이젠가르드의 멸망이 충격적으로 다가온 듯했다.

류잔 씨가 아이젠가르드에서 벌어진 일을 설명했다. 사신의 출현. 그로 인한 공도 아에젠부르크의 소실. 그리고 사신을 무찌른 사람이 나라는 사실. 그런 이야기를 듣고 타츠마 씨가 눈을 휘둥그렇게 뜨며 놀랐다.

으으으. 아이들 앞에서 자신의 활약을 설명하는 소릴 들으니 좀이 쑤시네. 부끄러워.

물론 부끄러운 짓을 한 적은 없지만.

유미나와 에르제도 얼굴을 빨갛게 물들였다. 에르나는 조금 자랑스러워하는 모습이다. 쿠온은…… 평소처럼 태연한 모습이다. 조금 서운한걸?

"그런가……. 그렇다면 그 사신의 잔당들이 마약을 퍼뜨렸다는 말이군요?"

"잔당이라기보다는, 그 힘을 얻은 다른 조직으로 보이지만요."

사신의 사도가 유라나 그 니트 신과 직접적인 관계가 있다고는 생각하기 힘들었다. 토키에 할머니가 말했던 그 '사신의 잔재'를 차지한 자들이 '사신의 사도'인 거겠지. 쓸데없는 걸 남겨 두고 가다니 참.

우리가 그런 이야기를 하는 사이에 마차는 진료소에 도착했다.

마차에서 내리니 2층짜리 하얀 목조 건물이 우리를 맞이해 주었다. 시계는 없지만 삿포로에 있는 시계탑 같은 건물이네.

시계가 있으면 딱이겠다고 생각하는 장소에는 용봉국의 문장이 그려진 판이 장식되어 있었다. 이곳이 용봉국의 진료소인가.

이 진료소는 이미 황금 마약에 당한 환자로 가득 차 있는 상태라고 한다. 그래도 나는 일단 감기를 비롯한 바이러스가 들어오지 못하도록 모두의 주변을 【프리즌】으로 감쌌다. 이러면 병원체는 침입하지 못하겠지.

"여기입니다."

진료소 직원의 안내에 따라 우리는 현관을 지나 긴 복도를 걸었다. 병원과 비슷한 소독액 냄새가 코를 찔렀다.

침대가 몇 개나 놓인 큰 방으로 들어간 우리는 그곳에 생기 없이 누워 있는 사람들을 보고 할 말을 잃었다.

"이곳에 있는 환자는 비교적 증상이 가벼운 편입니다. 의식은 돌아왔다가 사라졌다가 하지만, 난폭하게 구는 사람은 없습니다."

진료소 직원 한 명이 그렇게 알려주었다. 난폭하게 굴지 않을 수밖에. 이 사람들은 생기가 느껴지지 않으니까. 공허한 눈으로 천장을 바라본 채, 무슨 말인지 알 수 없는 신음을 흘리고 있을 뿐이었다.

　문득 옆을 보니 에르나가 창백한 얼굴로 입을 꾹 다물고 있었다. 역시 충격이 컸나?

　"에르나, 무리하지 않아도 괜찮아."

　"아니, 괜찮아. 할 수 있어. 내가 고칠게."

　걱정스러운 듯이 딸의 얼굴을 들여다보는 에르제였지만, 에르나는 딱 잘라 그렇게 대답했다.

　그리고 제일 근처 침대에 누워 있던 환자에게로 다가가, 눈에 결의를 담은 에르나가 오른손을 뻗었다.

　"【리커버리】."

　부드러운 빛이 누워 있던 여성 환자의 몸을 휘감았다. 빛이 진정되자 조금 전까지 공허한 눈으로 중얼거리고 있던 여성이 더는 중얼거리지 않았고, 어느새 눈의 초점도 원래대로 돌아왔다.

　껌뻑껌뻑, 몇 번인가 눈을 깜빡인 여성 환자는 목을 움직여 주변 상황을 살폈다.

　"여기는……? 어? 전 대체……."

　"이럴 수가. 믿을 수 없습니다!!"

　진료소 직원이 상반신을 일으키는 여성을 보고 크게 놀랐다.

타츠마 씨와 류잔 씨도 놀란 표정을 지었지만 【리커버리】를 건 에르나 자신은 겨우 마음이 놓이는 듯한 표정이었다. 어머니인 에르제도 마음이 놓이는 듯한데, 그 마음은 충분히 이해한다.

　"좋아. 다음 사람한테 가 볼까?"

　"응!"

　내가 재촉하자 에르나는 옆 침대에 누워 있던 환자에게로 이동했다.

　솔직히 말하면 내가 전부 고쳐야 제일 빠르겠지만, 소심한 에르나가 자신이 해 보겠다고 말을 꺼낸 이상, 그 마음을 존중하고 싶었다.

　에르제도 그렇게 생각하는지, 나에게는 아무런 말도 하지 않았다.

　에르나가 잇달아 환자들에게 【리커버리】를 걸어 주었다.

　나는 크게 신경 쓴 적이 없지만 【리커버리】를 사용하면 마력이 많이 소모된다. 그런데 이만큼이나 【리커버리】를 걸었으니, 에르나의 마력량이 얼마나 많은지 알 수 있었다. 이미 지금도 궁정 마술사 수준이거나, 그 이상이겠지.

　에르나는 세 가지 마법 적성을 지니고 있다. 불, 물, 빛, 이렇게 세 가지다. 이건 어머니이자 이모이기도 한 린제와 같은 적성이었다.

　에르나는 빛 속성 회복 마법도 같이 사용해 마약에 중독되어 있던 환자들을 치료했다.

"에르나의 마법으로 낫긴 했지만 이 사람들 정말 괜찮을까? 건강해졌다고 해서 또 마약에 손을 대지는 않을까?"

에르제가 나도 의문스럽게 생각했던 질문을 내던졌다. 그래도 괜찮을 거라고 생각한다. 황금 마약에 손을 댄 이유는 어디까지나 '금화병'에 잘 듣는다는 사기에 속았기 때문으로, 얼마간의 쾌락은 있었을지 모르지만 심한 의존성은 없을 테니까.

마약은 저주다. 저주받는다는 사실을 안다면, 직접 저주를 받으러 갈 리는 없지 않을까? 하지만 의사가 말려도 담배를 피우거나 술을 끊지 못하는 사람도 있으니…….

"일단 치료하기 전의 모습은 녹화해 뒀어요. 퇴원 전에 그 모습을 보여 주고 자신이 얼마나 위험했는지를 알려주면 되지 않을까 합니다."

스마트폰을 들어 보이며 쿠온이 말했다. 어느새 그걸…….

실제로 자신의 그런 모습을 본다면, 다시는 손을 대겠다는 생각을 안 하게 될지도 모른다.

"그래도 손을 댄다면?"

"용봉국도 그런 사람까지 보살피긴 힘들지 않을까요? 그건 스스로 책임을 져야죠. 몇 번이고 구원의 손길이 있으리라 생각하다니, 그건 잘못된 생각이에요."

내가 조금 심술궂게 질문을 했는데도, 쿠온이 아무런 망설임 없이 대답했다. 음, 엄격하네……. 너 정말 여섯 살 맞아?

그건 그래. 처음부터 고쳐주길 기대해서야 그건 좀 곤란하지. 뻔뻔한 사람은 한없이 뻔뻔해진다. 다른 사람의 호의를 당연하게 생각하는 순간, 그 사람은 다른 사람의 호의를 누릴 자격이 없어진다.

에르나의 행동을 당연하다고 생각해선 안 된다. 쿠온이 하는 말은 냉정할지는 몰라도 틀리지 않았다고 생각한다.

곧 실내에 있던 모든 환자를 다 고친 에르나였지만, 이곳에 있는 사람들은 비교적 경증인 환자들이다. 이 사람들보다 중증인 환자는 지하 격리실에 있다고 한다.

우리는 직원의 안내를 받아 격리된 환자들이 있는 지하로 내려갔다.

"윽……!"

그런 소리를 흘린 사람은 누구였을까.

말이 격리실이지, 사실은 감옥이었다. 철 격자 안에 환자들이 들어가 있었다.

겉모습은 간신히 사람의 형상을 유지하고 있지만, 반어인이 되어 가는 사람도 있는가 하면, 짐승처럼 털이 난 사람도 있었다. 그 모습은 천차만별로 모두 몸에 어떠한 변화가 일어나고 있었다.

그리고 모두 이성이 느껴지지 않았다. 어떤 감방 안에서는 구속구에 묶여 있으면서도 울부짖으며 날뛰는 사람도 있었다.

에르나가 에르제에게 매달려 공포를 참아냈다.

"에르나 누나, 괜찮으세요?"

"괘, 괜찮아……."

쿠온이 에르나를 걱정했다. 입장이 뒤바뀐 게 아닌가 싶었지만, 이건 쿠온의 담력이 너무 강할 뿐이라는 생각이 들었다.

어머니들도 에르제는 왠지 모르게 긴장한 표정을 짓고 있는 반면, 유미나는 무언가를 관찰하는 듯한 냉정함을 유지했다.

"이곳에 있는 사람들은 1~2일에 불과 몇 시간 동안만 정상적인 의식을 되찾습니다. 아직 방법이 있을지도 몰라 포기하지 않고 치료를 하고 있긴 하지만……."

진료소 직원들이 힘없이 말했다. 직원들의 노력에는 절로 고개가 숙여졌다. 하지만 이건 '저주'다. 의료 행위로 어떻게 될 문제가 아니다.

그런데도 벌써 '저주'에 잡아먹혔어도 이상하지 않은 사람들이 버티고 있는 이유는 이곳의 직원들 노력 덕분이라고 생각한다. 환자들도 필사적으로 저항하고 있다. 자신들을 좀먹는 무언가에.

"에르나, 괜찮아?"

"……괜찮아. 지켜봐 줘, 엄마."

에르제가 걱정스러워하며 건넨 말에 대답한 에르나는 근처 감방 안에 있던 환자에게 작은 손을 내밀었다.

"【리커버리】."

"오오……!"

주변 사람들에게서 감탄의 목소리가 흘러나왔다. 감방 안에서 반쯤 반어인이 되었던 남자의 몸이 빛에 휩싸이더니 서서히 원래의 몸으로 돌아갔다.

빛이 가라앉자 남성 환자는 그 자리에 털썩 쓰러졌다. 놀란 직원 한 명이 문을 열고 안으로 들어가 모습을 살폈다.

"살아 있어……! 괜찮습니다. 정신을 잃었을 뿐이에요."

직원의 말을 듣고 에르나가 안심이 된다는 듯 미소를 지었다. 에르나도 기쁜가 보다. 우리는 지금 우리 딸의 성장을 지켜보고 있다.

성공에 자신감을 얻은 에르나는 계속해서 감방 안에 있는 다른 환자들의 저주도 풀어 주었다.

감방 안에 있던 환자들은 모두 정신을 잃었지만 저주는 모두 풀려 사람의 모습을 되찾았다.

이렇게 용봉국의 왕도 올페우스에서는 마약 환자가 모두 사라졌다.

"으으음! 맛있어! 엄마, 이거 정말 맛있어!"

에르나가 간식 가게에서 먹은 크림 팥빙수 비슷한 음식을 에르제에게 추천했다.

앞으로 내민 스푼에 올라간 크림과 팥을 옆에 앉은 에르제가 입에 쏘옥 넣었다.

"와, 정말이네. 아주 맛있어."

"하하하, 그거 다행이군요."

이 가게로 안내해 준 타츠마 씨가 만족스럽게 웃었다.

덧붙여 에르나의 '엄마' 말인데, 용봉국 사람들은 모두 에르제의 별명이라고 생각하고 있다.

보통 이렇게 큰 딸이 있으리라고는 생각하지 않으니까. 엄마가 아니라 언니라고 인식하고 있을지도 모른다.

쿠온은 남들 앞에 있으면 철저히 유미나를 '유미나 님', 나를 '폐하'라고 나눠서 부르니 문제없다. 아니지. 유미나가 왠지 불만스러운 듯하니 문제가 없진 않을지도 모르지만.

"이 가게가 아직 남아 있어 다행이야. 가게 내부는 15년 전과는 달리 확 바뀌었지만."

진료소에서 치료를 끝낸 우리가 왕도를 견학하고 싶다고 하자, 타츠마 씨가 안내하겠다고 나섰다. 자신도 15년이 지난 왕도를 걸어보고 싶다면서.

배가 고프다는 에르나의 요청을 듣고 타츠마 씨가 데리고 와 준 곳이 바로 이 간식 가게다.

가게는 20세기 초반의 일본 같은 복고풍 분위기가 풍겼다.

물론 내가 복고풍 같다고 느꼈을 뿐, 용봉국 사람들에게는 이 게 최신 유행인 간식 가게이겠지만.

"용제가 이런 간식 가게에 오셨나요?"

"옛날에 변장하고 몇 번 왔지. 왕궁을 빠져나가는 일이 특기 였으니까."

"그걸 데리고 와야 해서 당시의 제가 얼마나 고생했는지 아 십니까? 정무를 보는 신하들과 시종들에게 얼마나 강한 압박 을 받아야 했던지."

"이크, 이건 괜한 소릴 했군."

쿠온의 질문을 들은 타츠마 씨와 류잔 씨가 즐겁게 옛날이야 기로 꽃을 피웠다. 이 두 사람은 정말 사이가 좋구나.

"옛날에는 호카도 자주 데리고 나왔었지. 이 간식 가게에도 몰래 데리고 온 적이 있어."

"봉제 폐하는 달콤한 음식을 좋아하시니 말입니다."

성군이라고 불린 사람도 적당히 휴식을 즐기긴 했구나. 나 도 성에서 서류 작업만 하고 있으면, 어디론가 날아가고 싶은 생각이 드니 잘 안다.

《폐하는 정말로 전이 마법을 이용해 어딘가로 훌쩍 가 버리 시지 않습니까》라는 코사카 씨의 목소리가 환청처럼 어디선 가 들리는 듯하지만 신경 쓰지 말자.

"그런데 마약 치료의 사례가 겨우 이런 간식이어선 너무 죄 송스러울 따름이다만……."

"너무 마음 쓰지 마세요. 이미 용봉국은 동맹국이니까요. 당연히 서로 도와야죠. 동맹이란 원래 그런 거니까요."

이런 훌륭한 소릴 내가 아니라 쿠온이 류잔 씨에게 했다. 어? 쿠온? 그건 이 아빠가 해야 하는 말 아닐까? 아들이 우수하면 아버지가 게으름뱅이처럼 보인다거나 그러진 않을까……?

만족스럽게 먹고 간식 가게를 나온 다음, 다음은 어디를 갈지 아직 정해지지 않아 우리는 타츠마 씨와 이야기를 하면서 걸었다.

우리도 그렇지만 타츠마 씨도 15년이 지난 왕도를 보는 것이라 그런지 두리번거리며 진정하지 못하는 눈치였다.

"그렇게 많이 변했나요?"

"네. 새로운 문물이 많아졌고, 낡은 문물은 사라졌군요. 마치 딴 세상을 걷고 있는 듯합니다. 역시 15년이란 세월의 흐름은 큽니다. 익숙해질 수 있을지 불안합니다."

자신 혼자 세상에 남겨진 듯한 감각이겠지. 아는 사람들은 15년의 경험을 쌓았는데, 자신은 아무것도 변하지 않았다. 불안해질 수밖에.

"하지만 앞날을 생각하면 가슴이 설레기도 합니다. 운 좋게 붙잡은 두 번째 인생. 마음껏 즐기고 싶군요."

……그런가. 이 사람도 나처럼 한 번 죽었다가 두 번째 인생을 걸으려고 하는 거구나. 왠지 친근감이 들었다. 나는 이 사람의 미래가 밝기를 간절히 바라마지않았다.

《잠시만…….》

"응?"

생각에 잠겨 있던 내 귀에 작은 목소리가 들려왔다. 어디서지?

뒤에 있던 쿠온이 아무 말 없이 허리에 달고 있던 단검을 가볍게 두드렸다. 아, 실버야?

《도련님의 아버님……. 우릴 누가 미행하고 있습니다만?》

"뭐?"

정말로? 그런 기척은 전혀 느껴지지 않았는데……. 감이 둔해졌나?

《그럴 수밖에요. 상대는 인간이 아닙니다. 고렘이에요. 간식 가게를 나온 뒤로 계속 거리를 유지하고 있습니다.》

고렘? 고렘이 우리를 미행한다고? 대체 뭘 위해서?

나는 돌아보지 않고 어깨에 앉아 있던 코교쿠의 눈을 통해 등 뒤의 고렘을 확인했다.

으음. 이 마을에는 고렘이 꽤 많은 편이니까. 어떤 고렘이지?

《갑옷 같은 장갑을 한 파란 놈과 손이 갈고리인 놈입니다.》

"저건가."

정말로 우리 뒤쪽에 실버가 말한 고렘이 걷고 있었다. 그런데 대체 왜 우리를 미행하지? 누가 시켰지?

"잡아서 자백을 들을까?"

"고렘인데요? 자백을 할 리가요."

그러네요……. 아들이 정색하며 반론했다. 농담으로 한 말인데.

그냥 따라오기만 한다면 내버려 둬도 괜찮을까? 위해를 가하는 것도 아니니까.

"그런데 누가 감시 대상일까요? 아버지일지, 타츠마 님일지. 재상인 류잔 님일 가능성도 있겠네요."

으~음. 이대로 방치해도 일이 성가셔질 것 같아.

일단 타츠마 씨와 류잔 씨에게 살짝 이 사실을 전달하자. 나는 앞서 걷는 두 사람에게, 쿠온은 뒤로 물러나 유미나와 에르제에게 미행당한다는 사실을 전달했다.

"미행을 당하고 있다니……. 어떤 자의 소행이지?"

"글쎄요. 몇몇 짚이는 데는 있지만, 확증은 없습니다. 용도 봉황도 모두 한마음 한뜻이 아니니까요."

타츠마 씨와 류잔 씨가 둘 다 심각한 표정을 지었다. 아직 우리에게 해코지를 하진 않았으니, 너무 심각하게 걱정할 필요는 없을지 모르지만.

"세계 동맹 가입에 반대하는 자도 있을 테고, 선대 용제인 타츠마 님이 돌아오셔서 오히려 기분이 좋지 않은 자들도 있을 테지요. 물론 재상인 절 제거하고 싶어 하는 일파도 있습니다. 누구의 짓인지 확실히 알아내긴 어렵군요."

뭐가 됐든 상대의 의도를 몰라서야 어쩔 도리가 없구나.

어쩌면 좋을까 생각하는데, 타츠마 씨가 하나 제안을 했다.

"일단 갈라질까요? 저와 류잔은 저쪽으로 돌아가고, 폐하 일행은 그대로 나아가 주십시오. 누구를 뒤쫓아오는지 보면 누구를 노리는지 알 수 있지 않겠습니까."

물론 그렇게 하면 브륀힐드 사람을 노리는지 용봉국 사람을 노리는지는 알 수 있을 듯했다.

타츠마 씨가 표적이라면 내가 곧장 따라가 상대를 양쪽에서 요격할 수 있고, 나를 노리는 거라면 곧장 반격하면 그만이다.

"좋아요. 그 작전으로 가죠."

타츠마 씨, 류잔 씨와 떨어진 나는 유미나와 에르제가 있는 곳으로 물러나 일을 어떻게 진행할 예정인지를 전달했다.

"어? 일이 재미있어졌네? 저 고렘한테 한 방 날려도 되는 거지?"

"아니. 아직은 미행당하고 있을 뿐이니 한 방 날리지는 말아 줬으면 합니다만."

호전적으로 웃는 에르제를 보고 살짝 흠칫했지만, 상대가 공격을 하면 응전해도 좋다고 이야기를 마무리 지었다. 정당 방위는 중요하니까.

"상대가 먼저 공격했다는 증거가 중요하겠네요. 녹화할 준비를 해 둘게요."

아들의 냉정한 대처에는 에르제와는 다른 면으로 살짝 흠칫했다. 음, 이럴 때는 조금 긴장해도 되지 않아? ⋯⋯새삼스러운 얘긴가.

마음속으로 작게 한숨을 내쉬는데, 앞에서 걸어가던 타츠마 씨와 류잔 씨가 오른쪽에 있는 좁은 골목으로 들어갔다.

우리는 그 길을 무시하고 미리 이야기한 대로 곧장 앞으로 길을 걸었다.

어깨에 앉아 있는 코교쿠의 눈을 통해 나는 돌아보지 않고 등 뒤에서 미행하는 고렘을 감시했다. 자아, 어디로 갈 거냐?!

잠시 후, 고렘 두 대는 타츠마 씨와 류잔 씨가 돌아 들어간 길로 들어갔다. 목표는 저 두 사람인가.

"좋아, 돌아가자."

우리는 방향을 전환해 타츠마 씨가 돌아 들어간 좁은 골목으로 들어갔다.

우리가 모퉁이를 돌아가서 보니, 미행하던 고렘이 갑자기 눈앞에 있는 두 사람을 향해 달려들려는 참이었다.

위험해! 내가 그렇게 생각했을 때, 타츠마 씨와 류잔 씨를 향해 달려들었던 고렘 두 대가 딱 정지했다. 마치 시간이 멈춘 것처럼.

"두 사람 모두 고렘한테서 떨어져 주세요!"

쿠온의 목소리에 타츠마 씨와 류잔 씨가 재빨리 고렘한테서 떨어졌다.

쿠온의 마안인가?! 저 고렘 두 대가 쿠온의 '고정의 마안'에 걸려 움직일 수 없는 상태였다. 시간이 정지된 게 아니라 움직임이 멈췄을 뿐이었던 고렘은 잠시 후 지면에 떨어져 쓰러졌다.

"위험해요! 저거에 접근하지 마세요!"

쿠온이 그렇게 외친 다음 순간, 고렘 두 대가 대폭발을 일으키더니 산산조각이 나며 사방으로 날아갔다.

주변에 고렘의 파편이 흩날렸다. 다행히 우리에게는 피해가 없었고, 타츠마 씨와 류잔 씨도 무사한 듯했다. 후우, 당황했어.

"자폭 고렘인가. 큰일 날 뻔했네. 정말 잘했어, 쿠온."

"'선견의 마안'으로 동시에 미래 예지를 했어요. 그때 폭발하는 광경이 보여서……."

오른눈으로 '고정의 마안', 왼눈으로 '선견의 마안'을 사용한 건가. 정교하네.

"굉장해요, 쿠온! 토야 오빠보다 기지가 있다니, 역시 제 아들이에요!"

유미나가 평소처럼 쿠온을 안고 머리를 쓰다듬어 주었다. 우오오, 은근슬쩍 아내에게 디스를 당하다니…….

아니, 기지가 없었던 게 아니라, 나도 【텔레포트】로 두 사람을 전이시키려고 했거든요? 쿠온의 마안이 먼저 발동됐을 뿐이거든요? 보기만 해도 발동되니 쿠온이 더 빠를 수밖에 없잖아…….

"두 분 모두 무사하신가요?"

"네, 간신히. 조금 살이 까졌을 뿐입니다."

폭발하는 순간에 넘어졌는지 타츠마 씨는 팔꿈치가 까지고 말았다. 에르나가 바로 달려가 그 상처를 회복 마법으로 고쳐 주었다. 착한 아이야……

그 두 사람을 지나치며 쿠온이 류잔 씨에게 말했다.

"틀림없이 그 고렘은 두 분과 함께 자폭하려고 했어요. 여러분의 목숨을 노릴 만한 사람은 없나요?"

"저는 재상이라는 지위에 올라 있으니, 저를 노릴 가능성도 없지는 않습니다. 하지만 타츠마 님은……."

류잔 씨의 말대로 타츠마 씨는 불과 몇 시간 전만 해도 죽은 몸이었다. 상식적으로 그런 사람의 목숨을 노릴 이유는 없다.

하지만 타츠마 씨가 살아 돌아와서 손해를 보는 사람이 있다면? 살아 있어선 곤란한 이유, 또는 죽지 않으면 곤란한 이유가 있다면 이야기가 달라진다.

"타츠마 씨를 방해된다고 생각하는 사람도 있지 않을까요? 용제로서 복귀하면 곤란해지는 사람이라든가……."

"타츠마 님은 용제로 돌아가지 않겠다고 선언하셨습니다. 봉황 일족은 더는 타츠마 님을 노릴 이유가 없을 겁니다. 하물며 용의 일족은…… 아니, 잠깐만. 설마 타츠야 님이?"

류잔 씨의 말을 듣고 타츠마 씨의 표정이 어두워졌다.

타츠야? 타츠마 씨의 남동생이었지? 형이 살아 돌아왔는데 만나러 오지도 않은 박정한 그 남동생.

"아니요. 타츠야도 옛날에는 순수하고 솔직한 아이였습니다. 하지만 열두 살이나 차이가 나기도 하고, 저도 용제로서 일해야 했기 때문에 거의 그 아이를 돌봐주지 못했습니다. 그래서 점점 저에게 반항적인 태도를 보였지요. 그리고 나쁜 아이들과 함께 어울리기도 해서 점점 손을 쓰기 어려워졌었지요. 우리 형제 사이는 별로 좋지 않았습니다."

"물론 타츠야 님은 성격이 거칠고 난폭하신 면도 있습니다. 하지만 친형을 죽일 분이라고는……."

그건 글쎄? 형만 한 아우 없다는 식으로 자꾸 형과 비교당해 남동생은 열등감이 계속 쌓였을지도 모른다.

하지만 형의 죽음으로 열등감이 해소되어 더는 비교될 일이 없다고 생각했는데 죽어서도 비교를 당했다면 어떨까. 죽은 형은 훌륭했는데, 그에 비하면 남동생은…… 같은 식으로.

미워도 상대는 이미 죽었다. 남동생은 분노의 주먹을 휘두를 곳도 사라졌다.

그때 그 형이 살아서 돌아왔다. 지금까지 주변 사람들에게 험담을 계속 들어왔던 남동생으로서 과연 어떤 기분이 들까? 오랫동안 쌓인 원한을 풀 기회라고 생각한다 해도 이상하지 않다. 아무런 명분이 없는 원한이지만.

하여간, 그런 가능성도 전혀 없지는 않다는 말이다. 물론 이건 단순한 나의 잘못된 추리일 뿐, 류잔 씨를 노린 정적일 가능성도 있겠지만.

"일단 이곳에서 벗어나죠. 폭발로 사람들이 모여들고 있어요. 도시의 경비병이 오면 일이 성가셔져요. 부탁합니다, 폐하."

쿠온이 주변을 경계하면서 말했다. 나보고 사람들을 모두 전이시키라는 말인 듯했다. 이게 뭘까. 아들이 이 현장을 완벽히 통솔하고 지휘하는 상황이다. 아버지가 아들이 하라는 대로 하기만 하고 정말 이래도 되는 걸까…….

"【텔레포트】."

하지만 틀린 말을 한 건 아니니, 나는 모두를 봉황 궁전 앞으로 전이시켰다.

일단 봉제 폐하에게 돌아가 이번 일을 전해 둘 필요가 있겠어.

"……타츠야?"

타츠마 씨의 말을 듣고 앞을 보니, 궁전 앞에서 마차를 타려고 하는 서른 직전쯤 되는 남자와 20대 초반의 눈빛이 날카로운 젊은 여성이 있었다.

둘 다 파란 예복을 입고 있으니, 용의 일족이란 사실은 명백했다.

여성은 길고 검은 머리카락에 푸른 눈으로 차분해 보이는 인물이었다. 미인이지만 가는 눈초리 때문인지 위압감이 들었다.

남성은 키가 크고 체격이 튼실했다. 짧고 검은 머리카락에 수염을 기른 모습이지만 어딘가 타츠마 씨와 비슷한 분위기다.

상대도 우리를 눈치챈 분위기인데, 남성은 타츠마 씨를 보고 깜짝 놀라 마른침을 삼켰다.

"큭……!"

그리고 곧장 잔뜩 찌푸린 표정을 짓더니, 얼른 마차 위로 올라타 버렸다.

같이 있던 눈빛이 날카로운 여성도 우리를 슬쩍 한 번 노려보더니 아무 말 없이 마차에 올라탔다.

마차는 바로 기세 좋게 달려나갔다.

"기다……!"

타츠마 씨가 불러세워도 아랑곳하지 않고 마차는 순식간에 멀리 떠나고 말았다.

"혹시 방금 그 사람이……."

"네. 저분이 타츠야 님입니다."

역시 그런가. 류잔 씨의 대답을 듣고 나는 고개를 끄덕였다. 어딘가 타츠마 씨랑 닮긴 했었어. 저 사람이 사이가 나쁜 남동생인가.

"안 붙잡아도 돼? 저 자식, 그 자폭 고렘을 보낸 사람일지도 모르잖아?"

"아니요. 고렘은 산산조각이 났으니 아무런 증거가 없어요. 의심스럽다는 이유만으로 붙잡을 수는 없죠. 그리고 용봉국에서 우리는 외부인이에요. 이건 이 나라 사람들에게 맡겨야 합니다."

"아, 그건, 그, 그러네."

쿠온의 설명을 듣고 에르제가 쩔쩔매며 그 말에 동의했다. 쿠온 말대로 이건 우리가 뭐라고 할 수 있는 문제가 아니다. 이 나라 사람들에게 맡기는 게 현명하다.

물론 우리도 그때의 상황은 자세히 설명하고 증언할 생각이다. 부탁받는다면 기꺼이 협력도 할 생각이다. 함부로 행동할 수 없다는 이야기일 뿐. 먼저 이 나라의 임금님에게 보고하자. 뭘 하든 그다음이다.

궁전에 돌아가자 곧장 봉제 폐하가 우리에게 달려왔다.

"어서 오세요, 타츠마 님! 왜 그러시나요? 무슨 일이 있었나요?"

류잔 씨가 조금 전에 일어났던 사건에 관해 이야기하자, 봉제 폐하에게 극적인 변화가 일어났다.

"뭐?! 타츠마 님의 목숨을 노렸다고?! 대체 어떤 자식이야, 그 파렴치한 놈은?! 또 나한테서 타츠마 님을 빼앗을 셈이야?! 웃기지 말라고 해!!"

갑작스러운 고함에 우리는 멍하니 놀란 표정을 지을 수밖에 없었다. 어? 봉제 폐하는 더 정숙한 분인 줄 알았는데…….

분노에 차서 테이블을 두드리는 눈앞의 이 봉제 폐하는 혹시 다른 사람인가?

잠시 후, 우리의 시선을 눈치챘는지 봉제 폐하한테서 분노한 분위기가 사라졌다.

"어머나, 나도 참. 호호호……."

이제 와 수습하려고 해도 늦었어요. 언뜻 보인 본성에 아이들도 살짝 흠칫한 모습이다.

"홋. 역시 호카는 여전하구나. 어릴 적에도 지금처럼 자주 발끈했었지."

"아, 아니에요! 아닌데! 이건 잠시 흥분을 해서……!"

얼굴을 새빨갛게 물들이며 봉제 폐하가 타츠마 씨에게 변명했다. 그 광경을 보고 나는 퍼뜩 깨달았다. 왠지 이게 맞을 듯하다.

그게 맞는지 옆에 있던 유미나에게 슬쩍 물어보았다.

"유미나, 혹시 봉제 폐하는 타츠마 씨를 좋아하는 걸까?"

유미나가 놀란 듯이 나를 바라보았다.

"네? 이제 눈치채셨나요? 그거야 처음부터 보면 아는 일이 잖아요. 토야 오빠는 여태껏 대체 뭘 보고 계셨나요?"

어?! 마치 한심한 사람을 보듯이 쳐다보는 유미나. 어째서?!

"아버지……. 그건 역시……."

"아빠……."

"토야의 둔감함이야 새삼스러운 일도 아니야."

아이들과 또 한 명의 아내도 유미나처럼 나를 쳐다보았다. 이럴 수가…….

유미나가 작게 한숨을 내쉬면서 말했다. 제발 그 한숨 좀 그만 쉬어 줘…….

"좋아했으니까 그토록 최선을 다해서 타츠마 님을 살리려고 한 거예요. 그런데 그 사람을 또 빼앗아 가려고 하니 냉정하게 있을 수 없었던 거겠죠. 봉제 폐하의 분노는 아주 당연한 일이에요."

그것도 그런가. 소중한 사람이 터무니없이 죽는 두려움을 봉제 폐하는 잘 알고 있다. 다시는 그런 슬픔을 맛보고 싶지 않겠지.

"15년이나 계속 마음에 두고 있던 상대를 또 잃을 뻔했잖아. 나라면 이를 잡듯이 찾아서라도 있는 힘껏 때려 줄 거야."

에르제의 과격한 한마디에 나와 쿠온은 소름이 돋아 바로 몸이 굳어 버렸다. 에르나는 의외로 고개를 끄덕이고 있었다.

"에르나도 그렇게 생각해?"

"좋아하는 사람을 위해서라면 최선을 다해 맞부딪쳐야 한대. 사랑하는 여자아이는 무적이니까 괜찮을 거라던데?"

"자, 잠깐만. 에르나?! 누가 그런 소릴 했어?"

"카렌 언니인데?"

그 바보 누나가 진짜!! 이런 어린아이한테 무슨 소릴 하는 거야?! 에르나한테 사랑은 아직 이르잖아!! 이르지?

"그러니까 봉제 폐하가 사랑하는 타츠마 님을 지키고 싶다는 말은……."

"여보세요? 가능하면 본인 앞에서 그런 이야기는 안 하면 안 될까요?!"

《아.》

정신을 차려 보니 새빨개진 걸 넘어서 얼굴이 삶은 문어처럼 변해서는 눈물을 글썽이는 봉제 폐하와 역시나 어쩌면 좋을지 몰라 허공만 바라보고 있는 타츠마 씨의 모습이 보였다.

타츠마 씨도 귀까지 새빨개져 있었다. 류잔 씨는 그 모습을 보고 히죽거리며 장난스러운 미소를 짓고 있었지만.

"그, 뭐냐. 호카한테는 고마운 마음뿐이야. 정말 고마워."

"아니요. 그거야, 별말씀을요."

두 사람이 내뿜는 순박함에 뭐라고 말로 표현하기 힘든 분위기에 휩싸였다. 두 사람 모두 이제 다 큰 어른인데 말이지.

결혼한 몸이라 다행이야. 독신이었다면 폭발해라! 라고 생각했을지도 모른다.

어떻게 해서든 이 두 사람이 불행해지는 사태만큼은 막고 싶은 심정이다.

밤바람에 구름이 흘러가 달빛이 살짝 고개를 드러냈다.

용봉국 올판은 궁전이 두 개다. 용의 일족의 용보전과 봉황 일족의 봉진전이다.

　그 시대의 용봉제가 누구인가에 따라 교대로 정무를 관장하는 궁전이다.

　그중의 하나인 빨갛고 화려한 궁전인 봉진전에 그림자 하나가 내려섰다.

　벽을 뛰어넘어 사뿐하게 소리도 없이 안뜰에 내려선 그림자는 물 흐르는 듯한 움직임으로 궁전 안으로 침입했다.

　창문의 자물쇠를 바깥에서 특수한 도구를 사용해 재빨리 열고 미끄러지듯 실내로 몰래 잠입했다. 그 몸놀림은 마치 고양이처럼 부드러웠다.

　이곳은 엄연히 현재의 봉제가 머무는 궁전이다. 경비는 삼엄했고, 순찰도 물 샐 틈 없이 계속되었다.

　그런데도 몰래 들어온 그림자는 다른 사람에게 들키지 않고 그 틈새를 빠져나가듯이 안으로 계속 나아갔다.

　그림자는 또다시 문의 열쇠 구멍에 특수한 도구를 꽂아 불과 수 초 만에 문을 쉽게 열어 버렸다.

　그 그림자는 소리를 내지 않도록 신중하게 방에 침입했다. 조금 넓은 편이라 할 수 있는 그 방에는 책상과 의자, 옷장, 아무것도 들어가 있지 않은 책장, 세미더블 침대가 놓여 있었다.

　그림자는 망설이지 않고 침대로 다가가 그곳에 있는 청년의 얼굴을 포착했다.

달빛이 창문으로 비쳐 들어왔다. 선대 용제인 타츠마의 자는 얼굴이 달빛에 비쳤다.

아무 말 없이 품에서 단검을 꺼낸 그림자가 침대로 가까이 다가갔다.

《어이쿠. 거기까집니다.》

하지만 그 그림자의 목덜미에 하얀 칼날이 바로 코앞까지 다가왔다.

놀란 그림자가 천천히 돌아보니, 그곳에는 공중에 떠 있는 은색 검이 있을 뿐으로, 그 도신은 자신의 목덜미를 향해 있었다.

《조금이라도 수상한 움직임을 보이면 목이 썩둑 날아갈 줄 아세요. 방을 피로 물들이고 싶지 않으면 얌전히 있으십쇼.》

은색 '왕관' 인피니트 실버의 목소리에 그림자는 여전히 손에 들고 있던 칼집에 꽂혀 있던 단검을 그대로 바닥에 떨어뜨렸다.

그 소리에 자고 있던 타츠마도 눈을 뜨고는 자신의 방에 침입한 사람을 보더니 눈을 휘둥그렇게 떴다.

"······결국 그 아이의 예상이 맞았던 건가."

《역시 우리 도련님. 앞을 읽을 줄 아신다니까. 날 놓아두길 잘했죠? 나리.》

한숨을 쉬는 타츠마를 보고 실버가 깔깔 웃으며 말했다. 그 말대로라 타츠마는 아무 말도 할 수 없었다.

"아무튼 사람을 불러와야겠군……."

타츠마가 침대에서 일어서려고 한 순간, 그림자는 떨어뜨린 단검을 주워 재빨리 단검을 빼냈다. 그리고 곧장 타츠마를 습격하려고 했지만, 그보다도 빠르게 실버의 흰 칼날이 번뜩였고, 그림자는 그대로 바닥에 쓰러졌다.

"죽였나?"

《아뇨. 스턴 모드로 기절시켰을 뿐입니다. 사람을 부를 거면 얼른 불러와요. 이 자식이 일어나기 전에.》

"알겠다."

실버가 사람을 부르러 갈 수도 없어서, 타츠마는 상의를 걸치고 방 밖으로 나갔다.

실버는 검은 닌자 같은 옷과 마찬가지로 검은 복면을 쓴 그림자를 내려다보았다.

그리고 슬쩍 칼끝으로 눈 아래를 뒤덮고 있던 복면을 내렸다. 그림자의 얼굴이 달빛에 드러났다.

《아니, 이자는……? 도련님은 여기까지 다 앞을 내다보신 걸까?》

비쳐 들어오는 달빛 속에서 실버는 고렘답지 않게 한숨을 내쉬는 듯한 동작을 취해 보였다.

◇ ◇ ◇

슬슬 자 볼까 하던 차에 봉제 폐하의 메시지를 받은 나는 쿠온이 말한 대로 일이 진행되어 깜짝 놀랐다.

나는 어쩌면 그런 일이 벌어질지도 모른다는 정도로 생각을 했었는데, 아들의 예측이 더 정확했었던 모양이다. 왠지 좀 맥이 빠지네.

"왜 이상한 표정을 짓고 그래?"

서류 정리를 돕던 린이 풀이 죽은 나에게 또다시 타격을 입혔다. 아니, 이상한 표정이라니?! 네 남편의 얼굴인데요?

"아니…… 우수한 아들이 있으니 아버지가 설 자리가 없다 싶어서."

"무슨 소리야. 당연히 아들은 아버지를 뛰어넘어야 하는 법이잖아? 오히려 기뻐해야지."

"그야 그렇겠지만."

다음 세대의 브륀힐드 공왕이니 듬직하기는 하다. 내가 생각보다 일찍 바빌론에 은거하게 될지도 모르겠는걸?

아무튼 그건 그렇다 치고.

타츠마 씨의 목숨을 노리는 자가 나타났다. 역시 낮에 있었던 습격은 류잔 씨를 노린 게 아니라, 타츠마 씨를 노린 범행이었나 보다.

설마 습격에 실패한 그날 바로 두 번째 습격을 시도할 줄이
야.

아니지. '설마'라고 방심할 줄 알고 범행을 감행한 것이겠
지만.

쿠온의 말대로 실버를 호위로 남겨 두길 잘했어. 덧붙이자
면 류잔 씨한테는 코교쿠를 배치해 두었다.

그건 그렇고, 봉제 폐하의 메시지에 따르면 아무래도 일이
좀 성가셔진 모양이었다. 피해가 되지 않는다면 바로 와 줬으
면 한다는 연락이었다.

어차피 실버와 코교쿠를 데리러 가야 했으니까. 한밤중이지
만 아무래도 서두르는 이유가 있는 듯했다.

용봉국까지【게이트】를 열려고 하는데 누군가가 집무실의
문을 노크했다.

린이 문을 열어 보니, 그곳에는 외출복으로 갈아입은 쿠온
과 잠옷 차림의 유미나가 있었다.

"아버지. 올판에 가신다면 저도 데리고 가 주세요."

"어? 어떻게 알았어?"

쿠온한테도 봉제 폐하가 메시지를 보낸 걸까? 연락처를 교
환하는 모습은 본 적이 없는데.

"실버가 칼집에서 빠져나온 감각이 전해졌거든요. 무슨 일
이 있었죠?"

그거였냐. 실버도 그래 보이지만 '왕관'이다. 마스터하고는

항상 링크되어 있다. 감각 공유와 비슷한 느낌이라고 한다.

"이런 한밤중에 어린이가 외출하다니 어머니로서는 반대지만…… 토야 오빠가 같이 있다면 부모 동반이니 허용하지 못할 건 없어요."

유미나가 정말 마지못해 허락한다는 듯이 말했다. 부모님이 아이에게 '밤늦게 나돌아다니지 마라' 라고 하는 건 평범한 일인 듯도 하지만, 브륀힐드에 오기까지 이 아이는 혼자서 여행을 하기도 했으니 새삼스럽다는 기분도 들었다.

그거야 어쨌든, 오늘 일은 쿠온의 공로가 크니까 데리고 가는 일에는 나도 반대하지 않는다.

또 내가 눈치채지 못한 일을 보충해 줄 수도 있으니까. 아버지로서는 참 꼴사나운 이야기지만.

아니, 가족에게 멋을 부려 봐야 아무 소용도 없지.

유미나와 린에게 뒤를 맡기고 나는 쿠온을 데리고 【게이트】를 통과해 봉제 폐하의 궁전, 봉진전으로 전이했다.

곧장 우리를 맞이하는 문관들이 와서는 우리를 어떤 방으로 안내했다.

그곳에는 봉제 폐하, 타츠마 씨, 류잔 씨, 호위로 보이는 사람 몇 명 그리고 침대에 누워 있는 핏기 없는 여성 한 명이 있었다. 의식을 잃은 듯한데, 호흡이 거칠고 이마에는 많은 땀을 흘리고 있었다.

어? 이 사람은 본 적이 있어.

"이 사람은…….."

"이름은 타츠노. 타츠야 님을 모시는 사람으로 이번 사건의 실행범입니다."

내 의문에 류잔 씨가 대답해 주었다. 아, 맞다. 이 궁전 앞에서 타츠마 씨의 남동생이라는 타츠야랑 같이 있던 눈빛이 날카로운 여성이다.

이 사람이 타츠마 씨를? 그렇다면 역시 뒤에서 사주한 사람은 남동생인가?

이 타츠노라는 여성은 용의 일족이 아니라, 타츠야가 어디선가 데리고 온 인재라고 한다. 그 인물이 설마 암살자였을 줄이야 류잔 씨도 예상외였던 모양이다.

"몸 상태가 별로 좋지 않아 보이는데, 붙잡을 때 다치기라도 했나요?"

《죄송합니다, 도련님. 제가 실수했어요.》

쿠온이 묻자 책상 옆에 세워져 있던 실버가 칼집에 꽂힌 채 둥실둥실 날아서 우리에게 다가왔다.

듣자 하니, 타츠마 씨가 사람을 불러오기 전에 눈을 뜬 이 여성이 감추고 있던 독침으로 자신을 찌르려고 했다고 한다.

그 사실을 한발 먼저 깨달은 실버는 독침을 튕겨냈지만, 운 나쁘게도 튕겨내는 도중에 독침이 여성의 손가락에 스친 모양이었다.

미량이긴 하지만 독에 중독된 여성은 혼수상태. 이대로 가면 아침까지 버티기 힘들다고 한다. 오호라. 그래서 날 불렀구나.

"【리커버리】."

타츠노라는 여성의 몸에서 독이 소멸되었다. 범행의 증인이 죽어선 일이 꼬여 버리니까.

곧장 침대에 누워 있던 여성의 혈색이 좋아졌고, 호흡도 안정되어 갔다. 독의 효과가 사라진 듯했다.

"역시 타츠마 씨의 암살이 목적이었던 걸까요?"

"그런 듯합니다. 그리고 그 뒤에는…….."

"타츠야 님을 연행하라고 병사들에게 지시했습니다. 어디까지나 일단은 진술을 듣기 위해서입니다만. 그러나 저항한다면 구속해도 좋다고 명령했습니다."

봉제 폐하가 말을 흐리자 류잔 씨가 이어서 설명해 주었다.

그렇게 될 수밖에. 아무런 문제가 없다면 순순히 출두하면 그만이다. 하지만 저항한다면…….

"정말로 타츠야가 명령했을까?"

침대에 누워 있는 타츠노를 계속 바라보고 있던 타츠마 씨가 조용히 중얼거렸다.

도저히 그냥 보고만 있을 수 없었는지 봉제 폐하가 말을 걸었다.

"15년이란 세월은 사람을 바꾸어 놓기도 해요. 나이만 따지면 타츠마 님이 이제 더 어리잖아요? 타츠야 님은 타츠마 님이 돌아가신 뒤, 자신의 지위를 높이려고 애를 썼습니다. 지금은 차기 용제 후보의 한 명으로까지 거론될 정도지만, 그 뒤로는 별로 좋지 않은 소문도 흐르고 있답니다."

"제위 다툼은 깨끗한 행동만으로 이길 수 없어. 그건 호카도 잘 알고 있을 텐데?"

"그건 그렇지만……."

용의 일족과 봉황 일족이 교대로 제위에 오르는 이 나라에서는, 제위 다툼의 상대가 같은 일족 사람이다.

어떤 나라든 후계자가 여러 명이어선 이런 상황을 피할 수가 없구나.

자주 듣는 패턴은 어리석은 장남과 뛰어난 차남. 누굴 왕위에 앉히지? 그런 이야기지만.

어리석어도 전통에 따라 장남에게 잇게 할 것인가, 나라를 위해 믿음직한 수재, 차남을 앉힐 것인가.

나? 장남이 도저히 능력이 안 된다 싶으면 수재인 차남에게 물려주지. 무능력한 장남에게 물려줬다가 나라가 기울면 아무런 의미도 없잖아.

평범한 재능을 지닌 장남이라면 수재인 차남이 장남을 지원하는 형태도 괜찮겠지만. 재능이 평범해도 어리석지만 않으면 괜찮다.

덧붙이자면 이런 이야기는 이미 아내들과도 다 이야기를 끝내 뒀다. 만약 장남이 나라를 이끌기에 적합하지 않다면 가차

없이 왕위 계승권을 박탈하겠다고.

우수하다면 굳이 내 혈통에 집착할 필요가 없다고도 생각한다.

어차피 굴러 들어온 떡 같은 왕위다. 한심한 바보 아들이 이어야 한다면, 차라리 다른 우수한 인물에게 왕위를 물려주는 편이 낫다. 그게 국민을 위한 것이기도 하다.

현재로서는 그런 걱정을 할 필요가 없어 보이지만.

나는 곁에 있는 아들을 슬쩍 바라보았다. 너무 우수한 것도 좀 생각해 볼 문제다.

내가 그런 쓸모없는 생각을 하는데, 복도에서 '기다려라!', '멈춰라!' 라고 고함을 지르는 소리와 달려오는 발소리가 들렸다.

"타츠노! 타츠노는 무사한가?!"

방으로 뛰어들어온 사람은 저녁에 만났던 타츠마 씨의 남동생인 타츠야였다.

타츠야는 뛰어들어오자마자 방에 있던 봉제 폐하의 호위들에게 곧장 제압당했다.

"왜 이렇게 소란스럽습니까. 타츠야 님."

"폐하! 타츠노가 독침에 맞았다는 말이 사실입니까?!"

"사실입니다. 독침으로 자해하려고 했습니다. 하지만 브륀힐드 공왕 폐하 덕분에 이미 독은 사라졌지만요."

봉제 폐하의 말을 듣고 타츠야는 안도해서인지 그 자리에 털썩 주저앉았다. 한편 그 모습을 보는 봉제 폐하의 시선은 매우 싸늘했다.

자신의 소중한 사람이 살해당할 뻔했으니, 이 남자가 주범이라면 그렇게 바라볼 수밖에.

"타츠야."

타츠마 씨의 목소리에 움찔하며 고개를 숙이는 타츠야.

호위병에게 팔과 어깨를 제압당해 바닥에 무릎을 꿇은 타츠야에게 타츠마 씨가 다가갔다.

"이자는 내 목숨을 노렸다. 낮에는 자폭 고렘에게도 습격당했지. 명령한 사람은 너냐?"

꿀꺽. 침을 삼킨 사람은 누구였을까. 잠시간의 침묵 후, 고개를 든 타츠야가 한 말은.

"⋯⋯⋯⋯⋯그렇습니다. 제가 타츠노에게 명령했습니다."

술렁. 방 안의 분위기가 뒤흔들렸다. 그와 동시에 봉제 폐하의 분노도 더욱 커졌다.

그런 봉제 폐하의 남동생을 향한 시선을 가리듯이 타츠마 씨가 앞으로 이동했다.

"왜지?"

"무서웠습니다. 형님이 있으면 제 지위를 빼앗기니까요. 그렇다면 아예 없애야 한다고 생각해, 제가 명령했습니다. 타츠노는 그 명령을 따랐을 뿐으로⋯⋯."

"거짓말이네요."

타츠야의 독백을 내 옆에 있던 쿠온이 딱 잘라서 부정했다. 보니 쿠온의 오른눈이 백금색으로 빛나고 있었다. 이건……유미나랑 같은 '간파의 마안'인가?

"거짓말이 아니다! 내가 명령했다! 내가, 형님을 죽이라고!"

"아니요. 당신은 그런 명령을 내릴 사람이 아닙니다. 이번 범행은 이 여성의……."

"아니다! 이건 모두 내 탓이다! 내 탓이야! 형님의 목숨을 노린 사람도, 형님이 죽은 것도! 타츠노는 아무 잘못도 없어! 내가……!"

"……이게 어떻게 된 거지?"

타츠마 씨가 점점 더 격해지는 타츠야 씨의 목소리를 듣고 의문을 느꼈는지 쿠온을 돌아보았다.

"자세히는 알 수 없지만, 이 사람은 저 여성을 감싸고 있는 것으로 보입니다. 이 범행은 저 여성이 단독으로 저지른 일이겠죠. 낮의 그 자폭 고렘도요."

"아니야! 형님! 모두 내가 명령한 일입니다! 그러니까 내가 모든 죗값을 받겠습니다! 사형에 처해도 상관없습니다! 그러니까 타츠노의 목숨만큼은……!"

매달리듯이 타츠마 씨의 발밑에서 고개를 숙이는 타츠야. 그 모습을 보고 타츠마 씨를 비롯해 다들 어쩌면 좋을지 몰라 했다.

그토록 분노의 감정을 숨기지 못했던 봉제 폐하마저도 지금은 분노보다는 당혹스러운 눈치다.

두 사람 대신에 내가 의문스럽게 생각한 점을 질문했다.

"조금 전에 타츠마 씨가 죽은 이유도 자기 탓이라고 했었죠? 타츠마 씨는 사고로 죽었던 게 아닌가요?"

"아니다. 쓰러진 제단은…… 내가 조작해 놓았었다. 호카에게 겁을 주려고."

"나를?"

갑작스럽게 나온 자신의 이름을 듣고, 더욱 당혹스러운 표정을 짓는 봉제 전하.

"위험하진 않았다. 호카가 제단에 가기 전에 쓰러질 예정이었으니까. 하지만 쓰러지지 않았지. 실패했다고 생각했는데, 설마 의식 도중에 쓰러질 줄이야. 형님은 호카를 감싸다가 죽었다. 내가 그런 짓을 하지 않았더라면, 형님은 죽지 않았을 텐데!"

눈물을 머금으며 고백하는 타츠야. 모두가 숨을 죽이며 그 고백을 들었다. 성군이라 불리던 왕의 죽음이 그 친동생의 장난 때문이었을 줄이야. 모두 받아들이기 힘들겠지.

타츠마 씨가 타츠야를 내려다보면서 말했다.

"왜 그런 짓을……."

"저는…… 호카가 부러웠습니다. 형님과 항상 같이 있으며 제가 배울 수 없는 일들을 즐겁게 배우는 호카가."

"그건 차기 봉제 후보인 호카에게 용제인 내가 직접 가르쳐

줘야만 하는 일이 많았으니…….”

“알고 있습니다. 그렇지만 당시 형님의 관심은 호카에게만
쏠려 있어, 저는 필요 없는 존재라며 혼자 열등감에 빠져 있었
지요. 그래서 호카를 괴롭히려고 그런 짓을…….”

어린 시절의 질투인가. 당시에 타츠야는 11세 또는 12
세……. 그런 마음을 품는다고 해도 이상하지 않다. 어린 봉
제 폐하가 자신의 자랑스러운 형을 빼앗아 가는 존재처럼 보
였을지도 모른다.

“타츠노는 그걸 알고 있나?”

“아니요. 모를 겁니다. 하지만 형님이 살아 돌아온 사실을
알고 낌새가 이상했던 저를 보고 몇 번이나 왜 그러냐고 물었
습니다. 형님이 있어선 제가 차기 용제가 되는 데 방해가 된다
고 생각한 건지…….”

타츠야의 말에 따르면 타츠노는 원래 불법 길드의 일원이었
다고 한다. 소속되어 있던 조직이 망했을 때, 거의 죽어 가던
타츠노에게 타츠야가 손을 내밀었고, 타츠노는 타츠야를 섬
기게 되었다. 그 은혜를 갚으려고 했던 걸까?

“결국 저의 어리석은 생각이 타츠야 님을 괴롭게 했던 거군
요.”

“타츠노!”

어느새 눈을 뜬 타츠노가 천천히 몸을 일으켰다. 호위들이
타츠마 씨와 봉제 폐하 앞으로 나와 두 사람을 보호했다. 타

츠마 씨를 암살하려고 한 범인이다. 당연히 경계할 수밖에 없다.

"듣고 있었어……?"

"의식은 돌아왔지만 몸이 움직이지 않았으니까요……."

수갑을 차고 있던 타츠노는 침대 아래로 내려오자마자 봉제 폐하와 타츠마 씨를 향해 깊숙이 몸을 숙였다.

"모두 제가 혼자서 한 일입니다. 타츠야 님은 아무런 잘못도 없습니다. 부디 모든 형벌은 저에게만……."

"아닙니다! 제가 곧장 형님을 만나러 가서 과거의 잘못을 이야기했다면 타츠노가 움직일 일도 없었을 겁니다! 하지만 형님에게 진실이 알려질까 봐 두려워서……! 형님! 봉제 폐하! 저는 어떻게 되든 상관없습니다! 타츠노의 목숨만큼은……!"

타츠야가 타츠노 옆에서 역시 몸을 깊숙이 숙이며 말했다.

으음. 각자가 마음을 터놓고 이야기를 했다면, 일이 이렇게 꼬이지는 않았을지도 모르는데…….

"호카……. 아니, 봉제 폐하."

계속 아무 말도 없었던 타츠마 씨가 등 뒤에 있던 봉제 폐하를 돌아보고는 타츠야, 타츠노와 마찬가지로 그 자리에 무릎을 꿇으며 몸을 굽혔다.

갑작스러운 타츠마 씨의 행동에 봉제 폐하가 당황해서 어쩔 줄 몰라 했다.

"원인을 따지자면 형으로서 부족한 면이 많았던 제가 부른 참사입니다. 부디 사형만큼은 면하게 해 주실 수 없을까요. 이렇게 엎드려 청하옵니다."

"혀, 형님……! 형님이 그러실 필요는……!"

"한 번이나마 형다운 일을 할 수 있게 해다오. 타츠노는 너의 소중한 사람이지? 그렇다면 나도 고개를 숙일 수밖에."

"흐흑……! 형님!! 형님…… 미안, 미안해……!"

주륵주륵 눈물을 흘리면서 바닥에 이마를 계속 찧는 타츠야. 15년이란 세월이 지나서야 듣게 된 남동생의 사과에 타츠마 씨는 그저 작게 웃을 뿐이었다.

그 모습을 보던 봉제 폐하는 크게 한숨을 내쉬었다.

"류잔. 당신은 이번 일에 말려든 입장인데, 이 두 사람을 어떻게 하면 좋겠다고 생각하나요?"

"그렇군요. 사고라고는 하지만 타츠야 님은 용제 폐하였던 분에게 큰 피해를 줬고, 타츠노 님은 암살 미수범입니다. 보통이라면 사형이지만, 피해자인 선대 용제 폐하께서 이렇게 고개를 숙이며 사면을 원하고 계십니다. 그렇지만 죄를 없었던 일로 할 수는 없으니, 재산과 신분을 박탈하고 국외로 추방한다면 적절한 형벌이 아닐까 생각합니다."

"그럼 그렇게 하지요. 두 사람의 모든 재산과 신분을 박탈, 사흘 이내로 국외 추방. 다시는 올판의 땅을 밟아선 안 됩니다. 알겠지요?"

""감사합니다……!""

두 사람의 입에서 잠긴 목소리가 새어 나왔다. 아주 관대한 판결이라고는 생각하지만, 나였어도 이렇게 판단했을지도 모른다. 살아만 있다면 어디선가 다시 시작할 수도 있다.

"……저는 쓸데없는 짓을 한 건가요?"

쿠온이 조금 불만스러운 듯이 말했다. 쿠온이 그때 중간에 끼어들지 않았다면 타츠야는 암살 사건의 흑막으로서, 그리고 타츠노는 실행범으로서 모두 사형을 당했을 가능성도 있었다.

그에 비하면 이 결과는 더할 나위 없다고도 할 수 있다. 무조건 진실을 밝혀야만 좋다고는 볼 수 없지만, 쿠온의 판단은 잘못되지 않았다. 난 그렇게 생각한다.

나는 아무 말 없이 자랑스러운 아들의 머리를 쓰다듬어 주었다.

▄▟ 막간극 별에 소원을.

"앗, 떨어졌다."

"어? 어디? 어디?"

저녁 후 목욕까지 마치고 말끔해진 다음 거실로 돌아와 보니 성의 발코니에서 아이들의 떠들썩한 목소리가 들려왔다.

대체 무슨 일인가 싶어 가 보니, 모두가 밤하늘을 올려다보고 있었다. 무슨 일이라도 있었나?

나도 아이들에게 이끌리듯 밤하늘을 올려다보았지만, 평소와 다르지 않은 밤하늘이 있을 뿐이었다. 달은 없고, 하늘에 총총히 박힌 별이 빛나고 있을 뿐이다.

지구와는 달리 공기가 오염되지 않은 이 세계에서는 별이 무척 잘 보였다.

알고 있는 별자리는 하나도 없지만, 정말 아름다운 밤하늘이었다. 계속 보고 있으면 마치 빨려 들어갈 것만 같았다.

"앗, 저기 봐! 또 떨어졌어!"

린네가 작은 손가락으로 밤하늘을 가리켰다. 그곳을 바라보니 한 줄기의 별똥별이 스윽…… 지상으로 떨어지는 참이었다.

별똥별은 혜성 등에서 떨어져 나온 우주의 먼지 등이 지구의 대기권에 충돌해 불타는 현상이라고 TV에서 본 적이 있긴 한데…….

이 세계는 평면 세계잖아? 정말로 별똥별이 떨어지는 걸까?

그 이전에 저 별들은 대체 뭘까? 지구에서 보이는 항성과는 다른 건가? 다른 이세계인가? 그런 게 떨어진다고 생각하니 괜히 무섭네…….

설마 파괴신이 부숴 버린 세계가 별똥별이 되어 보인다거나…… 그런 일은 없겠지? 아니, 그럴지도…….

점점 무서운 생각을 하게 되어서 나는 생각하기를 중단했다. 이 세계에도 별똥별은 있다. 그거면 충분하잖아?

"아까부터 지금까지 별똥별이 몇 개나 떨어졌어."

"그러니?"

에르나의 말을 듣고 나도 밤하늘을 바라보았다. 10초도 안 돼서 또 스윽…… 별똥별이 떨어졌다.

와, 하고 감탄을 하기도 전에 또 떨어졌다. 유성군인가?

아니야. 유성군이라면 방사상(放射狀)으로 흩어져 떨어질 텐데. 역시 이건 파괴신이……. 아냐, 그거일지도. 별의 정령이 놀고 있는 건지도 모른다.

"아~. 또 놓쳤어. 순식간에 지나가서 보기 힘들어."

"별똥별이 사라지기 전에 세 번 소원을 빌면 그게 이루어진다고 할 정도니까. 그건 어쩔 수 없는 일일지도…….."

"어?! 정말?!"

프레이를 위로하려고 한 말을 듣고 린네가 아주 적극적인 반응을 보였다.

린네뿐만이 아니라 다른 아이들도 뚫어져라 나를 바라보았다. 어? 야쿠모도?

반응을 보이지 않은 사람은 쿠온 정도로, 딸들은 모두 '정말?' 하고 묻는 듯한 표정이다.

"아니, 그건 그런 말이 전해져 온다는 얘기…… 어?!"

내 말에는 별로 관심도 없다는 듯이 이미 다들 눈도 깜빡이지 않고 밤하늘을 올려다보고 있었다. 어? 그렇게 필사적일 일인가……?

왠지 쓸데없는 소릴 했다는 생각이 들어 변명하려고 했는데, 평소보다 큰 별똥별이 밤하늘을 가로질렀다.

"고명한 외날검을, 외날검을, 외날검을……!"

"희귀한 무기를 가지고 싶어! 무기! 무기!"

"유일한 마도구를! 마도구, 마도구……!"

"모르는 악기! 악기, 악기!"

"본 적 없는 음식 재료를 원해요! 음식 재료, 음식 재료!"

"커다란 봉제 인형……. 봉제 인형, 봉제 인형……."

"필살기가 있었으면 좋겠어! 필살기, 필살기!"

야쿠모, 프레이, 쿤, 요시노, 아시아, 에르나, 린네의 소원 일곱 가지가 겹쳐서 날아들었다. 다행인지 불행인지, 아이들의 소원이 무엇인지 나는 전부 다 알아들었다.

"이제 소원이 이뤄지는 거지?!"

"그건……! 그, 그러네~~."

환하게 웃으며 묻는 말에 나는 그렇게 대답할 수밖에 없었다.

그렇지만 쿤은 히죽히죽 웃으며, 프레이는 싱글싱글 웃으며, 야쿠모는 걱정이 된다는 듯한 표정으로 나를 보고 있으니, 언니들은 눈치를 챘다는 느낌이 확 전해져 왔지만.

크윽. 이래선 크리스마스 선물처럼 내가 직접 이뤄 줄 수밖에 없는 건가?!

문득 혼자만 별에 소원을 빌지 않은 쿠온에게 눈길이 멈췄다.

"쿠온은 소원 안 빌었어?"

"네, 특별히 원하는 게 없어서요. 아, 국민의 안녕을 빌 걸 그랬네. 실수했어요."

정말 착한 아이야, 참!

아들의 품행 방정한 모습에 감동하면서도 나는 아이들의 소원을 어떻게 이뤄 주면 좋을지 고민하기 시작했다.

"제일 간단해 보이는 소원은 일단 에르나의 '커다란 봉제 인형' 일까?"

스마트폰에 적어 둔 '아이들이 원하는 물건 리스트' 를 보면서 내가 혼잣말을 했다.

봉제 인형이라면 어떻게든……. 하지만 '커다란' 인형이라면 크기가 어느 정도지? 예전에 TV에서 방의 천장에 닿을 만큼 커다란 곰 봉제 인형을 본 적이 있는데…….

"봉제 인형은 【모델링】을 사용할 수 없으니까. 다른 사람한테 만들어 달라고 하는 수밖에 없나? 아냐. '공방' 을 사용하면 충분히 만들 수 있나?"

소재만 있으면 만능 공장인 바빌론의 '공방' 에서 못 만드는 물건은 없다. 아, 맞다. 요리는 못 만든다고 했지.

그 외엔 에르나가 어떤 봉제 인형을 가지고 싶은지 조사할 필요가 있겠어.

이건 엄마인 에르제한테 한번 물어볼까?

"에르나가 가지고 싶어 하는 봉제 인형? 음~. 그 아이는 린제랑 같이 가끔 직접 만들고는 하니까, 가지고 싶은 인형은 직접 만들고 있을걸?"

에르제한테 사정을 설명했더니 그런 대답이 돌아왔다. 그렇단 말이지? '직접 만들 수 없을 만큼 커다란 봉제 인형' 이라면, 제일 마음에 든 봉제 인형을 크게 만들면 되는 건가?

에르제의 방을 보니 한쪽 구석에 크기가 다양한 봉제 인형들이 여럿 늘어서 있었다.

코하쿠, 루리, 산고, 코쿠요, 코교쿠의 봉제 인형부터, 평범한 개, 고양이, 새, 곰 등, 동물을 본뜬 봉제 인형이 대부분이었다.

"어? 이건……."

그중에서도 특이한 봉제 인형을 발견해 나는 그걸 손에 들어 보았다.

"기린…… 이건 펭귄인가?"

분명히 기린도 펭귄도 이 세계에는 없었을 텐데?

"아, 그거? 우리 신혼여행 때 동물원에 갔었잖아? 린제랑 그때 찍은 사진을 보고 만들었나 봐."

그랬구나. 그때의 사진을 보고 만들었다라.

이거 괜찮지 않을까? 지구의 동물이라면 희귀할 수밖에 없으니까. 그걸 모델로 해서 거대한 봉제 인형을 만들면 분명 기뻐해 줄 거야.

문제는 어떤 동물을 만들까인데……. 희귀하다고 해서 벌거숭이두더지쥐를 모델로 봉제 인형을 만들었다간 에르나가 울음을 터뜨릴지도 모른다.

이럴 때는 안전하게 동물원의 인기 동물, 판다를 선택할까. 신혼여행 때 갔던 동물원에는 판다가 없었고, 곰하고 색깔만 다른 정도니 만들기도 어렵지 않으리라 생각한다.

커다란 판다 봉제 인형……. 말 그대로 자이언트판다네.

스마트폰으로 검색해 보니, 커다란 판다 봉제 인형은 꽤 많이 판매되고 있는 듯했다.

아, 에르나가 폭 안길 수 있을 정도의 크기라면 좋겠어.

좋아. 결정됐다면 바로 '공방' 으로 가 보자.

"이건 좀 어렵겠네요."

"뭐? 어째서?"

로제타가 뜻밖에도 만들기 어렵다고 말해, 나는 놀라서 그렇게 되물었다.

" '공방' 은 복제는 순식간에 가능하지만, 처음부터 만들려고 하면 나름 시간과 노력이 들어요. 전용기를 만들 때도 그랬잖아요?"

아, 그건 그러네. 그러고 보니 브륀힐드 성도 벨파스트 성을 모델로 만들었어.

"이 사진을 보고 어떻게 만들 수는 없을까?"

"자세하게 알지 못하면 이상한 물건이 만들어질 수도 있는데요? 최악의 경우에는 납작한 봉제 인형이 만들어질지도 몰라요."

스마트폰의 사진을 보여 주고 어떻게 만들 수 없겠냐고 부탁하자 로제타가 그렇게 대답했다. 음…… 납작해서는 곤란해. 정면, 측면, 평면을 나타낸 도면이라도 있으면 좋을 텐데…….

"한마디로 바탕이 되는 봉제 인형이 있으면 되니, 린제 님에게 작은 봉제 인형을 만들어 달라고 한 다음, 그걸 '공방'에서 확대 복사하면 되지 않을까 하는데요."

"아하, 그런 방법이 있구나!"

듣고 보니 그런 방법이 있었어. 동영상을 보고 여러 각도의 판다를 캡처해 만드는 수밖에 없나 생각했지만, 이게 더 좋은 방법 같아.

실제 판다보다는 어느 정도 데포르메 된 판다가 더 좋기도 할 테니까.

나는 곧장 '공방'을 떠나 린제한테 갔다.

마침 타이밍 좋게 아이들도 없이 린제 혼자여서, 나는 린제에게 일이 어떻게 됐는지를 설명했다.

"그랬군요. 이 판다라는 동물의 봉제 인형을 만들면 되는 거죠?"

"응. 귀엽게. 부탁할 수 있을까?"

"가능은 하겠지만, 이 등은…… 꼬리는 어떻게 생겼나요?"

린제한테 보여 준 화면은 '판다 봉제 인형'을 검색한 사진으로, 모두 정면 사진들뿐이었다.

판다의 꼬리는 어떻게 생겼더라? 동그랬나? 그건 토끼 꼬리인가? 하얀색인가? 아니면 검은색?

알 수가 없어 순순히 '판다 꼬리'로 검색해 보니 하얀색이었다.

그 외에도 실제 판다의 사진을 몇 가지 정도 린제에게 보여 주었다. 린제라면 사진만 보고도 알아서 봉제 인형답게 만들 수 있으리라 생각한다.

"그럼 만들게요. 이상한 곳이 있다면 말씀해 주세요."

그렇게 말한 린제는 스마트폰의 【스토리지】에서 흰색 털이 달린 천과 검은 털이 달린 천, 봉제 가위, 실과 바늘, 많은 솜 등, 봉제 인형 만들기에 필요한 물건들을 꺼냈다.

그리고 혼자 책상 앞으로 가더니 곧장 천을 가위로 자르기 시작했다.

어?! 이럴 때는 보통 펜으로 잘라야 할 곳을 표시한 다음 자르지 않나?!

"기본은 곰이니까요. 곰이라면 몇 번 만든 적이 있으니, 굳이 그리지 않아도 괜찮아요."

진짭니까. 물론 판다도 곰 종류이긴 하지만⋯⋯.

멍하니 있는 내 앞에서 린제의 손이 빠르게 움직이기 시작했다. 순식간에 재단이 끝나고, 물 흐르는 듯한 움직임으로 바늘과 실이 원단 사이를 이동했다.

엄청난 속도와 정확성이다. 린제는 자주 아이들에게 옷을 만들어 준다고 하는데, 이런 속도라면 당연히 옷을 만들어 주는 일 정도야 식은 죽 먹기겠지.

머리, 몸통, 팔다리. 솜을 넣은 몸의 여러 부위가 계속해서 완성되었다.

마지막으로 모든 부위를 합체한 다음, 틈새가 없이 솜을 넣자 오도카니 앉아 있는 판다 봉제 인형이 완성되었다.

"완성, 됐어요."

아니, 잠깐만. 만들기 시작한 지 아직 10분도 안 지났는데…….

커다란 판다도 '공방'에 부탁할 필요 없이 린제 혼자서 만들 수 있지 않을까?

멍하니 있는 나에게 린제가 완성된 판다를 건네주었다.

"혹시 이상한 부분이라도 있나요?"

"아, 아니. 괜찮아 보여……."

나는 들고 있던 판다 봉제 인형을 회전하며 자세하게 관찰했다. 이 정도면 지구에서 판매하는 상품이라고 해도 정말 그런 줄 알 거야.

린제에게 부탁하면 커다란 판다 봉제 인형도 만들 수 있을지 모르지만, 그러면 린제가 전부 혼자서 다 한 셈이 되고, 역시 큰 봉제 인형을 만들려면 힘이 들 테니 처음 예정대로 '공방'에 가져가서 만들어 달라고 하자.

일단 린제에게는 에르나한테 들키지 않게 말하지 말아 달라고 부탁했다.

나는 완성된 판다 봉제 인형을 들고 다시 '공방'으로 되돌아갔다.

"이게 판다 봉제 인형인가요? 오호, 정말 귀엽네요."

내가 건네준 판다 봉제 인형을 로제타가 '공방' 안에 만들어 둔 상자 하나에 넣고 스캔을 시작했다.

그사이에 나는 린제가 나눠 준 봉제 인형 재료를 다른 상자에 휙 던져 넣었다. 단, 안에 넣은 재료는 솜이 아니라 비즈쿠션에 사용하는 비즈 알갱이와 비슷한 마수의 소재였다.

사람을 게으름뱅이로 만드는 쿠션이 아닌, 사람을 게으름뱅이로 만드는 봉제 인형을 만들기 위해서. 아니, 딸이 정말로 게으름뱅이가 된다면 문제지만…….

그런 생각을 하는 사이에 '공방'의 바닥에서 커다란 상자가 밀려 나왔다.

활짝. 그 상자가 열리자, 안에서 린제가 만든 봉제 인형과 크게 다르지 않은…… 아니, 치수는 많이 다른, 앉아 있는 거대 판다가 나타났다.

"크네……. 진짜보다 크지 않나?"

"이 세계에 진짜는 없으니까 문제는 없어요."

그야 그렇지만…….

일단 판다에 등을 기대고 앉아 보니, 마치 몸을 감싸는 듯한 부드러움이 나를 덮쳤다.

오오……! 진짜 괜찮네……!

부드러워. 따뜻해. 아아…… 왠지 오늘은 더는 아무 일도 하고 싶지 않아…….

"마스터. 정신 차리세요."

"헉!"

안 되지, 안 돼. 빠져들어서 정신을 놓을 뻔했어!! 나는 무시무시한 판다를 만들었을지도 모른다.

아무튼 에르나의 소원은 이제 들어줄 수 있게 됐다.

다음은…….

야쿠모의 '고명한 외날검'과 프레이의 '희귀한 무기'는 어떤 면으로 보면 겹치는 소원이다. 다음은 그 소원을 이루러 가 볼까.

무기와 관련된 일이라면 그 사람에게 묻는 게 가장 빠르다.

"그래서 나한테 온 건가."

"네, 그래서 온 겁니다."

눈앞에 앉아 있는 펠젠 국왕 폐하가 팔짱을 끼고 곰곰이 생각했다.

무기와 관련된 일이라면 무기 컬렉터인 펠젠 국왕 폐하에게 물으면 된다고 생각해, 나는 곧장 【게이트】를 사용해 펠젠 마법 왕국으로 전이했다.

특별한 약속이 없어 곧장 만나준 펠젠 국왕 폐하에게 사정을 설명하고 협력을 구했는데, 의외로 고민스러운 표정을 지었다.

"고명한 외날검과 희귀한 무기……. 좀 어려운 요구군."

"네? 어째서죠?"

프레이랑 같은 무기 컬렉터이니, 나름의 연줄이 있을 텐데요?

"그런 물건이 있다면 먼저 내가 입수했을 거고, 설령 상대가 공왕 폐하라 하더라도 쉽게 양보하지 않을 테니 하는 말이야."

"네? 그런 이유로……."

이래서 컬렉터라는 인간들은…….

"아니지. 외날검은 힘들어도, 희귀한 무기라면 공왕 폐하가 만들면 되지 않을까?"

"네?"

"굳이 영웅이 사용했던 무기라든가, 꼭 사연이 있는 무기여야 하는 건 아니지 않나? 희귀하면 그만이라면 만들어도 되지 않을까 하는데."

……호오, 그런 방법이? 그건 맹점이었다. 프레이는 굳이 전설의 무기나 명장이 만든 무기가 아니라도 괜찮나. 희귀하면 그만이라면 내가 만든 별난 무기라도 상관없다는 말이다.

그런데 희귀한 무기라……. 뭐가 있었던가? 브륀힐드랑 똑같은 건블레이드나 게르힐데에 장착한 파일벙커여선 안 되겠지?

그렇다고 한 번에 열 발씩 쏠 수 있는 총이나 야구방망이에 못을 박은 그런 무기는 아무리 희귀한 무기라고 해도 역시 안 될 것 같다.

겨냥은 어렵지만 위력은 강력하거나, 사용할 때 특수한 기술이 필요한, 이른바 로망이 있는 무기를 원하는 거겠지?

뭐가 있을까……? 이럴 때는 역시 검색, 검색이 최고야.

나는 스마트폰을 꺼내 '로망 무기'라고 검색해 보았다. 의외로 다양하네.

어? 이거 괜찮지 않아? 【프로그램】을 짜서 넣으면 어떻게든…….

"뭘 봐요?"

"아니, 뭘 만드나 싶어서……."

어느새 옆으로 다가와 엿보는 펠젠 국왕 폐하를 내가 째려보았다. 아무래도 내가 만드는 무기가 궁금한가 보다.

"만드는 김에 내 것도 같이 만들어 주면 안 될까?"

"그건 괜찮지만 돈은 받을 거예요. 그리고 물건은 반년 후에 드릴 거고요."

"아니? 왜 반년 후에?!"

"희귀한 무기를 원한다고 했는데, 펠젠 국왕 폐하가 이미 가지고 있으면 프레이가 실망하잖아요."

야호! 희귀한 무기를 입수했어! 그렇게 기뻐했는데 같은 취미를 가진 동지가 이미 가지고 있다면, 가치가 팍 줄어 버리잖아? 자랑하고 싶어서 가지고 싶은 거기도 할 텐데.

"으으윽……. 그 마음은 아네……. 너무 잘 알겠어……."

"그리고 교환 조건까지는 아니지만, 고명한 외날검도 좋은 정보 없을까요?"

"글쎄……. 양날검이라면 몰라도 외날검이어선……. 그거야말로 이센의 토쿠가와 님에게 물어봐야 좋지 않을까?"

그야 그런가? 거기다 토쿠가와 씨라면 혹시나 고명한 외날검 한둘 정도는 가지고 있을지도 모른다.

그러면 일단은 프레이의 선물을 위해 희귀한 무기를 한번 만들어 볼까.

일일이 이동하기 귀찮으니 여기서 만들자. 재료는 【스토리지】 안에 있으니까. 기왕에 여기서 만드니 테스트도 겸해 펠젠 국왕 폐하에게 사용감이 어떤지도 한번 시험해 달라고 하자.

재질은, 미스릴이면 되나? 나는 일단 바탕이 되는 형태를 만들기 위해 목재를 【모델링】으로 변형시켰다.

"응? 양날검을 만드는 건가?"

"분류상으로는 양날검이죠."

물론 그렇게 단순한 검은 아니지만.

이번엔 그 검의 손잡이와 도신을 분리한 다음, 균등한 크기로 도신을 자르기 시작했다.

이 정도면 될까? 이게 분리되어 길어지면…….

"검을 자르다니……? 공왕, 대체 뭘 하려는 거지?"

"검도 채찍도 되는 무기를 만들려고요."

어리둥절하게 내 작업을 들여다보는 펠젠 국왕에게 나는 그렇게 대답했다. 이른바 신축성 검이다.

대략적으로 나눠야 하는 개수와 길이를 파악했으니, 이번엔 그걸 바탕으로 미스릴을 이용해 검을 만들기 시작했다.

자른 칼날 한가운데에 미스릴로 만든 선을 통과시킬 구멍을 뚫어둘 필요가 있겠어.

아니, 잠깐 기다려봐. 이 안에 선을 넣고 말았다가 늘렸다가 하면 될 줄 알았는데, 분할된 칼날이 고정되어 있지 않으면 원심력의 영향으로 칼날이 전부 끝으로 몰린다.

그렇다면 선 하나로 전부 연결하기보다는 분리된 칼날 하나하나가 다른 선으로 연결된 형태가 더 낫지 않나?

마지막으로 【프로그램】을 이용해 이 선 부분을 수축시켜 딱 맞게 만들면 된다.

시행착오를 거쳐 간신히 테스트 제품 1호를 완성했다.

나는 펠젠 성의 안뜰을 빌려 검이 제대로 기능하는지 시험해보았다.

"얍!"

손잡이 부근의 버튼을 누르면서 검을 휘두르자, 도신이 분리되어 채찍처럼 휘어지며 늘어났다.

한 번 더 버튼을 누르자 순식간에 좌라라라락! 하고 도신이 되돌아와 검은 원래의 형태를…… 되찾지 못하네.

되돌아온 검은 잘린 도신이 전부 어긋나 있어 도저히 하나의 검이라고 부를 만한 형태가 아니었다.

아. 돌아올 때 곧장 원래대로 돌아가도록 깜빡 【프로그램】을 해두지 않은 건가.

다시 【프로그램】을 하고, 그에 더해 검 상태일 때는 경화 마법이 부여되도록 조치했다.

한 번 더 시험해 볼까.

채찍 상태로 만들었다가 다시 검 상태로 되돌렸다. 좋아, 문제없어.

나는 【스토리지】에서 1미터 정도 되는 통나무를 꺼내 지면에 세우고 거리를 벌렸다.

채찍 상태의 신축성 검으로 통나무를 붙들어 상공으로 집어던졌다. 그리고 떨어진 통나무를 순식간에 검으로 되돌린 다음 두 동강. 응, 둘 다 쓰는 데 아무런 문제도 없어.

"공왕! 나도! 나도 써 보고 싶네!"

눈을 반짝이며 펠젠 국왕 폐하가 쓰고 싶다며 다가오기에 나는 순순히 검을 내주었다. 아저씨가 나한테 바짝 다가와 봐야 별로 기쁘지 않으니까.

펠젠 국왕 폐하는 신축성 검을 늘어뜨리기도 하고 원래대로 되돌아오게 하기도 하면서, 마치 새로운 장난감을 입수한 아이처럼 신나게 놀았다.

"미리 말해 두지만, 그건 안 줄 겁니다?"

"아, 알고 있네! 반년 후잖아? 단, 내 검은 대검으로 만들어

줄 수 없을까? 그래야 더 쓰기 편할 듯한데.”

커지면 상대의 무기를 붙잡기가 힘들어질 듯한데……. 굳이 말할 필요도 없나. 로망 무기란 원래 그런 거니까.

자, 프레이의 소원은 이것으로 완료. 다음은 야쿠모인가. 고명한 외날검이라면, 누구나 알고 있는 외날검이란 말일까? 물론 이센에서 누구나 알고 있는 외날검을 말하는 거겠지만. 역시 이에야스 씨한테 물어볼까.

나는 펠젠 국왕 폐하에게 인사를 하고 이번엔 이센의 오에도로 【게이트】를 열었다.

◇ ◇ ◇

“고명한 외날검 말입니까? 물론 몇 개인가는 있겠지만, 대부분은 주인이 있습니다만? 외날검은 무사의 영혼. 쉽게 양보해 주진 않을 겁니다.”

“그거야…… 그렇겠죠?”

으윽. 곤란하네. 이게 명장이 만든 외날검이라면 새로 하나 만들어 달라고 하면 될 텐데.

하지만 ‘고명한 외날검’이라면, 유명한 외날검이란 말이다. 유명하다면 주인, 또는 그 외날검에 나름의 일화가 있어서 유명하다는 건데…….

그렇지만 그런 외날검은 대부분 주인이 있는 물건이고, 양보해 달라고 한들 쉽게 양보해 줄 리가 없다고 한다.

"주인이 없는 고명한 외날검도 있습니다만…….."

"주인이 없어요? 그게 무슨 말씀인가요?"

이에야스 씨가 무심코 흘린 한마디에 내가 달려들었다. 주인이 없는 고명한 외날검? 좋은데? 그거 가지고 싶어.

"주인이 죽어 소재를 알 수 없게 된 검입니다. 이를테면 오다 노부나가 공이 가지고 있었다고 하는 '성절(星切)검'은 그 이후에 어디로 갔는지 소재 파악이 되지 않고 있습니다. 노부나가 공을 물리친 아케치 미츠히데가 가지고 갔는 줄 알았습니다만 아니더군요."

성절검? 들어 본 적이 있어. 그 검은 아들인 노부타다한테 물려주지 않았던가? 아니, 지구의 노부나가는 그랬다는 말이지만.

이에야스 씨에게 확인해 보니, 아들이 있긴 있었지만 성절검을 물려줬다는 이야기는 들어 본 적 없고, 그 아들도 아버지와 마찬가지로 불타서 무너진 절에서 죽었다고 한다.

역시 내가 알던 역사와는 많이 달라. 타케다 사천왕이 우리나라에서 사관을 하며 살아가고 있을 정도니까. 그걸 일일이 비교하며 신경 써 봐야 아무 소용이 없다.

"그 성절검을 입수할 수 있다는 말인가요?"

"그거야, 발견한다면 입수할 수 있다는 말이지요. 실은 혼란을 틈타 미츠히데의 가신이 훔쳐내 숨겼다는 소문도 돌고 있습니다. 노부나가 공과 함께 불타 버렸을 가능성도 있습니다만."

"이에야스 씨는 그 검을 본 적 있으세요?"

"있습니다. 생전의 노부나가 공이 자랑을 하며 보여주었으니까요. 금과 은을 사용해 번쩍거리는 모습으로, 날밑은 미스릴에 은색 별 무늬가 조각된 아름다운 칼이었습니다."

그렇단 말이지? 그만큼 특징이 확실하다면 찾을 수 있을지도 모른다. 이에야스 씨의 말대로 불타서 사라졌다면 찾을 수 없겠지만.

이센의 영주였던 오다 노부나가가 자랑했던 외날검이라면 나름의 가치는 있으리라 생각한다.

"'성절검'으로 검색. 어? 발견했다. 야호!"

스마트폰으로 검색했더니 단번에 발견했다. 기뻐서 고개를 들어 보니, 이에야스 씨가 뭐라고 말하기 힘든 표정으로 날 바라보고 있었다.

"여전히 토야 님은 반칙 같은 분이군요."

"아뇨. 이건, 아, 아하하……."

"혹시 우리 영지에서 아직 발견되지 않은 금광은 없나 알고 싶습니다만?"

"찾아볼게요."

역시 센고쿠 시대의 영웅. 야무지게 기회를 놓치지 않는다.

이런 상황에 정보만 제공받고 아무 보답도 없이 그냥 가기는 역시 미안하다. 내가 밑져야 본전이란 생각으로 검색해 보니, 오에도에서 그리 멀지 않은 곳에 크지는 않지만 그럭저럭 괜찮은 금맥이 발견되었다.

기뻐서 싱글벙글하는 이야에스 씨에게 배웅을 받으며 나는 【게이트】로 성절검이 있는 곳을 향해 이동했다.

오다 노부나가가 죽은 장소는 쿄토에 있는 혼노지(本濃寺). 지구의 혼노지(本能寺)랑 한자가 다르네…….

하여간, 그 혼노지에서 아주 가까운 장소에 성절검이 있었다.

이거 설마, 정말로 아케치 미츠히데의 부하가 혼란을 틈타 성절검을 훔쳐서 몰래 감춰 둔 거 아니야?

일단 쿄토로 전이한 나는 검색 화면에서 핀이 꽂힌 장소로 이동했다.

"어디 보자, 여기인가?"

오다 노부나가가 최후를 맞이한 곳 혼노지. 검색 화면에 꽂힌 핀은 그곳에서 그리 멀지 않은 장소에 있는 작은 연못 안을 가리켰다.

이 안에 있는 건가? 여기라면 역시 누가 숨겨둔 건가?

오다 노부나가가 죽은 지 꽤 오랜 시간이 지났다. 지금까지 아무도 가지러 오지 않은 걸 보면, 숨긴 사람도 이미 죽었을 가능성이 컸다. 그 원숭이…… 히데요시에게 아케치군은 완전히 근절됐다고 하니까.

그런데 연못 안이라. 어쩌지? 아, 맞다.

"【게이트】."

연못 바닥에 【게이트】를 열어 연못 물만 바다로 전부 전이시켜 내다 버렸다.

점점 연못의 물이 빠지더니 드디어 바닥이 보이기 시작했다. 예전에 이런 방송 프로그램이 있었는데…….

물만 빼냈기 때문에 물고기가 연못 여기저기에서 팔딱거리는 모습이 보였다.

어? 물은 빠졌는데 외날검으로 보이는 물건은 안 보이네? 아차. 물은 빠졌지만 진흙은 남아 있어서 전혀 확인할 수가 없잖아!

숨긴 사람은 대체 이걸 어떻게 찾을 셈이었을까.

【플라이】로 연못 위를 날며 【서치】를 사용해 정확한 위치를 찾았다.

"이쯤인가? 【흙이여 흘러라, 토사의 해일, 어스 웨이브】."

약하게 흙 마법을 걸어 진흙을 치워 보니, 그 안에서 반짝이는 무언가가 보였다. 오오! 이건가?!

손을 뻗어 진흙에서 검 한 자루를 꺼낸 나는 물 마법으로 검에 붙은 진흙을 모두 씻어냈다.

금은으로 장식되었고 미스릴에 은색 별 무늬가 새겨진 날밑. 틀림없다. 이게 성절검이다.

스르릉. 칼집에서 빼내 보니 묻어 있던 물방울이 마치 별처럼 반짝거리며 튀어서 떨어졌다.

칼을 잘 모르는 사람의 눈에도 이게 얼마나 훌륭한 물건인지 알 수 있었다. 계속 물밑에 있었는데도 녹도 슬지 않았다. 혹시 도신도 미스릴인가?

손잡이가 조금 손상되어 있었지만 '공방'에 가지고 가면 고칠 수 있을 듯했다.

"좋았어. 이거면 야쿠모의 소원도 들어줄 수 있겠어. 그다음은 쿤, 요시노, 아시아, 린네의 소원이구나. 이 중에서 제일 들어주기 쉬운 소원은…… 요시노의 '모르는 악기'일까?"

그런데 요시노도 모르는 악기라면 뭐가 있을까?

적어도 이 세계에 있는 악기는 다 알고 있을 것 같았다.

그렇다면 지구의 악기를 구해야 하는데, 지구의 악기도 웬만한 악기는 다 가르쳐 주지 않았을까?

"일반적이지 않은 악기. 보기 드문 악기. 거의 보지 못한 악기라는 거겠지?"

일단 검색해 보았다. 생각보다 꽤 많네.

비브라슬랩……. 분명히 달그라아아악~~~~! 하고 울리는 타악기였다.

보기 드물긴 하지만…… 요시노가 기뻐할까? 프레이나 에르나에 비하면 성의가 없다고 생각하지 않을까? 물론 내 선물이 아닌 척할 생각이긴 하지만.

카혼. 구멍이 뚫린 상자에 앉아 두드리는 타악기. 이것도 좀…….

그다음은……. 어? 이건…… 나쁘지 않아 보여.

적어도 난 실제로 본 적이 없다. 요시노도 모르는 악기 아닐까? 딱 보기에 악기란 생각은 들지 않으니까.

응, 일단 이걸 만들어 보자. 이렇게 복잡한 물건을 내가 만들 순 없으니까 박사한테 부탁할 수밖에 없겠네.

나는 혼자 그렇게 결론을 내리고 바빌론으로 전이했다.

"이게 정말 악기야?"

"악기야."

난 바빌론의 '연구소'에 있던 박사에게 동영상을 보여 주면서 이 악기를 만들어 달라고 부탁했다.

공중에 떠 있는 화면 안에서는 여성 연주자가 오른손을 세로로 올리고 왼손을 가로로 뻗은 채, 손가락과 손을 미세하게 떨면서 악기를 연주했다.

손을 대지 않고 소리를 연주하는 세계 최초의 전자 악기, 테레민이다.

솔직히 말해 전자 악기의 구조는 나도 모른다. 아는 것이라고는 수직으로 뻗은 '피치 안테나'로 소리의 고저를 조절하고, 수평으로 뻗은 '볼륨 안테나'로 음량을 조종한다는 것뿐.

꼭 테레민하고 똑같이 만들어 달라는 얘긴 아니다. 비슷한 조작법으로 비슷한 소리를 내는 악기를 만들어 달라는 말이었다.

마공학을 구사한 이 세계만의 테레민을.

"다른 동영상을 더 보여 줄 수 있을까?"

"그렇게 나와야지."

박사의 부탁대로 나는 테레민 연주 동영상, 해설 동영상을 찾아서 보여 주었다. 그것에 더해 인터넷에 떠도는 테레민의 회로도 등도 보여 주었다.

약 한 시간 정도 동영상을 본 박사는 이윽고 '흠' 하고 작게 고개를 끄덕였다.

"현물이 있으면 【애널라이즈】로 전부 분석할 수 있었겠지만……. 그래도 이만큼 알게 됐으니 바빌론만의 테레민을 만들 수는 있을 거야."

진짜? 역시 변태긴 해도 천재야!

"그런데 딱 하나 부족한 소재가 있어. 이 테레민과 비슷한 소리를 내려면 '전향석'이라는 마광석이 필요하거든."

"윽. 소재 모으기인가. 어디에 있는데?"

"걱정은 붙들어 매. 세 개밖에 없긴 해도 '창고'에 있었을 테니까. 그걸 쓸게."

　뭐야. '창고'에 있었어? 그럼 안 찾아도 되잖아. 그럼 좋지.

　————그런 생각을 했던 내가 바보였다.

　금방 발견할 수 있을 줄 알고 '창고'에 온 나는 지금 머리를
싸쥐고 있었다.

　"분명 이 번호가…………. 어? 이상하네요……?"

　'창고'의 관리인 리루루파르셰가 상자를 몇 개인가 불러내
열어 보고는 내용물이 다르다며 고개를 갸웃했다.

　'창고'에 저장된 바빌론 박사의 유산(이미 양도되어서, 이
젠 내 물건이지만)은 바빌론 지하에 보관되어 있는데, 그 물
건은 '창고' 중앙에 있는 검은 모노리스를 이용해 지상으로
불러내야 한다.

　상자에다 번호를 부여한 뒤, 그 내용물은 예전에 철저히 기
록하고 정리를 해뒀었는데…….

　"몇 개인가 번호를 잘못 등록해 놨나 봐요. 물건도 몇 개인가
번호가 밀리거나 당겨진 채 들어가 있는 모양이고요."

　"이래서야 정돈해 둔 의미가 없잖아……."

　이 슈퍼 덜렁이의 잠재 능력을 너무 얕봤다. 실수를 수습하
기 위해 덜렁거린다. 시간 차를 두고 덜렁대는 성격을 과시

한다. 얼핏 봐선 덜렁대지 않는 듯이 덜렁댄다. 이 고물 자식…….

"됐어! 있을 법한 범위의 상자를 다 불러내 봐."

"전부 불러내면 300개 정도는 되는데요?"

"큭……! 아니. 서두를수록 돌아가라잖아. 됐으니까 다 불러내 봐."

"알았습니다."

'창고'의 바닥 위로 사각형 상자가 계속 밀려왔다. 큰 상자부터 작은 상자까지, 다양한 크기의 상자가 300개, 좌르륵 등장했다.

그걸 다 열어 하나하나 내가 원하는 물건인지를 확인했다.

열어 보고 번호와 다른 내용물이면 원래 있어야 하는 상자에 정리정돈을 해 두었다.

다섯 시간에 걸쳐 모든 상자를 열고 올바로 정리한 다음 상자를 모두 원래대로 돌려놓았다.

…………응. 다 돌려놨다.

"왜 없어?!"

"어라라? 이상하네요?"

"그건 아까도 열어봤어!"

안을 전부 꺼내서 확인했지만 '전향석'은 없었다. 이게 뭐야. 설마 박사가 착각했나? 아니면 다른 상자에 들어가 있나? '창고'의 모든 재산을 확인하려면, 대체 얼마나 걸릴지 상상

도 안 되는데…….

"이상하네요……. '전향석' 이죠? 어? '전광석'?"

모노리스에 떠오른 고대 문자를 신기하다는 듯이 바라보는 파르셰. 너 설마…….

"………제가 다른 이름으로 검색했나 봐요……."

"너 정말?!!!!!"

아무리 덜렁댄다고는 해도 정도가 있는 법이지! 내 다섯 시간은 완벽한 헛수고였단 말이야?! 아니, 정리정돈은 했으니 완벽한 헛수고는 아닐지도 모르지만!!

"윽?!"

치솟는 울분을 어떻게 해소하면 될지 몰라 발을 동동 구르는데, 발밑에서 버섯처럼 상자가 주욱 고개를 내밀었다. 그리고 나는 그 상자에 발이 걸려 허무하게 넘어지고 말았다.

"이, 일부러 그런 건 아니에요?!"

변명하듯이 외치는 파르셰. 나는 쓰러진 채 어금니를 꽉 물었다. 안 되겠어, 이러다 혈관이 터질지도 몰라.

나는 정신을 가다듬고 밖으로 나온 상자를 열어 보았다. 그곳에는 파란색에 금색 줄무늬 모양이 들어간 아름다운 돌 세 개가 들어가 있었다. 이게 '전향석' 인가.

뭐야. 정리해 둔 리스트 그대로 들어가 있었잖아. 처음에 파르셰가 검색 실수만 안 했어도 쓸데없는 고생을 안 했어도 됐을 텐데…….

"이, 이걸 '연구소'로 옮기면 되는 거죠? 도울게요…….."

"아냐! 괜찮아! 이건 내가 가지고 갈게. 고마워, 파르셰! 수고 많았어! 네 역할은 여기까지야!"

"그런가요……?"

파르셰가 실수를 만회하려고 나를 도우려고 했지만, 나는 필사적인 표정을 지으며 거절했다.

그럴 수밖에. 애의 도움을 받았다간 분명 돌을 깨 먹고 말 테니까!

'전향석'을 【스토리지】에 던져 넣고 나는 도망치듯이 '창고'를 떠났다.

"어서 와. 많이 늦었네?"

"아무것도 묻지 말아 줘…….."

박사가 말을 걸었지만, 진심으로 지쳐서 힘이 없는 목소리가 흘러나왔다. 역시 '창고'는 질색이야……. 찾아갈 때마다 꼭 대미지를 입고 나온다니까.

하여간 회수한 전향석을 주고 박사한테 테레민을 만들어 달라고 하자. 원래는 내가 만들고 싶었지만, 이 정도 수준의 물건을 직접 만드는 건 역시 불가능하다.

그래도 최소한 겉모양이나마 여자아이에게 어울리는 귀여운 모양으로 만들었다. 어머니인 사쿠라와 요시노의 머리카락 색깔에 맞춘 벗꽃색 테레민이다.

내부는 박사한테 맡기고 나는 다음 선물을 준비하러 가 볼까.

나머지 중에서 제일 편해 보이는 물건은 쿤의 유일한 마도구인가?

마도구……. '창고'에 뭔가가. 아냐, 솔직히 말해 또 '창고'에 가고 싶진 않았다. 적어도 오늘만큼은.

거기다 '창고'에 있는 마도구라면 쿤도 다 알고 있을 듯했다.

유일한 마도구라면 그 이외에는 존재하지 않는다는 말이겠지?

으음……. 쿤도 테레민이면 충분하지 않나 하는 생각이 들었다. 아냐. 그래선 유일한 마도구가 아니잖아.

우리 나라의 마도구가 아니라 다른 나라의……. 그럼 마도구를 잘 아는 사람에게 물어봐야겠지?

일단 물어볼 만한 사람이 있어서 나는 그 사람을 만나기 위해 【게이트】를 열었다.

하아……. 여기저기 왔다 갔다……. 나야말로 별이 소원을 이뤄줬으면 좋겠어.

◇ ◇ ◇

"유일한 마도구, 말인가요?"

기름투성이 오버올 작업복을 입은 스트레인 왕국의…… 아니, 이미 토리하란 신제국의 루페우스 황태자와 결혼해 황태자비가 된 베를리에타 왕녀가 안경을 쭉 밀어 올렸다.

이곳은 토리하란 신제국의 황태자궁, 그곳의 한쪽 구석에 있는 차고였다.

황태자비가 된 사람이 오버롤 작업복을 입고 마동승용차^{에 테 르 비 클}를 개조하고 있어도 되는 건가요……?

"마도구라면 많이 있지만, 유일한 마도구라면 제가 만든 물건이겠네요. 에르카 기사의 작품과 비교하면 완성도는 떨어지겠지만요."

음~. 그런가. 왕가 사람이고 마공학을 잘 아는 베를리에타 황태자비라면 뭐라도 가지고 있지 않을까 했었는데.

"토리하란 황가에도 그만큼 희귀한 마도구는 없었어요. 원로원이 신제국을 장악했던 시대에 팔려 나간 탓에……."

마동승용차^{에 테 르 비 클}의 부품을 분해하면서 토리하란 황태자인 루페우스가 이어서 그렇게 대답했다.

나 참. 황태자랑 황태자비가 왜 마동승용차^{에 테 르 비 클}를 개조하고 있는 거냐고요……. 부부가 똑같네, 똑같아.

두 사람은 여전히 마공 기술을 좋아하는 듯했다. 그러니까 마도구에 관해 뭔가 알고 있지 않을까 생각한 거지만.

대략적으로 '친척의 마공 기계를 좋아하는 여자아이에게 세상에서 유일하게 존재하는 마도구를 선물하고 싶다' 라고 말했지만, 그런 물건은 모르는 모양이었다.

"그러지 마시고, 유일한 마도구를 원하신다면 공왕 폐하가 만들면 되지 않나요?"

베를리에타 씨가 좋은 생각이 떠올랐다는 듯이 그렇게 제안했다.

네, 그거야…… 그것도 생각은 해 봤지만…….

냉장고나 세탁기나 스마트폰이나……. 편리한 물건은 대부분 만들어 버렸으니까. 새삼스럽게 뭘 만들어야 기뻐해 줄지 감이 잘 잡히지 않았다.

파워드 슈트 같은 물건은 그 아이가 직접 만들어 버리고 말이야.

"만약 제가 받게 된다면 마동승용차처럼 직접 개량할 수 있는 물건을 받고 싶어 할 거예요."

"맞아, 나도 그래. 직접 자기 취향에 맞게 만져볼 수 있으면 즐겁잖아."

어? 다양하게 개조할 수 있는 물건이란 말인가? 프레임 기어나 파워드 슈트…… 암드 기어 같은 물건이라 보면 되나? 그것들도 그런 계통이기야 하지만.

마동승용차나 프레임 기어…… 탈 수 있는 기계?

"그렇다면…… 오토바이라든가?!"

"오토바이?"

"어~. 자전거형 마동승용차……. 아, 이륜 마동승용차예요."

"이륜? 앞바퀴나 뒷바퀴밖에 없다는 말씀인가요?"

"아니요, 그게 아니라……."

아무래도 루페우스 황태자는 이륜 짐수레 같은 물건을 상상한 듯했다.

설명하기가 귀찮아서 나는 스마트폰으로 오토바이의 사진을 검색해 공중에 투영했다.

겸사겸사 동영상도 재생해 오토바이가 달리는 모습도 두 사람에게 보여 주었다.

"와아! 정말로 두 바퀴로 달리네?!"

"저렇게 기울이는데도 넘어지지 않는구나? 와! 무릎이 땅에 닿았어!!"

오토바이 레이스 동영상을 틀어 줬더니 두 사람 모두 흥분에서 뚫어져라 바라보았다. 하지만 다음 순간, 레이서가 코너를 채 돌지 못하고 오토바이에서 튕겨 나갔다.

무심코 마른침을 삼킨 두 사람이었지만, 잠시 후, 레이서가 간신히 일어나는 모습을 보더니 안심이 된다는 듯이 안도의 한숨을 내쉬었다.

"보시다시피 오토바이는 마동승용차보다 불안정하니 사고가 나면 크게 다치고, 자칫하면 죽을 가능성도 있어요. 그래서 헬멧을 쓰고 저런 라이더 슈트를 입고 있는 거지만요."

솔직히 말하면 쿤에게 오토바이를 줘도 될지 걱정이 되긴 한다. 그 아이라면 물론 안전 대책을 철저히 세울 것 같긴 하지만.

"아하. 안전 기준을 높게 설정하지 않으면 위험한 탈것이군요."

"이륜이라면 불안정해도 어쩔 수 없네요. 마동승용차는 바퀴가 네 개가 달려 있는데, 혹시 삼륜은 없을까요?"

"물론 삼륜차도 있기야 한데……."

쿤이 삼륜차를 받고 기뻐할까? 굳이 따지자면 쿤보다 더 어린아이가 가지고 싶어 할 물건 같은데.

아니지, 잠깐만. 삼륜 오토바이…… 트라이크는 괜찮겠어.

검색을 해 보니 삼륜 오토바이가 나왔다. 그래그래, 이런 거야 이런 거.

"이거의 콤팩트 버전이라면 안전하지 않을까? 타이어를 굵게 만들면 안정성도 올라가고."

"괜찮네요! 앞바퀴가 두 개인 물건과 뒷바퀴가 두 개인 물건이 있는데 뭐로 할까요?"

"둘 다 만들자! 내가 앞바퀴가 두 개인 물건을 만들 테니, 베르는 뒷바퀴가 두 개인 물건을 만들어 줘."

"알았어요!"

어? 뭐야. 둘이 만들기로 벌써 결정한 건가? 그것도 서로 다른 두 대를……? 유일한 마도구가 뭔지 없는지 물어보러 왔을 뿐이었는데…….

"아이가 타는 물건이라면 차체는 작게 만들어야겠는걸요?"

"응. 그리고 속도도 너무 빠르지 않게 만들자. 프레임은 무거워야 더 안정적일까?"

즐겁게 대화하는 두 사람을 보니, '그럼 이만' 하고 물러갈 분위기가 아니었다.

로제타한테 부탁하면 '공방'에서 바로 만들 수 있을 듯하지만, 이래서야 완성될 때까지 나도 있어야 할 분위기네…….

으으음, 상담 상대를 잘못 골랐나?

결국 나는 두 사람이 해 달라는 대로 부품을 【모델링】으로 만들어 내는 사실상의 기계가 됐다. 그리고 두 사람이 만족할 만한 물건은 그로부터 이틀 후에 완성되었다.

토리하란 신제국의 차고에는 트라이크 두 대가 놓여 있었다.

앞바퀴가 두 개인 트라이크는 콤팩트하게 완성되어, 굳이 따지자면 스쿠터 같은 느낌이었다.

시트 앞에 다리를 모아 앉을 수 있어 더욱 그렇게 보이는지도 모른다. 이 트라이크라면 스커트를 입고 있어도 탈 수 있으리라 생각한다.

또 하나의 뒷바퀴가 두 개인 트라이크는 그야말로 오토바이같은 분위기의 차체에 뒷바퀴 두 개가 달린 모습이었다.

이 오토바이의 뒷바퀴 두 개는 타이어가 상당히 두꺼워서 안정성은 확실했다.

선물할 대상이 어린아이여서 조금 차체가 작은 편이었지만어른도 타려면 못 탈 것도 없었다. 시트를 뒤로 밀어서 다리를뻗을 수 있도록 개조도 해 두었다.

조금 전 두 대 모두 시운전을 끝내, 문제없이 달릴 수 있다는사실도 확인했다. 이것으로 쿤의 선물도 완성이구나.

하지만 하나 문제가 있었다.

이 트라이크 두 대를 쿤에게 선물로 주면, 다른 아이들이 쿤만 두 대라니 치사하다며 불평을 쏟아낼 수도 있다.

그러니 역시 둘 중 하나만 주는 게 낫겠지?

뭘 고를까……. 이 스쿠터 같은 트라이크가 타기 쉬워 더 좋을까?

"기껏 만들었는데……."

선택받지 못한 트라이크를 만들고 만 베를리에타 황태자비가 뭔가를 부탁하듯이 힐끔 나를 쳐다보았다. 알고 있습니다.

"이건 두 분께 양보할게요. 대신에 설계도는 제가 가지고 가 겠습니다."

"감사합니다!"

재료는 모두 내【스토리지】에서 꺼내 제공했고, 두 사람에 게는 일을 의뢰하는 형식으로 제작을 했으니, 실질적으로 이 트라이크는 내 물건이었다.

하지만 의뢰 비용은 철저히 지불해야만 한다. 현물 지급이 라 죄송스러웠지만, 두 사람이 기뻐하니 괜찮은가?

그 대신이라고 하기는 뭐하지만, 제작 과정에 베를리에타 황태자비가 그린 설계도는 내가 가져가기로 했다. 이것만 있 으면 쿤이 직접 만들 수도 있을 테니까.

나는 설계도와 앞바퀴가 두 개인 트라이크를【스토리지】에 넣었다.

그리고 두 사람에게 감사의 인사를 한 뒤 브륀힐드로 돌아갔 다. 두 사람 모두 트라이크에 푹 빠져 있어 인사도 하는 둥 마 는 둥이었지만.

자, 이제 두 명. 아시아랑 린네만 남은 건가.

아시아의 '본 적 없는 음식 재료' 야 그렇다 치고, 린네의 '필살기' 는 어떻게 찾으면 될지…….

일단 아시아의 '본 적 없는 음식 재료' 부터 해결할까.

그런데 본 적 없는 음식 재료가 뭘까? 환상의 음식 재료?

지구라면 뭐가 있을까? 송이버섯? 아냐. 환상의 음식 재료라기엔 너무 흔한가. 슈퍼에서도 파니까.

이 세계의 환상의 음식 재료는 용고기라 할 수 있겠지만.

보통 용은 잡을 수 없고, 누군가가 잡더라도 그 고기는 비싸게 거래되니 일반 시민은 입수할 수도 없다.

평범한 사람이라면 용고기면 충분하겠지만, 아시아는 용고기를 질릴 정도로 많이 먹어 봤다. 따라서 '본 적 없는 음식 재료'에서 탈락이다.

역시 이건 우리 성에서 가장 자세히 아는 사람에게 물어보는 수밖에 없겠어.

"환상의 음식 재료 말인가요?"

"응. 거의 입수할 수 없는 음식 재료라고 한다면 뭐가 있을까? 아, 용고기 빼고."

나는 그 음식 재료를 보낼 상대의 어머니…… 루에게 직접적으로 물었다.

원래 루는 황실 태생이라, 태어났을 때부터 좋은 음식을 먹었다.

그런 루도 먹어 보지 못한 음식 재료라면 틀림없이 아시아도 먹어 본 적이 없겠지.

"그러네요. 희귀한 음식 재료라면 어비스 샤크의 알이라든가, 검은돌버섯, 가가 새의 간(肝) 등이 있지만, 모두 돈을 많이 주면 구할 수 있는 재료들이에요."

으~음. 그건 분류하자면 기껏해야 A랭크의 음식 재료야. 그보다도 위, 난 지금 S랭크의 음식 재료를 찾는 중이다.

"그렇다면…… 역시 거수의 고기가 아닐까요?"

"거수?"

거수라면 그 거수? 그게 맛있나? 거수라면 몇 마리인가 잡긴 했는데. 거의 다 팔아 버리긴 했지만.

"토야 님도 아시다시피, 마수란 몸에 짙은 마소를 내재하고 있는데, 그게 고기의 감칠맛을 더욱 깊어지게 해 준다고 해요."

"응. 용고기가 맛있는 이유도 그게 원인이라고 들은 적이 있어."

간단히 말하자면, 마소를 진하게 흡수한 개체는 강한 종족이다. 그러니까 기본적으로 '강한 마수' = '맛있는 고기'라고 보면 틀림없기는 하다.

"거수란 마소 웅덩이에 서식하던 종이 마소를 체내로 지나치게 많이 받아들여 거대화한 마수예요. 따라서 그 고기도 마소가 포함되어 있고, 원래의 평범한 종보다 훨씬 맛이 좋다는 평이에요."

그런가. 생각해 보면 당연한 일이다. 그렇게 거대해질 만큼 마소를 체내에 받아들였으니, 그 고기가 맛이 없을 리가 없다.

"그렇지만 모든 고기가 다 그렇지는 않아요. 예를 들면 전갈 마수인 스콜피너스. 이 고기는 원래 맛이 없어요. 그게 거수가 됐다고 해도, 대부분은 평범한 소고기가 더 맛있다고 느낄 거예요."

아하. 원래 맛없는 고기가 조금 맛있어져 봐야 크게 다르지 않다는 그런 말인가? 아니, 오히려 그 고기의 맛없는 그 맛……. 그러니까 쓴맛이나 알싸한 맛을 더욱 돋보이게 될지도 모른다.

"그러니까 사냥을 한다면 원래 맛있는 마수의 거수를 노려야 해요. 소나 돼지나 새나……. 아, 물고기도 좋을지도 모르겠네요."

음~. 예전에 파레리우스 섬…… 이제 파레리우스 왕국인가. 그곳에서 힐다가 파워바이슨이란 소의 거수를 잡았는데. 그게 환상의 고기였나.

소재는 받았지만 고기는 전부 파레리우스에 팔아 버렸는데. 그곳 사람들, 결계 안에 갇혀 있던 도시에 살고 있어서 식량이 부족하다고 하니…….

그거야 어쨌든. 맛있어 보이는 거수를 잡아 그 고기를 입수하면 된다는 말이잖아. 응. 어떻게든 해결될 듯한 기분이 들어.

문제는 원한다고 해서 고기가 맛있는 거수를 쉽게 발견할 수 있는 건 아니란 건데…….

"검색. 돼지, 소, 새, 물고기와 비슷한 종의 거수."

《검색합니다. 검색 종료.》

공중에 투영된 지도 곳곳에 핀이 꽂혔다. 아주 많네. 이렇게 많은데 환상의 음식 재료라고 해도 되나……?

아냐. 전 세계를 뒤져도 열 마리가 채 안 되니 환상이라면 환상이긴 한가?

그것도 모자라 한 번 사냥하면 다시는 입수할 수 없는 음식 재료다. 역시 환상이라고 해도 과언이 아닐지도 모른다.

자, 어디를 목표 지점으로 삼을까. 바다에 사는 거수는 헤엄치는 물고기나 날고 있는 새겠지.

둘 중 뭐든 간에 잡기 성가실 것 같아.

소나 돼지를 잡을까. 뭐가 좋을까. 소보다는 돼지가 얌전해서 편할까?

돈가스 만들어 먹었으면 좋겠어. 스르릅……. 그래, 돼지를 잡자. 돼지로 결정.

다시 범위를 좁혀 검색하니 돼지 거수 두 마리가 확인되었다. 하나는 엘프라우 왕국의 대설산, 다른 하나는 유론 지방의 산악 지대구나.

함부로 엘프라우의 영지에서 사냥할 수는 없으니, 이번엔 유론에 있는 저 돼지를 잡을까?

"토야 님."

"응? 왜?"

루가 진지한 눈으로 나를 쳐다보았다.

"그 고기…… 저한테도 나눠 주실 거죠?"

"그, 그럼. 그야 물론이지."

참 철저하다니까. 딸한테만 환상의 음식 재료를 넘겨줄 순 없다, 같은 생각을 하는 건 아니지?

설령 루가 환상의 음식 재료를 가지고 있다 해도 아시아는 특별히 뭐라고 하지는 않으리라 생각한다. 그러기보다는 루한테도 거수 고기를 주고, 누가 더 맛있는 요리를 만드는지 승부! 라는 말을 꺼낼 확률이 높아 보인다. 처음으로 보는 음식 재료라면 대등하게 만들 수 있다고 생각하지 않을까?

일이 어떻게 되든 간에 거수 돼지를 사냥하러 가 볼까. 최상급 돈가스를 먹어 보는 거야.

"아, 그랬구나. 돼지는 돼지지만 그쪽이었어?"

나는 눈앞에 있는 돼지 거수를 보고 조금 눈썹을 찌푸렸다.

무지막지하게 큰 송곳니가 나 있고 털이 새카만 이 거수는 거대한 멧돼지였다. 멧돼지도 돼지 종류가 맞긴 한데…….

그러고 보니 파레리우스 섬에서 그랜드보어라는 멧돼지 거수를 해치운 적이 있었던가? 그때 소 말고 돼지도 있었나?

눈앞에 있는 검은 멧돼지는 그랜드보어와는 다른 종인 듯하지만. 이건 블랙 팽 보어였던가? 고기는 꽤 맛있다는 이야기를 들어 본 적이 있다.

팽 보어라면 몇 번인가 사냥해 본 적이 있지만 검은 털은 처음이네. 크기가 차원이 다르지만.

역시 흑돼지처럼 맛있을까? 아냐, 흑돼지는 개량에 개량을 거듭한 품종이지 않았나? 그래서 맛있는 거니까.

야생 흑돼지, 아니, 검은 멧돼지는 과연 어떨까?

거수로 변했으니 맛이 없지야 않겠지.

《꾸우우우우우우우우우우우울!》

검은 멧돼지가 나를 향해 돌진했다. 공교롭게도 레긴레이브는 조정 중이라 맨몸으로 싸워야만 한다.

역시 이건 브륀힐드로 쏘고 베고 해 봐야 해치울 수 없겠어.

"【철이여 오너라, 강철의 방벽, 아이언월】."

땅속 마소에 간섭해 두께 4미터, 높이 20미터짜리 강철 벽을 눈앞에 만들어 냈다.

갑자기 나타난 거대한 강철 벽을 보고도 멈출 수 없었던 블랙 팽 보어는 그대로 돌진해 벽에 부딪혔다.

쿠우웅! 둔탁한 충돌음과 함께 강철 벽 한가운데가 조금 일그러졌다. 워워. 두께가 4미터인 강철 벽을 움푹 들어가게 만들다니, 대체 얼마나 괴물 같은 힘이길래 그래?!

블랙 팽 보어의 힘에 놀라면서도, 이렇게 충돌해서야 자폭이나 마찬가지라고 생각했는데 그런 내 귀에 다시 조금 전과 똑같은 충돌음이 들렸다.

"워워, 진짜냐."

나는 【플라이】를 사용해 상공으로 날아올라 몇 번씩이나 벽을 향해 돌진하는 블랙 팽 보어를 확인했다.

우와, 이마에서 피가 나잖아. 왜 또 박치기를 하는 거지?

세 번째 충돌음과 함께 강철 벽이 완벽히 찌부러져 버렸다.

저 벽은 땅속의 마소를 변화시켜 형성했기 때문에 시간이 지나면 사라지고, 내구성도 진짜 강철보다는 낮다.

하지만 내구성이 낮다고는 해도 철은 철이다. 그걸 이렇게 파괴하다니 엄청난 힘이다.

네 번째 몸통 충돌로 강철 벽을 무너뜨린 블랙 팽 보어는 승리했다는 듯이 우렁차게 울부짖었다.

어쩌면 하늘이 아니라, 하늘에 있는 나를 향해 울부짖었을지도 모른다. 《어떠냐! 무너뜨렸다!》라고 하면서.

제법인데? 하지만 난 정면으로 맞부딪칠 생각은 없어.

"【물이여 오너라. 청렴한 수구(水球), 워터볼】."

직경 10미터는 되는 물 덩어리를 블랙 팽 보어를 향해 날렸다.

【워터볼】은 블랙 팽 보어의 머리에 닿자마자 머리 위쪽을 물속에 가두었다.

숨을 쉬지 못하게 된 블랙 팽 보어가 보글보글하고 공기를 내뿜으며 발버둥 쳤다.

제아무리 거수라도 생물이다. 물속에서 호흡을 못 하게 되면 익사한다.

얼굴에 들러붙은 물 덩어리에서 도망치려고 머리를 마구 흔들던 블랙 팽 보어였지만, 내 마력으로 머리에 고정되어 있었기 때문에 모두 쓸모없는 노력에 불과했다.

잠시 후, 블랙 팽 보어는 그 자리에서 쓰러져 축 늘어진 채 움직이지 않게 되었다.

일단 아직은 살아 있었다. 나는 【워터볼】을 해제해 흙 마법으로 커다란 구덩이를 만든 다음, 그 위에다 【레비테이션】으로 블랙 팽 보어를 거꾸로 매달아 공중에 띄웠다.

그리고 바람 마법으로 목의 일부를 베어 심장이 뛰고 있는 지금 피를 빼 두었다.

블랙 팽 보어는 고기뿐만이 아니라 송곳니나 털가죽도 소재로 귀중하게 사용된다. 그런 소재에 흠이 가지 않게 하려면, 잔혹하지만 이렇게 제압하는 게 가장 좋다.

"자, 해체는 모험자 길드에 부탁하기로 할까. 고기만이라도 먼저 잘라 달라고 해야겠어."

나는 눈앞에 떠 있는 거수의 해체를 부착하려고 모험자 길드의 길드 마스터인 레리샤 씨에게 스마트폰으로 연락했다.

◇ ◇ ◇

유론의 산악 지대에 모험자 길드 해체팀을 【게이트】로 불러와 사냥한 블랙 팽 보어의 해체를 부탁했다.

일단 고기를 얻으려고 돼지고기로 말하자면 등심, 목심, 삼겹살, 항정살, 그리고 돈가스로 만들면 맛있는 안심 등, 각 부위의 고기를 우선적으로 일부만 받아두었다. 물론 나머지 고기도 나중에 전부 받아 가겠지만, 아시아에게 줄 고기는 이 정도면 충분하다.

그런데 새삼스러운 생각이긴 하지만, 아이에게 주는 선물이 생고기라니 글쎄……. 틀림없이 기뻐해 주기야 하겠지만.

이것으로 아시아의 소원은 끝을 냈으니, 남은 건 린네의 소원뿐인가?

'필살기가 있었으면 좋겠다'라고 했는데 어쩌면 좋을까.

여기서 말하는 필살기가 '반드시 죽일 수 있는 기술'을 의미하진 않겠지?

결정타가 될 만한 큰 기술을 말하는 것이리라 생각한다.

하지만 내가 보기에는 린네의 【그라비티】나 【실드】도 필살기라 부르기에 손색이 없다.

야에의 코코노에 진명류 오의나 힐다의 레스티아류 검술이 필살기에 해당하나? 비전 기술이라고 하니 그렇기야 하겠지만.

무신(武神)인 타케루 삼촌한테 물어볼까? 린네도 무예파이니 그게 가장 빠르다. 알기 쉽게 오의를 모아 놓은 책이 있으면 좋을 텐데.

그런 안이한 생각을 하면서 타케루 삼촌에게 갔는데, 타케루 삼촌은 그런 물건 없다며 단박에 부정해 버렸다. 어? 여기서 벌써 막힌 건가?

"오의서는 없다만, 네가 기술을 배워 직접 기록하면 되지 않을까?"

"네? 제가요?"

굳이 필살기를 배워서 그걸 기록하라고? 뭡니까 그거. 시련인가요?

"아뇨. 제가 아니라도……. 엔데나 에르제한테 부탁할 수 없을까요?"

"엔데는 직감으로 기술을 습득하는 천재 타입이라서. 그걸 다른 사람에게 설명하긴 어려울 테지. 마찬가지로 에르제는 절망적일 만큼 가르치는 재능이 없다. 문장으로는 절대 전해지지 않겠지."

으, 으윽. 실제로 에르제는 '이렇게 확 하면 꽉 비틀고, 퍽퍽 때리면 돼!' 처럼 의성어를 가득 넣어 설명한다. 그걸 듣고 이해하는 사람이 있다면 그거야말로 굉장하겠지.

엔데는 몹시 어려운 기술을 가볍게 해치우고는 '응? 못 한다고? 누구나 할 수 있을 텐데?' 라고 말하는 타입이다. 이래서 천재는 싫다니까.

덧붙이자면 눈앞에 있는 무신님도 비슷한 타입처럼 보이지만, 실제로는 의외로 알기 쉽게 설명해 준다.

제자 두 사람의 이해가 빠른 이유도 그 때문이라고 나는 생각한다.

그렇다면 정말로 내가 배워야 하는 건가?! 그것도 그걸 기록하라니 너무 어려운 요구 아냐……?

아니지. 필살기 설명 동영상을 촬영한 다음, 그걸 【미라주】로 재상할 수 있도록 수정구를 만들면 되나. 그다음은 린네가 그걸 보고 배우면 된다.

"그러니까 필살기다운 기술을 한번 사용해 줄 수 있을까요?"

"해 주는 거야 상관없다만, 혼자서 하라는 건가? 상대가 있어야 더 알기 쉬울 텐데?"

맞는 말이다. 상대를 보고 어떻게 움직일 것인가, 어떤 기술을 날릴 것인가. 기술을 거는 상대가 있어야 알기 쉽다.

그렇다면 연습 상대를 데리고 와야겠네. 나? 난 그 뭐냐, 촬영을 해야 하니까.

그리고 이런 일을 하기에 딱 알맞은 사람이 있잖아?

"왜 내가 상대해야 하는데?"

"스승님의 상대는 수제자가 해야 하는 법 아냐? 옛날부터 그건 당연한 일이잖아."

투덜거리는 엔데를 그럴듯한 말로 꼬드겨 무작정 데리고 왔다.

데려왔다고 하기보다는 발밑에 【게이트】를 열어서 떨어뜨렸다고 해야 정확한가?

강제 전이로 끌려온 엔데는 무슨 내용인지를 듣고 불평을 터뜨렸지만, 그 녹화한 모습을 아리스에게 보여 주면 기뻐하지 않을까 하는 악마의 속삭임을 실시하자, 마지못해 허락해 주었다.

누가 봐도 엔데가 기술을 당하는 모습일 테니, 아버지가 당하는 모습을 딸에게 보여 줘도 되나? 하고 엔데가 자문자답을 했지만, 아리스는 그래도 별로 신경 쓰지 않을걸?

"그래서, 어떤 기술을 원하지? 몸을 희생해서 몇 배의 파괴력을 발생시키는 기술이 있는데……."

""그건 안 돼요!""

엔데와 내 목소리가 겹쳤다. 그런 무시무시한 기술을 딸한테 어떻게 가르쳐 줘?!

그런데 어떤 기술이 좋겠냐는 질문에는 대답이 궁했다. 너무 어려운 기술은 오히려 별로 안 좋아하지 않을까? 몇 년이나 수행해서 배워야 하는 기술을 선물로 주다니 그건 좀 그렇다.

그렇다고 너무 쉽게 배울 수 있으면 별 볼 일 없는 기술 같을 테고. 그런 균형을 잡기가 어렵다.

"기술 몇 개를 엔데에게 날릴 테니, 거기서 배우기 쉬워 보이는 기술을 선택하면 되지 않을까?"

"그러네요. 그럼 그렇게 하겠습니다."

"앗?! 왜 함부로 결정하고 그래?!"

엔데가 맹렬하게 항의했지만 이미 늦었다. 타케루 삼촌의 제안을 채택했다. 엔데가 실제로 맞아보고 '이거라면 가르쳐 줘도 괜찮겠다'라고 판단한 기술을 몇 가지 선물로 보내주자.

"좋아요. 이제 시작해 주세요~."

두 사람이 거리를 벌리고 자세를 잡아, 나는 스마트폰을 녹화 상태로 두고 대기했다.

그런데 두 사람이 자세를 잡은 순간, 스마트폰 화면에는 타케루 삼촌만이 비치고 있었다. 어? 엔데는?

"커헉?!"

스마트폰에서 눈을 떼 보니, 하늘에서 엔데가 떨어져 내려왔다. 어? 방금 타케루 삼촌의 기술이 적중했어?!

"이처럼 상대의 품으로 순식간에 뛰어들면서 다리와 허리를 비틀어 상반신에 힘을 전달해……."

"잠깐! 잠깐만요! 타케루 삼촌, 공격이 너무 빨라요! 녹화가 안 됐잖아요!"

방금 사용한 기술을 설명하려고 하는 타케루 삼촌에게 일단 멈추라고 말했다. 빠르고 뭐고, 녹화 버튼을 누를 새도 없이 시작해 버리면 어쩌자는 건지. 이래선 절대 못 찍는다.

"엔데, 미안해. 한 번 더 부탁할게."

"어흑……."

나는 사과하면서 엔데에게 회복 마법을 걸었다. 째려보지 마. 방금 그건 내 잘못 없잖아?

간신히 일어선 엔데가 다시 타케루 삼촌과 대치했다. 이번엔 처음부터 방어 모드다. 팔을 교차하며 턱을 지키고 있다.

이번엔 놓치지 않도록 나도 미리 녹화 버튼을 눌러 놓고 두 사람에게 말을 걸었다.

"자, 시작해 주세……."

"커억?!"

엔데가 또다시 하늘 높이 날아오르더니 회전하면서 떨어져 내려왔다.

너무 빠르다니까요!! 방금 뭐죠?! 전혀 눈으로 좇지 못했는데?!

"이처럼 상대의 품으로 순식간에 뛰어들면서 다리와 허리를 비틀어 상반신에 힘을 전달해……."

"잠깐, 잠깐만요!"

아까랑 똑같은 설명을 하는 타케루 삼촌에게 중지 신호를 보냈다.

녹화된 영상을 한 프레임씩 봐도 아무것도 보이지 않았다. 타케루 삼촌의 모습이 조금 흔들리자마자 엔데는 하늘로 날아올랐다.

대체 얼마나 빠르게 움직였길래 이래?! 녹화할 수 없는 속도라니 대체 얼마나 빠르길래?!

"움직임이 너무 빨라요! 설명 동영상이니까 더 느리게 부탁합니다!"

"느리면 기술이 아니잖나."

"으…… 듣고 보니 그런가. 그러면 처음에는 원래 기술의 위력을 보여 주고, 지금 기술은 어떻게 했는가 하면~ 하는 식으로, 느리게 기술을 설명해 주시면 어때요?"

"그렇군. 그렇게 하지. 엔데, 한 번 더 하자."

"부탁해, 엔데."

"너희 지금 나 놀리는 거지??"

그 이후에 몇 번인가 재촬영을 했지만, 무사히 몇 가지의 기술 촬영을 끝낸 나는 그 동영상을 편집해 수정구에 인챈트했다.

직접 동영상을 스마트폰으로 전송해 줘도 되지만, 그래선 선물이란 느낌이 별로 안 나니까.

물론 아리스한테 보낼 영상도 만들어서 엔데한테 건네줬다. 원망스럽다는 듯이 째려봤지만.

엔데의 그 검게 물든 마음이야 아리스가 감사하다고 말하며 웃는 모습으로 정화가 되겠지.

됐다. 이제 린네의 소원도 끝! 딸들의 소원을 모두 이뤘어!

하지만 역시 쿠온한테만 선물이 없다니 좀 그렇다.

쿠온이 기뻐할 만한 선물을 해 주고 싶은데……. 쿠온은 뭘 주면 기뻐할까?

모형 만들기가 취미라는 건 알았으니, 취미와 관련된 물건을 주면 될까?

그리고 보니 여러 디오라마 동영상을 보여 줬더니 굉장히 집중해서 봤었다.

디오라마 만들기 동영상 없을까?

궁금해서 '디오라마 제작'을 동영상 사이트에서 검색해 보니, 엄청난 양의 동영상이 나왔다. 굉장하네. 이렇게 많구나.

그러면, 이걸 모으고 정리해서 린네의 수정구랑 똑같이 인챈트해서 쿠온에게 선물로 주자.

박사에게 부탁해 뒀던 요시노한테 줄 텔레민도 완성되어, 아이들에게 줄 선물 준비가 모두 완료되었다.

이제는 이걸 건네줄 방법인데……. 역시 이런 선물은 그렇게 건네주는 수밖에 없나. 정석적이기도 하니까.

다음 날 아침. 아이들의 머리맡에는 각자 별에 소원을 빌었던 대로 선물이 놓여 있었다.

아이들은 일어나 보니 머리맡에 있던 상자를 처음에는 의심스러워했지만, 미리 이야기를 전해 놓은 엄마들의 재촉을 받아 안을 열어 보고는 환한 미소를 지었다고 한다.

아니, 린네와 쿠온은 조금 이해가 안 된다는 표정을 지었다는 모양이지만. 그야 그럴 수밖에. 수정구니까.

하지만 카드에는 그게 뭔지 잘 설명해 두었으니, 그걸 읽은 뒤에는 겨우 환한 미소를 지었다고 한다.

요시노도 처음에는 텔레민을 보고 이해가 안 된다는 표정을 지었지만, 카드의 설명을 읽고 악기란 사실을 알자마자 바로 연주를 시작했다는 모양이다.

아침부터 텔레민 소리는 조금 듣기가 버거운데…….

그래도 다들 기뻐했다니 다행이다.

야쿠모랑 프레이는 이미 성절검과 신축성 검으로 대련을 하고 있고, 쿤은 트라이크를 타고 이리저리 돌아다니고 있다.

요시노의 방에서는 텔레민 소리가 계속 울리고 있고, 아시아는 거수의 고기를 가지고 가더니 주방에 틀어박혀 있다.

에르나는 사람을 게으름뱅이로 만드는 판다에 묻혀서 움직일 생각을 안 했고, 반대로 린네는 동영상을 보면서 이래저래 몸을 움직여 보고 있었다.

쿠온도 웬일로 디오라마 제작 공정 동영상을 푹 빠져서 시청했다.

고생은 했지만 이렇게 다들 기뻐해 주니 그 피로도 순식간에 달아났다.

　"별에 소원을 빌었던 것인가요⋯⋯. 소인도 소원을 하나 빌어 둘 걸 그랬습니다."

　"내 말이 그 말일세. 바쁜 서방님과 어디 같이 놀러 가게 해 달라고 소원을 빌어 둘 걸 그랬으이."

　야에랑 스우가 무시무시한 소릴 하고 있었지만, 난 못 들었다! 못 들었다고!!

　"어머. 그렇다면 난 바빌론의 '도서관'에 없는 마도서를 읽어 봤으면 좋겠어."

　"저, 저는 지구의 연애 소설이나 만화를⋯⋯."

　"아. 그럼 나도 지구 아이돌의 신곡을 듣고 싶어."

　린, 린제, 사쿠라도 이 이야기에 가담했다. 야단났다. 아내들까지 소원을 빌기 시작하다니, 그것만큼은 제발 자제해 줘!

　아니, 소원을 들어주기 싫다는 게 아니라, 가능하다면 반년에서 1년 뒤에 소원을 빌어주면 안 될까요?!

　"저는 토야 님한테 선물을 받았는데요."

　"아니지. 그건 아시아한테 선물하고 남아서 준 거수 고기잖아."

　자랑스럽게 말하는 루를 보고 다른 아내들의 시선이 더욱 강렬해진 듯한 기분이 들었다. 어? 그 말대로 그건 주고 남은 고기인데⋯⋯.

"토야 오빠?"

"네헵."

어이쿠, 목소리가 뒤집혔다. 생글거리고는 있지만, 유미나의 압박감이 강렬했다. 그 뒤에서 날아오는 루 이외의 아내들 시선도 너무 세지 않나……?

"모치즈키 가문의 가훈. 하나, '아내는 모두 평등하게'. 알고 계시죠?"

"무, 물론 알고 있습니다. 알고 있다마다요."

솔직히 말하자면 그런 가훈은 처음 듣지만, 분명 내가 모르는 곳에서 시행되고 있는 가훈인 거겠지.

물론 반대할 생각은 전혀 없고, 그 말대로라고도 생각하지만, 조금만 시간을 주세요!

…………라고 말할 분위기가 아니었다. 이래서야…….

나는 각오를 다지고 아내들의 소원도 들어주기로 했다. 그리고 하루 만에 다 이루어 주었다. 훌륭하다 토야!

역시 아이들과는 달리 크게 힘든 소원을 빌지는 않았다. 린제와 사쿠라의 소원은 내 스마트폰으로 다운로드하면 그만이기도 했으니까.

린의 '도서관'에 없는 마도서를 구해 달라는 소원은 조금 고생했지만.

펠젠 마법왕 폐하에게 부탁해 추가 신축성검 하나를 대가로 비장의 마도서를 복사해 달라고 부탁했다. 강력하지는 않지만 편리한 마법 마도서다.

겨우 모든 소원을 들어주고 보니 어느새 밤이었다.

발코니에 놓여 있는 의자에 푹 몸을 기대고 앉아 밤하늘을 올려다보았다.

내가 올려다본 그 밤하늘에서 별이 스윽 떨어졌다. 잠시 후에 또 스윽 떨어졌다. 심술부리냐? 이제 소원은 없어.

별에 비는 소원은 1년에 한 번밖에 이루어지지 않는다고 규칙을 정했거든!

아이들에게만 주는 크리스마스 선물이라고 마음 편히 생각하면, 크게 나쁘지 않은 행사일지도 모른다. 부모님의 부담은 아주 클지도 모르지만.

별이 또 떨어졌다. 정말로 소원 없어? 마치 그렇게 재촉하는 듯해서 나는 무심코 소원을 중얼거렸다.

"내일은 푹 쉬고 싶어. 내일은 푹 쉬고 싶어. 내일은 푹 쉬고 싶어……."

그래, 푹 쉬어라! 그런 말을 하듯이 별똥별이 평소보다 훨씬 밝게 빛을 내며 반짝거렸다.

후기

『이세계는 스마트폰과 함께.』 26권이었습니다. 즐겁게 읽으셨나요?

먼저 사과의 말씀을.

25권 예고에서 막내 이야기가 등장한다고 선전했었는데, 그 이야기는 다음 권에 등장하게 되었습니다. 죄송합니다.

이건 완벽히 저의 분량 배분 실수로, 막내가 나오는 이야기까지 26권에 수록하면 책의 두께가 상당히 부풀거나, 도중에서 뚝 끊고 '계속' 이라고 표시를 해야 한다는 사실이 밝혀졌습니다. 물론 그렇게 되면 새로운 이야기는 추가로 실을 수 없습니다.

그래서 막내 이야기를 다음 권으로 돌리는 방향으로 조정했는데, 이번엔 페이지가 많이 부족해졌습니다. 평소보다 네 배 분량의 새로운 이야기가 필요하더군요.

간신히 새로운 이야기 하나와 과거에 집필했지만 수록되지 않았던 이야기 하나를 추가하여 간신히 적당한 길이의 책 한 권이 되었습니다. 본편과는 크게 관련이 없는 이야기가 많은 26권이 되었지만, 즐겁게 읽어 주셨기를 바랍니다.

미수록 이야기였던 '왕도의 모험자들'을 포함해 지금까지 집필한 특전 등의 짧은 이야기를 하비재팬 소설가 투고 사이트 '노벨업+'에 업로드해 두었습니다. 관심이 있으시다면 꼭 한번 살펴봐 주세요.

그리고 띠지에도 선전하고 있겠죠?

『이세계는 스마트폰과 함께.』TV애니메이션 2기가 결정되었습니다!! 와아, 너무 기뻐요!

정말 길었습니다. 뭐가 길었냐고요? 알면서도 말할 수 없었던 기간이요.

지난번에는 '애니화됩니다'라는 담당자님의 전화를 받은 지 6개월 만에 발표, 1년이 채 지나지 않아 방송, 이런 진행이었는데, 이번에는 연 단위로 침묵을 지켜야 했습니다.

'2기는 없나요?'라는 질문을 들어도 '이것만큼은 제가 어떻게 해 볼 수가 없어서'라고 얼버무릴 수밖에 없었습니다. 하지만 이제는 겨우 큰 소리로 말할 수 있게 됐습니다. 2기, 제작됩니다!

이것도 모두 응원해 주신 독자 여러분, 애니가 좋다고 말씀해 주신 시청자 여러분 덕분입니다. 감사합니다.

기쁘게도 해외의 여러 스트리밍 사이트에서 시청해 주신 분들도 많은 듯한데, 그것 또한 큰 도움이 되지 않았나 하는 생각이 듭니다. 감사합니다.

방송은 아직 좀 더 기다려야 하니, 지금은 먼저 특장판 드라마CD를 즐겨주셨으면 하는 마음입니다.

앞으로도 열심히 노력하겠으니 아무쪼록 잘 부탁드립니다.

그러면 이번에도 감사의 말씀을.

일러스트를 담당해 주신 우사츠카 에이지 님. 특장판을 비롯해 이번 26권도 진심으로 감사드립니다. 다음 권도 잘 부탁드립니다.

메카닉 디자인을 담당해 주신 오가사와라 토모후미 선생님. 바쁘신 중에도 브륀힐데의 일러스트를 그려 주셔서 감사합니다. 설정까지 적혀 있어 정말 굉장했습니다.

담당자 K 님. 하비재팬 편집부 여러분, 이 책의 출판에 도움을 주신 여러분, 항상 감사합니다.

그리고 '소설가가 되자'와 이 책을 읽어 주신 모든 독자 여러분에게도 감사의 말씀 올립니다.

후유하라 파토라

개발자: **레지나 바빌론**
정비 책임자: **하이로제타**
소속: **브륀힐드 공국 공왕 직속**
높이: **16.6미터** 중량: **7.1톤** 탑승 인원: **1명**
무장: **장거리 저격용 스나이퍼 라이플, 프라가라흐 ×4**

본프레임 개발자: **레지나 바빌론**
관리 책임자: **프레드모니카**
탑승자: **유미나 에르네아 벨파스트**
메인 컬러: **은색**

'창고'에서 발견된 신형 프레임 기어의 기본 설계를 바탕으로 만든 유미나 전용기. 발큐리아 시리즈 중 하나. 저격전 특화형 프레임 기어.
기체 표면에 장착된 거울 장갑 덕분에 주변의 풍경을 비추어 위장할 수 있는 기능을 갖추고 있다.
발큐리아 중에서도 특히 정밀한 조종이 요구되는 은밀성 높은 기체다.

이세계는 스마트폰과 함께.

메카닉 설정 자료집

■ 브륀힐데

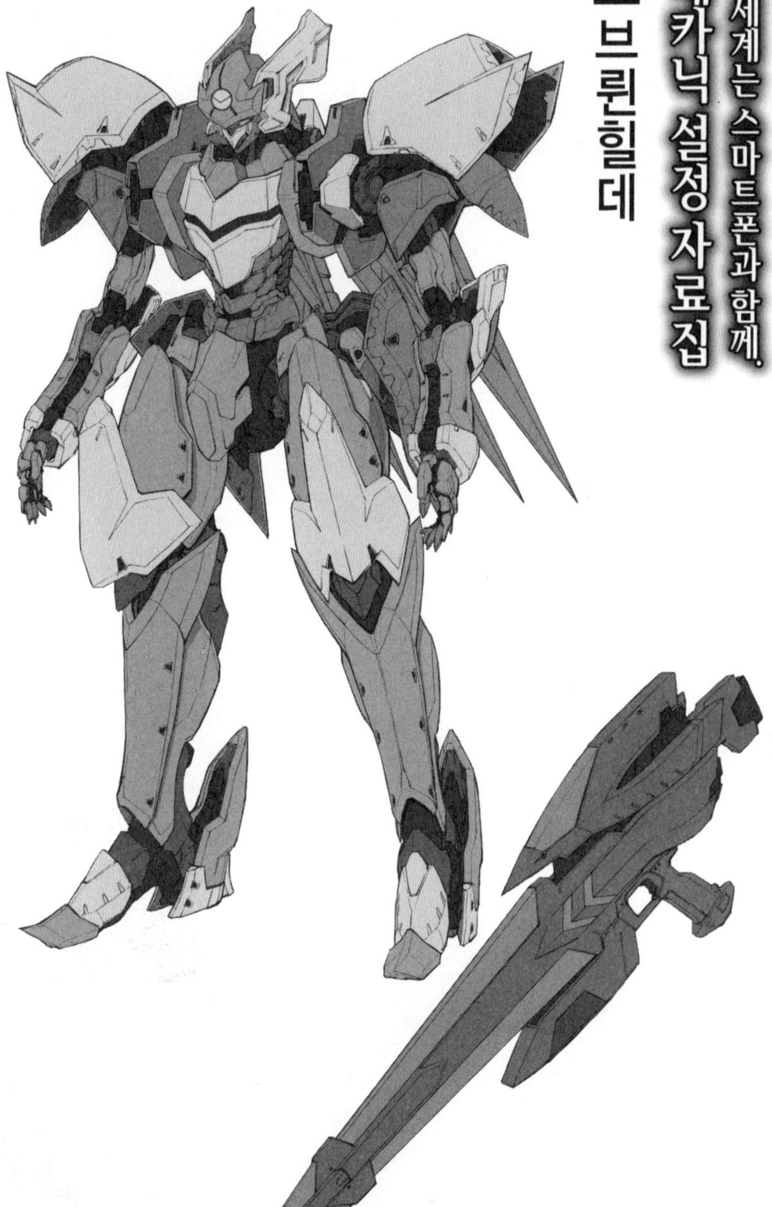

아이들도 8명이 합류해 더욱 떠들썩해진 토야네 가족.

막내딸이 내란이 벌어지고 있는 레판 왕국 한가운데에 있다는 정보를 입수하는데――!?

이세계는 스마트

후유하라 파토라 illustration□우사츠카 에이지

TV 애니메이션 제2기 방영 시작-!!

폰과 함께.27

이세계는 스마트폰과 함께. 26

2023년 04월 15일 제1판 인쇄
2023년 07월 20일 2쇄 발행

지음 후유하라 파토라 | **일러스트** 우사츠카 에이지

옮김 문기업

발행 영상출판미디어(주)
등록번호 제 2002-000003호
주소 07551 서울특별시 강서구 양천로 570 NH서울타워 19층
대표전화 02-2013-5665

ISBN 979-11-380-2645-1
ISBN 979-11-319-3897-3 (세트)

異世界はスマートフォンとともに。 26
© Patora Fuyuhara
Originally published in Japan by HOBBY JAPAN Co., Ltd.

구매 시 파손된 도서는 구매처에서 교환하실 수 있습니다.
기타 불편사항, 문의사항이 있으신 독자님께서는 노블엔진 홈페이지
[http://novelengine.com] 에서 Q&A 게시판을 이용해 주시기 바랍니다.

내 '감정' 스킬이 너무 사기다

1

천애고아 소년 멜 라이루트가 열다섯 살이 되어 받은 고유 스킬은 사람이나
물건의 정보를 읽어내는 「감정」 스킬.
게다가 환상의 랭크 'S'를 초월한, 존재하지 않을 터인 규격을 벗어난── 랭크 'EX'였다!
하지만 「감정」은 사람의 감정마저도 읽어낼 수 있기 때문에
신분을 감추고 싶은 범죄자가 노릴 위험이 있다.
곧바로 목숨이 위태로워진 멜은, 엘프 소녀와 함께 어쩔 수 없이 도피 생활을 하면서,
치트 능력을 구사해 어려움을 손쉽게 헤쳐 나가는데──.

스미모리 사이 지음 / 토마 키사 일러스트

영상출판
미디어㈜

아픈 건 싫으니까 방어력에 올인하려고 합니다
1~10

게임 지식이 부족해서 스테이터스 포인트를 모조리 VIT(방어력)에 투자한 메이플.
움직임도 굼뜨고, 마법도 못 쓰고, 급기야 토끼한테도 희롱당하는 지경.
어라? 근데 하나도 안 아프네……. 그 이전에, 대미지 제로?
스테이터스를 방어력에 올인한 탓에 입수한 스킬 【절대방어】.
추가로 일격필살의 카운터 스킬까지 터득하는데——?!
온갖 공격을 무효화하고, 치사급 맹독 스킬로 적을 유린해 나가는 『이동형 요새』 뉴비가
자신이 얼마나 이상한지도 모르고 나갑니다!

유우미칸 지음 / 코인 일러스트

영상출판
미디어㈜